DER DRAHTZIEHER

NORCROSS SECURITY BAND 6

ANNA HACKETT

Der Drahtzieher

Copyright 2023 by Anna Hackett

Aus dem Englischen übersetzt von Lena Springer

Umschlaggestaltung: Lana Pecherczyk

Bildquelle: Wander Aguiar

ISBN (ebook): 978-1-922414-86-1

ISBN (Printversion): 978-1-922414-87-8

Originaltitel: The Powerbroker

ISBN (ebook): 978-1-922414-40-3

ISBN (Printversion): 978-1-922414-41-0

KAPITEL EINS

Das Polizeipräsidium aufzusuchen, war noch nie seine Lieblingsbeschäftigung gewesen.

Vander Norcross rückte seine Anzugsjacke zurecht und schritt über die Straße. Der Grund für seinen heutigen Besuch bei den Kollegen in Blau bereitete ihm schlechte Laune.

Mit langen Schritten ging er den Bürgersteig entlang. Das schöne Spätfrühlingswetter und die Tatsache, dass sich das Polizeipräsidium in Mission Bay befand, direkt neben seinem eigenen Büro, hatten ihn dazu veranlasst, zu Fuß zu gehen.

Hoffentlich konnte er das Gefühl einer drohenden Katastrophe abschütteln, bevor er ankam.

Seine Jahre beim Militär – viele davon als Leiter eines verdeckten Ghost-Ops-Teams auf gefährlichen, kniffligen Missionen – hatten ihn gelehrt, niemals seine Instinkte zu ignorieren.

Es hätte einen schnellen Tod zur Folge.

In fünfzehn Minuten war er mit seinem Freund

Detective Hunter „Hunt" Morgan verabredet. Vander wusste, dass die Liste von Gefallen, die er seinem Freund schuldete, lang war. Hunt hatte Norcross Security schon viele Male geholfen und ihnen öfter den Rücken freigehalten, als Vander zählen konnte.

Die Leitung eines erfolgreichen privaten Ermittlungs- und Personenschutzunternehmens hielt ihn auf Trab. Im Gegensatz zu Hunt, der durch Gesetze eingeschränkt war, konnte Vander ungestört in der Grauzone agieren.

Er tat alles, was nötig war, um seine Mitbürger, seine Familie und seine Freunde zu schützen.

Was Hunt von ihm verlangte, war total bescheuert. Ein Detective – ein weiblicher Detective – sollte in den Kreisen der schlimmsten Biker-Gang von San Francisco verdeckt ermitteln.

Nein, das gefiel Vander ganz und gar nicht.

Plötzlich trat neben Vander eine Gestalt aus den Schatten einer Gasse. South Beach war voll von renovierten Lagerhäusern und Gebäuden wie dem, das Vander entkernt hatte, um darin die Zentrale von Norcross Security einzurichten. Aber wenn man nach den Schatten suchte, konnte man sie immer noch finden.

„Hey!" Der junge Mann zückte ein Taschenmesser. „Her mit deiner Brieftasche und der Uhr."

Vander zog eine Augenbraue hoch. Die Stimme des Mannes hatte einen leichten Südstaaten-Akzent und er stammte eindeutig nicht aus der Gegend. Seine blasse Haut war gerötet, sein rotes Haar zerzaust und seine Pupillen waren geweitet. Außerdem schwitzte er. Der

Kerl war high. Wahrscheinlich Stardust. In letzter Zeit war diese synthetische Droge ziemlich gefragt.

„Das willst du nicht tun", sagte Vander.

„Ich sagte, gib mir deine Brieftasche!" Tröpfchen von Spucke flogen aus dem Mund des Mannes. „Und die glänzende Uhr, Mr. Schicker Anzug."

Vander liebte seine Omega und hatte nicht vor, sie herzugeben.

Er seufzte. „Bist du sicher, dass du das tun willst?"

„Ich stech dich ab, Mann! Halts Maul und gib schon her."

Vander setzte sich in Bewegung.

Sein erster Hieb traf den Arm des Mannes und sein potenzieller Angreifer ließ das Messer mit einem spitzen Schrei fallen. Vander drehte sich herum und ließ einen schnellen Schlag mit dem Ellbogen ins Gesicht folgen. Der Mann schrie wieder auf und Vander trat ihm die Beine weg, so dass er mit einem erstickten Stöhnen auf den Bürgersteig knallte.

Er fixierte den Mann mit einem Fuß auf dem Rücken und hob das Taschenmesser auf. Dann holte er ein paar Kabelbinder aus seiner Jackentasche und fesselte den Mann an Händen und Füßen.

„Du bist nicht von hier, also habe ich dich mit Samthandschuhen angepackt."

Der Mann zappelte wie ein Fisch. „Was zum Teufel? Was zum Teufel, Mann!"

Vander ging in die Hocke. „Ich heiße Vander Norcross."

Der junge Mann erstarrte und riss verängstigt die Augen auf.

„Oh, dann hast du also von mir gehört." Vander lehnte sich näher heran und senkte seine Stimme. „Das hier ist mein Revier. Ich mag es nicht, wenn unschuldige Menschen von Junkies überfallen und ausgeraubt werden."

„Ich ... Ich ... Ich ..."

„Werde es nicht wieder tun." Vander senkte seine Stimme zu einem eisigen Raunen. „Wenn du wieder auf jemanden losgehst, finde ich es heraus und sorge dafür, dass du es bereust." Er schenkte dem Mann ein kaltes Lächeln. „Ich bin gut darin, Leute zu finden. Kapiert?"

Der Mann nickte hastig.

„Gut." Vander richtete sich auf.

„Äh, wirst du mich losbinden?"

„Nein." Vander erhob sich, um weiterzugehen.

„Hey, was ist mit meinem Messer?"

„Das behalte ich."

Vander ging und überquerte die Brücke über die Mission Bay. Bald darauf erblickte er den Gebäudekomplex für öffentliche Sicherheit, in dem sich das Hauptquartier der Polizei von San Francisco, die örtliche Feuerwache und das Einsatzkommando für Brandstiftung befanden.

Er betrat das Polizeihauptquartier und meldete sich am Empfang an. Er gab auch das Messer ab und meldete seinen Freund aus den Südstaaten.

Die Polizistin hinter der Glasscheibe verdrehte die Augen. „Blutet er, Norcross?"

„Bitte. Einen zugedröhnten Junkie kann ich locker auch ohne Blutvergießen in die Knie zwingen, Officer Cortez. Der Kerl hat nicht mal blaue Flecken."

Die Frau grinste. „Mich dürfen Sie jederzeit in die Knie zwingen."

Vander lächelte sie an. „Ihr großer Ex-Footballer-Ehemann wäre darüber aber nicht glücklich."

Officer Cortez seufzte. „Stimmt. Gehen Sie durch. Sie kennen den Weg."

Vander durchquerte zielstrebig die Korridore auf dem Weg zu den Büros von Hunt und den anderen Detectives. Das Gebäude bestand aus Beton und Glas und war sehr modern gehalten.

Er kam an einer weinenden Frau vorbei, der die Wimperntusche über die Wangen lief und die von einem Detective getröstet wurde. Die Geräuschkulisse bestand aus klingelnden Handys und gemurmelten Gesprächen. Das hier war meilenweit entfernt von seiner Zeit beim Militär. Hunt war bei der Delta Force gewesen, bis eine Verletzung ihn gezwungen hatte, aus dem Militär auszuscheiden.

Vander hingegen hatte die Ghost-Ops verlassen, bevor es so weit gekommen war. Das Militär hätte ihn behalten. Er war gut im Töten gewesen und gut darin, seine Männer selbst unter den beschissensten Umständen am Leben zu halten. Sein Herz pochte einmal kräftig. Aber nicht alle von ihnen. Einige waren nie mehr heimgekehrt.

Er hatte Dinge gesehen, die sich die weinende Frau hinter ihm nicht einmal in ihren schlimmsten Albträumen vorstellen konnte.

Er erreichte Hunts Büro. Der Detective stand da und telefonierte.

„Ja, das muss beschlagnahmt werden. Ja, am besten gestern." Hunt entdeckte Vander und winkte ihn herein.

Das Büro war klein und übersichtlich. Hunt war kein Freund von Kinkerlitzchen und er war nicht verheiratet, also gab es auch keine Fotos von einer hübschen Frau und Kindern. Allerdings gab es ein gerahmtes Bild von ihm und seinen beiden Brüdern. Einer davon war Ryder, ein Rettungssanitäter, der die Norcross-Jungs gelegentlich zusammenflickte. Er arbeitete auch ehrenamtlich in einer öffentlichen Klinik im Tenderloin-Viertel. Camden war ebenfalls bei den Ghost-Ops und stand kurz vor seiner Entlassung. Vander hatte ihm einen Job bei Norcross angeboten.

Hunt legte auf. „Hi, Vander."

„Hunt."

Der Detective hielt sich in Form. In der Zeit nach der Delta Force hatte er nichts von seiner athletischen Figur eingebüßt. Sein hellbraunes Haar war kurz geschnitten und seine Augen waren von einem tiefen Grün. Er kam um den Schreibtisch herum und lehnte sich dagegen. „Du hast immer noch kein gutes Gefühl bei der Sache."

Vander zog eine Augenbraue hoch. „Dabei, dass du mich dazu zwingst, eine Frau, die ich nicht kenne, in eine gefährliche Situation bei einem Motorradclub zu bringen? Stimmt."

„Sie ist keine Frau, sie ist ein Detective. Ein guter. Und sie ist auf dem Weg hierher, also wird sie nicht mehr lange eine Unbekannte für dich sein."

Vander schnaubte. Er ging zu einem der Regale hinüber. Hunt hatte einen gläsernen Briefbeschwerer anfertigen lassen, der wie eine Polizeimarke aussah.

Niedlich. Vander hob ihn hoch. „Wenn sie Erfahrung hat, kennt Trucker sie vielleicht."

Trucker Patterson war der Kopf des Iron Wanderers MC. Er war in jeder Hinsicht ein Arschloch, aber Vander hielt den Kontakt zu ihm aufrecht. So wusste Trucker, dass Vander ihn auf dem Schirm hatte.

Die Wanderers waren nach außen hin ein harmloser Club mit einem Clubhaus und einer Werkstatt in Oakland. Nicht alle Mitglieder waren Arschlöcher. Einige mochten einfach den Lebensstil – Motorräder, Ausfahrten, Partys, Freiheit. Aber hinter den Kulissen waren einige von ihnen in illegale Geschäfte verwickelt – in der Regel Drogen und Waffen. Es gab viele gesetzestreue Motorradclubs, aber die Iron Wanderers gehörten nicht dazu.

„Sullivan ist noch nicht lange Detective", sagte Hunt.

Vander stöhnte. „Eine Anfängerin? Du verarschst mich doch, Hunt. Wie viele Undercover-Einsätze hat sie schon gemacht?"

Hunt hielt eine Hand hoch. „Hör doch mal zu. Sie ist neu, aber sie ist gut. Das hier ist ihr dritter verdeckter Einsatz."

Vander stieß einen Fluch aus.

„Als *leitende Ermittlerin*", fuhr Hunt fort. „Sie war auch weiteren Undercover-Einsätzen als Teil des Teams zugewiesen. Sie ist gut, Vander."

„Hunt, das ist eine verdammt schlechte Idee. Eine Frau, noch dazu eine unerfahrene, in das Clubhaus der Wanderers zu schicken, ist, als würde man ein Lamm zur Schlachtbank führen."

„*Määäh*", ertönte eine amüsierte Stimme von der Tür

her. „Der Unterschied ist, dass dieses Lamm trainiert und bewaffnet ist."

Vander wandte den Kopf. Er ließ den Briefbeschwerer nicht fallen, aber verdammt, sein Puls raste.

Das gefiel ihm nicht. Er hatte vor Jahren gelernt, seine Gefühle zu kontrollieren. Wenn man hinten in einem Blackhawk stand und darauf wartete, sich in die Hölle abzuseilen, lernte man, all seine Reaktionen und Emotionen unter Kontrolle zu halten.

Kontrolle war etwas, das Vander in allen Bereichen seines Lebens praktizierte.

„Vander Norcross", sagte Hunt, „Detective Brynn Sullivan."

Sie lächelte. Sie hatte dichtes, braunes Haar, wobei braun das völlig falsche Wort war, um es zu beschreiben. Es war in allen möglichen Schattierungen gehalten, von Karamell bis Schokoladenbraun, und sie hatte es zu einem eleganten Pferdeschwanz zurückgebunden. Dazu trug sie eine schwarze, eng anliegende Hose und eine hellblaue Bluse, die in die Hose gesteckt war. An ihrem Gürtel hingen eine SIG Sauer im Holster und ihre Dienstmarke.

Sie war mittelgroß, hatte einen durchtrainierten Körper und wachsame Augen in der Farbe ihrer Bluse, mit denen sie ihn aufmerksam musterte und seinem Blick ohne jede Scheu begegnete.

Dabei wurde Vander klar, wie wenige Menschen das taten.

Sie streckte ihre Hand aus. „Ich würde ja sagen, dass es mir ein Vergnügen ist, aber wir wissen beide, dass das gelogen wäre. Sie denken, ich bin ... was war es noch gleich? Eine Frau und unerfahren, und ich habe schon *alles* über Sie gehört."

Vander schüttelte ihre Hand. Ihr Griff war fest, ihre Fingernägel unlackiert und kurz geschnitten. Aus nächster Nähe sah er Sommersprossen auf ihrer Nase und ihren Wangen, die sie noch interessanter machten.

„Wirklich?", sagte er.

Brynn Sullivan trat einen Schritt zurück. „Gefährlich und unverfroren, wenn es darum geht, das Gesetz zu missachten."

Hunt gab einen erstickten Laut von sich.

Vander wandte seinen Blick nicht von ihr ab. Er hob eine Augenbraue. „Ich denke, unverfroren ist ein bisschen übertrieben. Ich respektiere das Gesetz."

„Außer, wenn es sich Ihnen in den Weg stellt?", fragte sie herausfordernd.

„Detective, ich sorge dafür, dass sich mir *nichts* in den Weg stellt."

VANDER NORCROSS WAR SO VIEL MEHR, als sie erwartet hatte.

Brynn Sullivan achtete darauf, sich nichts anmerken zu lassen. Mit zwei neugierigen Schwestern und einem überfürsorglichen Bruder hatte sie viel Übung darin.

Norcross hatte einen großen, muskulösen Körper, der in einem Anzug viel zu gut aussah. Seine militärische Vergangenheit war ihm deutlich anzusehen. Ein Raubtier, bereit, bei Bedarf in Aktion zu treten. Sie kannte seine Vergangenheit. Er war ein Ghost-Ops-Commander gewesen und als solcher verantwortlich für ein Team der härtesten und erfahrensten Soldaten des Militärs. Sie kannte auch den Ruf von Norcross Security.

Aber niemand hatte sie vor seinem attraktiven, rauen Gesicht, seiner bronzefarbenen Haut oder seinen fast schwarzen Augen gewarnt.

Oder vor seiner gefährlichen Ausstrahlung, die schrie: „Ich kann und ich werde dich fertig machen" und eine Gefahr für jede Frau darstellte, die mutig genug war, sich mit ihm einzulassen.

Plötzlich bemerkte sie, dass seine Augen gar nicht schwarz waren – sie waren so blau wie der Ozean an seiner tiefsten Stelle.

Aber Brynn weigerte sich, sich von ihm einschüchtern zu lassen. Ihre Dienstmarke war vielleicht noch nicht besonders alt, aber sie war verdammt gut in ihrem Job. „Also, wie wäre es, wenn wir über die Iron Wanderers sprechen? Und darüber, wann Sie mich Trucker Patterson vorstellen?"

Norcross starrte sie einfach weiter an und sie starrte zurück. Falls in ihrem Bauch ein paar Schmetterlinge zu flattern begannen, ließ sie sich nichts davon anmerken.

„Setz dich, Vander", sagte Hunt.

Vander blieb noch einen Moment lang wie erstarrt stehen, bevor er sich in einen Stuhl sinken ließ.

Brynn setzte sich auf den daneben. Sie nahm einen schwachen Hauch seines Rasierwassers wahr – frisch und sauber, mit einer dunkleren Herznote. Dabei musste sie erneut an den Ozean denken.

„Ich kann euch beiden nur noch einmal dringend von diesem Plan abraten", sagte Vander.

„Nein." Brynn beugte sich vor. „Wir konnten einen Anstieg von Stardust – auch bekannt als Badesalz oder synthetisches Cathinon – auf der Straße zu den Wanderers zurückverfolgen."

Vander zog die Augenbrauen zusammen. „Trucker würde so etwas nicht tun. Er weiß, dass er in seinem Revier bleiben muss."

„Oder Sie sorgen dafür, dass er es bereut?", fragte sie.

Er fing ihren Blick auf. „Ja."

Brynn konnte Norcross' Arbeitsweise durchaus etwas abgewinnen. Sie wusste, dass Hunt gleich dachte, weshalb er mit Norcross zusammenarbeitete und oft mit dem Chief und dem Rest der Führungsriege hinter ihm und seinem Team aufräumte.

Aber Brynn wusste auch, dass man irgendwann in Versuchung kam, die Regeln zu brechen, wenn man sie zu oft umging. Wenn man zu oft mit dem Feuer spielte, verbrannte man sich irgendwann. Sie hatte es schon erlebt.

Aus diesem Grund war ihr Vater tot.

Ihr Magen verkrampfte sich. Norcross war ihr Schlüssel zu den Iron Wanderers. Das war alles, was Brynn interessierte.

Dies war ihr erster großer Fall. Sie hatte viel zu beweisen und sie hatte nicht vor, es zu vermasseln.

„Trucker hält sich wahrscheinlich im Großen und Ganzen an die Vereinbarung", sagte Hunt. „Aber jemand von außerhalb mischt jetzt mit. Derjenige hat etwas gegen Trucker in der Hand, aber ich weiß nicht, was. Trucker drückt ein Auge zu und lässt den Neuen in San Francisco mit Stardust dealen."

Norcross runzelte die Stirn. „Woher weißt du das?"

„Wir haben eine Informantin bei den Wanderers", sagte Brynn. „Sie besorgt mir Informationen, wenn sie kann, aber sie ist nur ein kleiner Fisch. Ich brauche mehr, also muss ich selbst hinein."

„Das sind keine netten Kerle", sagte Vander. „Für die meisten von ihnen sind Frauen Bürger zweiter Klasse."

Sie hob das Kinn. „Ich kann auf mich selbst aufpassen und ich habe nicht vor, ewig dort zu bleiben."

„Wir haben gehört, dass Trucker einen neuen Lieferanten für Ersatzteile für das Motorradgeschäft braucht", sagte Hunt.

Vander nickte. „Er jammert seit Ewigkeiten darüber."

„Du wirst ihm Brynn als zuverlässige Lieferantin vorstellen."

Norcross' dunkle Brauen hoben sich. „Sie wollen undercover als –"

„Mechanikerin, mit einem Nebenerwerb durch den Handel mit hervorragenden Ersatzteilen zwielichtiger Herkunft auftreten", vervollständigte sie seinen Satz.

„Das wird Trucker uns niemals abkaufen." Norcross' Blick wanderte an ihrem Körper hinunter. „Sie sehen von oben bis unten aus wie ein Cop."

Sein prüfender Blick löste ein Kribbeln in ihr aus, das sie verärgerte. „Doch, wird er. Ihr Job ist es, mich ihm vorzustellen, Norcross. Mit Trucker umzugehen, ist meiner." Sie verschränkte die Arme vor der Brust.

Ein Muskel in seinem Kiefer zuckte. Es war ein verdammt kräftiger Kiefer, bedeckt mit dunklen Bartstoppeln. Dann musterte er eine Sekunde lang konzentriert ihr Gesicht, bevor er Hunt ansah.

„Ihr zwei seid verwandt. Sie hat deine Nase und den gleichen sturen Blick, den du auch aufsetzt, wenn du sauer bist."

„Sie ist meine Cousine", sagte Hunt.

Brynn lächelte. „Obwohl er mich manchmal wie eine kleine Schwester behandelt."

„Ich habe nur Brüder, also ..." Hunt zuckte mit einer breiten Schulter.

„Du willst tatsächlich deine Cousine in Truckers Höhle schicken?", fragte Norcross.

„Nein, ich möchte einen kompetenten Detective hineinschicken, der seine Arbeit macht."

„Und Leben rettet", fügte Brynn hinzu. „Wir müssen diesen neuen Lieferanten identifizieren und aufhalten. Wir müssen verhindern, dass Jugendliche sich eine Überdosis Stardust holen können."

Brynn dachte an den Tatort vom Vorabend zurück. Sie hatte Stunden dort verbracht und selbst jetzt konnte sie noch die kalten, toten Körper der beiden Teenager sehen, die zu viel von dem Zeug genommen hatten.

Keine toten Teenager mehr. Das hatte sie sich geschworen.

Vander holte tief Luft und stand in einer geschmeidigen Bewegung auf.

Und verdammt, ihr fiel genau auf, wie er sich bewegte. Sie stand selbst auf. Sie war nicht hier, um etwas an Vander Norcross zu bemerken. Sie brauchte seine Verbindung zu Trucker, das war alles.

„Gut", sagte Vander. „Ich werde die Dinge mit

Trucker in die Wege leiten. Kommen Sie heute Abend in mein Büro, damit wir den Plan durchgehen können. Ich gehe davon aus, dass Sie nach Feierabend kommen wollen, damit Sie niemand sieht."

Sie nickte. „Niemand wird mich sehen, wenn ich es nicht will."

Er warf ihr einen letzten durchdringenden Blick zu. „Detective Sullivan." Er hob das Kinn in Hunts Richtung und schritt dann hinaus.

Brynn konnte nur mit Mühe den Drang unterdrücken, nach Luft zu ringen. „Ich muss schon sagen, dein Freund ist ziemlich intensiv."

„Das ist er, aber er hat Ahnung. Wir können ihm vertrauen."

Sie zog die Nase kraus. „Bist du dir sicher? Er scheint mir ein Mann zu sein, der alles tun würde, um seine eigenen Ziele zu erreichen."

„Er ist ein guter Mann, Brynn. Ich vertraue ihm mit meinem Leben. Ich vertraue ihm auch mit deinem."

Brynn stand auf und stieß ihren Cousin mit dem Ellbogen in die Seite. „Ich muss jetzt los, um einen Informanten zu treffen." Und danach musste sie ihre Tarnung vorbereiten.

Hunt hielt sie am Arm fest. „Sei vorsichtig. Wenn du Verstärkung brauchst, ein schlechtes Gefühl hast oder ahnst, dass die Sache den Bach runtergeht, rufst du Verstärkung."

Brynn küsste ihn auf die Wange. „Danke, Hunt."

„Geh. Sag deinem Bruder, dass er mir ein Bier schuldet."

„Wird gemacht."

„Ich habe ihm noch immer nicht verziehen, dass er als einziger in der Familie aus der Reihe tanzt, um Feuereschlucker zu werden."

Brynn verdrehte die Augen. Es war die alte Leier. Sowohl ihr Vater als auch Hunts Vater waren Polizisten – und beste Freunde – gewesen. Ihr Vater hatte die Schwester von Hunts Vater geheiratet und ihr Bruder Bard musste die Hänseleien der Familie über sich ergehen lassen, seit er der Feuerwehr beigetreten war.

„Bis dann." Brynn blieb an ihrem Schreibtisch stehen, schlüpfte in ihre Jacke und schnappte sich dann ihre Tasche.

Beim Hinausgehen kam sie an zwei Polizistinnen vorbei, die sich unterhielten.

„Du hast diesen erstklassigen Leckerbissen verpasst, den ich ja so viel lieber lecken würde als ein Eis am Stiel."

„Verdammt. Vander Norcross mag mir eine Heidenangst einjagen, aber der Hintern dieses Mannes ... mmm-hmm."

„Nicht wahr? Wenn er mich zu sich winken würde, würde ich rennen, was das Zeug hält, und meine Sachen unterwegs ausziehen."

Brynns Kiefer spannte sich an.

„Süße, ich glaube, Vander Norcross ist eher der Typ Mann, der einer Frau die Kleider selbst vom Leib reißt."

Die beiden Frauen seufzten.

Brynn ging weiter.

Objektiv betrachtet, wusste sie, dass der Typ heiß war. Sein italienisch-amerikanisches Aussehen, sein sexy finsterer Blick, sein Körper, die gefährliche Ausstrahlung. Er war eine höllische Kombination.

Schade, dass er auch gefährlich und waghalsig sein konnte. Sie schüttelte den Kopf und ging hinaus.

Ihr Handy klingelte und sie zog es heraus, bevor sie ein langes Gesicht machte. Es war ihre ältere Schwester, Naomi, die immer über alle bestimmen wollte. Nay war sich sicher, dass sie geboren worden war, um die Welt zu beherrschen. Als Lehrerin wandte sie ihre beneidenswerten Fähigkeiten bei fünfjährigen Kindern an.

Das Gesicht ihrer Schwester tauchte auf dem Bildschirm auf.

„Hi, Nay", sagte Brynn.

„Hey, Schwesterchen." Naomi sah aus wie eine jüngere Version ihrer Mutter und hatte dunkelbraunes Haar, das zu einem ordentlichen Bob geschnitten war und das sie immer mit höchster Präzision trockenföhnte. „Du siehst aus wie eine Frau auf einer Mission."

„Immer", antwortete Brynn.

Naomi holte tief Luft. „Aaalso ..."

Es kam nie etwas Gutes davon, wenn ihre Schwester mit einem langgezogenen *Also* anfing. „Nein."

Naomi verzog das Gesicht. „Lass mich zuerst fragen. Da ist dieser großartige Typ bei der Arbeit, mit dem ich dich verkuppeln will."

„Nein."

„Gib ihm wenigstens –"

„Nein."

Naomi schnaubte. „Jack ist nett."

„Dann erst recht nicht."

„Himmel, du bist so stur und engstirnig, Brynn."

„Ich habe keine Zeit für Männer oder Dates." Ein dunkles, schroffes Gesicht blitzte vor ihrem geistigen Auge auf, bevor sie es schnell wieder ausblendete. „Aber ich liebe dich dafür, dass du einmal im Monat versuchst, mich zu verkuppeln." Auch wenn es Brynn in den Wahnsinn trieb.

Naomi nahm ihre Rolle als älteste Schwester sehr ernst und seit sie sich mit Brian, einem Lehrer, verlobt hatte, war sie fest entschlossen, auch ihre Geschwister unter die Haube zu bringen.

Ein weiteres Schnauben von ihrer Schwester. „Ich liebe dich auch, selbst wenn du mich den letzten Nerv kostest und ich Angst haben muss, dass du allein und an deine Waffe geklammert stirbst."

Brynn lächelte. „Ich mag meine Waffe. Aber jetzt muss ich gehen. Ich habe einen großen Fall und eine Menge Vorbereitungen zu treffen."

Naomi schüttelte den Kopf. „Bei dir geht es immer um die Arbeit."

„Immer. Wir sehen uns nächste Woche bei Mom zum Abendessen."

Brynn war kaum zwei Schritte gegangen, als ihr Telefon einen weiteren Videoanruf anzeigte. Sie hob den Blick zum Himmel. Diesmal war es ihre jüngere Schwester, Carrin. „Gott, Naomi war schnell."

Carrin grinste. „Sie wusste, dass du nein sagen würdest, und hat mich auf dich angesetzt." Die viel blondere, kurzhaarige Carrin, die als Anwältin arbeitete, machte ein ernstes Gesicht. „Brynn, geh mit Naomis nettem, langweiligem Kollegen aus."

„Nein, geh du doch mit ihm aus."

„Ich schlafe mit dem stellvertretenden Staatsanwalt, also lässt sie mich vorerst in Frieden."

Brynn dachte eine Sekunde lang nach. „Ist es der mit dem markanten Kiefer und dem knackigen Hintern?"

„Genau der. Wir sind Freunde mit gewissen Vorzügen und für mich funktioniert es."

„Reib es mir nicht unter die Nase", sagte Brynn. „Du hast deine Pflicht getan. Jetzt leg auf."

Carrin winkte und legte auf.

Eine Sekunde später klingelte Brynns Handy erneut. Sie murrte und erwog, es gegen die nächste Wand zu schleudern, bis sie sah, dass es ihre Mutter war.

Sie drückte das Handy an ihr Ohr. „Hi, Mom. Und nein, ich gehe nicht mit Naomis Freund Jack auf ein Date."

„Hallo, mein Liebes. Er klingt sehr nett."

„Ich bin nicht interessiert und ich habe viel zu tun. Mit einem großen Fall."

„Hartnäckig und engagiert. Genau wie dein Vater." Der vertraute Tonfall war eine Mischung aus wehmütigem Kummer und Liebe.

Brynns Magen zog sich zusammen. Gott, sie vermisste ihren Vater wirklich. Sie wünschte, sie könnte sich jetzt zu ihm setzen, ein Bier mit ihm trinken und ihn um Rat fragen. „Ich nehme das als Kompliment."

„Ich weiß. Also gut, Süße, ich lege jetzt auf. Wir sehen uns bald."

„Bis dann, Mom." Brynn hatte eine enge Verbindung mit ihrer Familie und liebte sie über alles, auch wenn sie sich manchmal wünschte, ihre Geschwister und ihre Mom würden etwas weiter weg wohnen.

Ihr Handy vibrierte. Es war eine Textnachricht von Bard.

Naomi schreibt mir ständig wegen eines Typen namens Jack.

Sie will, dass ich Sex mit ihm habe.

Dazu sage ich besser nichts! Warum willst du nicht mit diesem Kerl essen gehen?

Ich habe keine Zeit. Geh du doch mit ihm essen.

Ist er schwul?

Ich glaube nicht.

Also nicht mein Typ.

Bard war derzeit single. Sein letzter Freund war ein gut aussehender Krankenpfleger aus der Notaufnahme gewesen. Wie Brynn hatte er nicht viel Zeit für Dates oder Beziehungen.

Ich habe nachher noch etwas für die Arbeit zu erledigen, aber wir sehen uns heute Abend.

Ich koche, also mach dir keine Gedanken um das Abendessen.

Endlich eine gute Nachricht. Feuerwehrleute mussten für alle kochen, wenn sie auf der Wache waren, also wusste Bard, wie der Hase in der Küche lief. Brynn steckte endlich das Handy in ihre Hosentasche und ging den Korridor entlang.

Naomi meinte es gut, aber im Moment hatte Brynn keine Zeit für Männer. Vielleicht eines Tages, in ferner Zukunft. Wenn sie den Richtigen fand – jemanden, der stark, zäh, loyal und vertrauenswürdig war. Oh, und ein hübsches Gesicht und ein knackiger Hintern wären auch nicht verkehrt.

Nein, zuerst hatte sie vor, sich als Detective zu beweisen.

Vor sich selbst.

Zum Gedenken an ihren Vater.

Das war wohl das Einzige, was sie und Vander Norcross gemeinsam hatten. Sie ließen sich von nichts aufhalten.

KAPITEL ZWEI

Brynn eilte hastig durch ihre Wohnung. Sie war spät von der Arbeit nach Hause gekommen und jetzt war sie spät dran für das Treffen mit Norcross.

Glücklicherweise wohnte sie an der Grenze zwischen South Beach und Mission Bay. Ihre Wohnung war nicht besonders schick, aber sie erfüllte ihren Zweck. Sie teilte sie mit Bard, denn sie befand sich in einem soliden Gebäude mit vielen Vorzügen und lag in der Nähe des Gebäudes für öffentliche Sicherheit, was für sie beide von Vorteil war.

Sie sahen einander kaum, da sie beide sehr viel arbeiteten.

Brynn zog ihre Uniform aus. Wenn jemand sie in der Nähe des Norcross-Büros sah, wollte sie keinesfalls wie eine Polizistin aussehen. Sie zog sich dunkle Jeans und das olivgrüne T-Shirt an, das sie so gern trug. Dann setzte sie die Kappe ihres Lieblings-Eishockeyteams auf, der San Jose Sharks. Wann immer sie konnte, sah sie sich eines ihrer Heimspiele an.

Sie ging zur Tür hinaus und beeilte sich, zur Norcross-Zentrale zu kommen. Es wäre einfacher, zu laufen, als zu fahren.

Wenn Norcross sie gleich morgen den Iron Wanderers vorstellte, könnte sie in diesem Fall endlich vorankommen. Sie war zu spät dran, weil sie nicht nur einen Mann in einem anderen Fall verhaftet hatte, sondern auch bei der Autopsie eines Teenagers dabei gewesen war, der vor ein paar Tagen eine Überdosis Stardust genommen hatte. Die Eltern des Mädchens waren am Boden zerstört. Sie war eine gute Schülerin gewesen, hatte nie zuvor Drogen genommen, war auf eine Party gegangen ... und jetzt war ihr Leben vorbei.

Diese Droge war stärker und mit Mist wie Reinigungsmittel versetzt. Brynn atmete tief aus. Ihr Vater war ein guter Polizist gewesen. Ihr ganzes Leben lang hatte sie immer nur Polizistin werden und den Menschen helfen wollen – wie er.

Sie bog in die Straße ein, in der sich das Büro von Norcross Security befand, und sah es vor sich.

Nicht übel. Privater Personenschutz und Ermittlungen wurden offensichtlich gut bezahlt. Sie hatte Gerüchte gehört, dass Norcross und seine Männer ein hübsches Sümmchen kosten.

Die Backsteinfassade des Lagerhauses wurde durch viel Glas und schwarzes Metall ergänzt. Wer immer den Umbau vorgenommen hatte, hatte gute Arbeit geleistet. Unauffällig suchte sie ihre Umgebung ab. Niemand auf der Straße schenkte ihr besondere Aufmerksamkeit. Sie drückte den Knopf der Gegensprechanlage an der Eingangstür.

Eine Sekunde später piepte es und die Tür wurde entriegelt.

Sie ging zielstrebig hinein und zog sich die Kappe vom Kopf. Das industrielle, moderne Flair setzte sich im Inneren des Gebäudes fort. In der Mitte befand sich eine große, offene Fläche mit Holzbalken und Metallrohren an der Decke. Büros mit Glaswänden säumten alle Seiten des Raumes. Zu dieser späten Stunde war das Gebäude jedoch leer.

„Guten Abend."

Das war nicht Norcross' Stimme. Sie drehte sich um.

Und entdeckte einen goldenen Gott im Smoking. Sie wusste sofort, wer er war. Sie hatte Nachforschungen über sie alle angestellt. Saxon Buchanan war Vanders bester Freund und seine rechte Hand. Außerdem war er mit Vanders Schwester Gia verlobt.

„Hey", sagte Brynn.

Grüne Augen musterten sie. Es wäre einfach, ihn als gut aussehenden Mann mit Geld abzutun, aber sie wusste, dass er auch ein ehemaliger Ghost-Ops-Soldat war, und sie sah die Wachsamkeit, mit der er sie betrachtete.

„Ich war gerade auf dem Weg nach draußen. Er wartet auf Sie." Saxon legte den Kopf schief. „Sie sehen nicht wie ein Cop aus."

Brynn zog eine Augenbraue hoch. „Und Sie sehen nicht wie ein knallharter Typ aus. Der Schein kann trügen."

Er schürzte die Lippen. „Touché."

„Sie denken also, ich sehe nicht wie ein Cop aus, weil ich eine Frau bin?"

Buchanan schüttelte den Kopf. „Weil Sie nicht diesen abgestumpften, resignierten Blick in Ihren Augen haben."

„Ich weiß es besser, als zu versuchen, sie alle zu retten." Das hatte ihr Vater ihr beigebracht. „Aber ein paar kann ich retten."

Saxon Buchanans Mundwinkel zuckten. „Gutes Motto. Allerdings werden Trucker und die Wanderers Hackfleisch aus Ihnen machen und Sie dann den Hunden zum Fraß vorwerfen."

„Sie wissen nichts über mich, Buchanan." Sie schlenderte näher und zwinkerte. „Eine meiner besten Eigenschaften ist, dass ich zäh bin. Wenn sie mich den Hunden zum Fraß vorwerfen, werden die Köter an mir ersticken."

Jetzt verzogen sich seine Lippen zu einem breiten Lächeln. „Ich hoffe, Sie haben recht." Mit einem Nicken ging er auf die Treppe zu, die nach unten führte.

Brynn ging weiter in den Raum hinein und folgte dem Licht, das am hinteren Ende der Reihe von Büros brannte. Sie trat in eine Türöffnung. Dieses Büro hatte keine Glaswände wie die anderen.

Hier saß der Boss.

Eine moderne Metalllampe war neben dem Schreibtisch angeknipst, aber der Rest des Raums war finster. Vander saß nicht an seinem Schreibtisch.

„Detective."

Die tiefe Stimme aus den Schatten rechts von ihr ließ sie herumfahren. Er war in Dunkelheit gehüllt, aber sie wusste sofort, dass er es war. Verdammt, sie hatte nicht einmal gemerkt, dass er da war.

„Abend, Norcross."

„Ich habe Sie früher erwartet."

Sie zuckte mit den Schultern. „Ein anderer Fall hat mich aufgehalten."

Vander stand auf und stellte sich vor sie. Ihr Herz begann schneller zu schlagen. *Verdammt noch mal.* Dieser Mann war viel zu viel für jede Frau.

„Haben Sie den Kerl erwischt?", fragte er.

Sie lächelte. „Ja. Er sitzt jetzt in einer gemütlichen Zelle und wartet darauf, dass Anklage gegen ihn erhoben wird." Sie sah sich um. „Ich mag Ihr Büro."

„Danke." Er deutete in Richtung der Stühle vor seinem glänzenden Schreibtisch. Alles hier war so minimalistisch und nüchtern. Wahrscheinlich dachte er, dass die vielen klaren Linien und der Mangel an persönlichen Noten nichts über ihn aussagten.

Aber sie war gut darin, zwischen den Zeilen zu lesen, und sie fand, dass es sogar sehr viel aussagte. Sie setzte sich.

„Ich habe mit Trucker telefoniert", sagte Norcross. „Wir haben ein Treffen für morgen vereinbart."

Brynn richtete sich auf und ihr Puls beschleunigte sich erneut. „Das ist großartig."

Norcross lehnte sich an seinen Schreibtisch. „Sie haben Ihre Meinung also nicht geändert?"

Sie verengte ihren Blick. „Nein."

Er verschränkte die Arme vor der Brust. Er trug keine Jacke und die Ärmel seines Hemdes waren hochgekrempelt. Es entging ihr nicht. Was war so verdammt sexy an den Unterarmen eines Mannes, der die Ärmel hochgekrempelt hatte?

„Wie Sie wollen. Ich schulde Hunt etwas und ich stehe zu meinem Wort. Wenn Sie da draußen umkommen, ist das nicht mein Problem."

Sie lächelte zuckersüß. „Nein, ist es nicht."

„Haben Sie eine Ahnung, wer dieser neue Dealer sein könnte?"

Sie schüttelte den Kopf. „Nein. Er hält sich bedeckt. Mein Kontakt im Club weiß auch nicht, wer er ist. Sie haben in letzter Zeit mehrere neue Mitglieder aufgenommen."

„Ich bezweifle sehr, dass Ihr Informant ein Clubmitglied ist, also nehme ich an, dass es eine der Frauen ist."

„Ich verrate meine Informanten niemals, Norcross."

„Vielleicht brauchen Sie da drinnen Verstärkung."

„Wie ich schon sagte, ich kann auf mich selbst aufpassen."

Er presste die Lippen zusammen. „Diese Typen sind nicht nett. Sie respektieren Frauen nicht. Sie werden Sie nicht wie eine Dame behandeln."

Brynn stand auf und ging auf ihn zu. „Das hier ist nicht mein erstes Rodeo. Ich weiß genau, was mich erwartet."

Er stieß sich vom Schreibtisch ab und erhob sich, um sich vor ihr aufzubauen. Die Spitzen seiner Schuhe stießen gegen ihre.

„Haben Sie ein Problem mit Frauen, die Cops sind?" War er einfach nur ein weiterer Chauvinist?

„Nein, ich mag es nur nicht, wenn Frauen verletzt werden."

Sein Tonfall ließ sie erschaudern. Die Dunkelheit in

seinen Augen jagte ihr eine Gänsehaut über den Rücken. Welche Gräueltaten hatte er gesehen?

Und warum verspürte sie den verrückten Drang, ihn zu trösten?

Sie wich einen Schritt zurück. „Ich weiß Ihre Besorgnis zu schätzen. Können wir jetzt über das Treffen sprechen?"

Er starrte sie einen Moment lang an, umrundete dann seinen Schreibtisch und setzte sich. „Ich treffe mich morgen um zwei mit Trucker im Clubhaus. Es ist in Oakland –"

„Ich weiß, wo es ist."

„Gut. Kommen Sie um zehn nach zwei und ich werde Sie ihm vorstellen." Sein Blick wanderte an ihren Sachen hinunter. „Sicher, dass Sie als Biker durchgehen können?"

„Ja. Keine Sorge."

„Oh, und wie ich mir Sorgen mache."

Brynns Blick schweifte über seinen Schreibtisch und sie bemerkte, dass sein Computermonitor eingeschaltet war. In der unteren Ecke lief ein Eishockeyspiel.

„Hey, das Spiel der Sharks." Sie lehnte sich näher heran. „Ich glaube, sie könnten es diese Saison ganz nach oben schaffen."

Er rückte näher und sie bekam einen weiteren Hauch seines Parfums in die Nase. Musste er so gut riechen? Sie hatte eine Schwäche für sexy Parfüm.

„Ja", sagte er. „Mit Jackson an der Flanke läuft es gut, aber sie sind im Rückstand."

„Ross ist in der Verteidigung hervorragend. Sie werden die Krallen ausfahren."

Er legte den Kopf schief. „Sind Sie Eishockey-Fan?"

Sie neigte ihre Mütze so, dass er das Logo darauf sehen konnte. „Hockey macht das Leben lebenswert, Norcross. Aber Baseball und Football sind auch nicht übel."

Einer seiner Mundwinkel hob sich kaum merklich. Kein richtiges Lächeln, aber immer noch verheerend. Wie es sich wohl anfühlte, wenn Vander Norcross jemanden wirklich anlächelte?

Ihre Brust zog sich zusammen. *Nein.* Er war ein Mittel zum Zweck – ein gefährliches, mit dem sie es sich nicht leisten konnte, sich einzulassen.

„Sieht so aus, als hätten Sie doch eine positive Eigenschaft, Detective Sullivan."

Sie richtete sich auf und setzte ihre Kappe wieder auf. „Machen Sie sich keine Sorgen, Norcross. Ich bin sicher, meine anderen nervigen Eigenschaften werden Sie daran erinnern, dass Sie mich eigentlich nicht mögen."

Er wandte sich ihr zu. „Ich habe nie gesagt, dass ich Sie nicht mag."

Ihr Blick begegnete seinem. Er war dunkel, kühl und erinnerte sie an Glas. Ja, Norcross war ein Meister darin, den Menschen diese kühle, distanzierte Fassade zu präsentieren, aber der Detective in ihr konnte die darunter liegende Aggression wahrnehmen. *Verdammt.* Sie hatte sich noch nie zu gefährlichen Männern hingezogen gefühlt. Jetzt würde sie auch nicht damit anfangen.

„Ich bin ein Cop. Ich mag Regeln und ich sorge dafür, dass die Gesetze eingehalten werden. Ich bin mir nicht sicher, ob Sie das auch tun."

„Wir brauchen Regeln, Detective, aber manchmal sind diese Regeln so starr, dass die bösen Jungs mit bösen Dingen davonkommen. Das ist es, womit ich nicht leben kann."

Sie legte den Kopf schief. „Ich bin hier diejenige, die für Recht und Ordnung sorgt, nicht Sie."

„Jeder von uns hat seine Rolle zu spielen".

Grr. Sie wollte mit ihm diskutieren. Jeder, der glaubte, das Gesetz selbst in die Hand nehmen zu können, würde damit irgendwann eine schlechte Wahl treffen. Wie es der Partner ihres Vaters getan hatte.

Sie zügelte ihr Temperament. Vorerst brauchte sie Norcross.

„Wir sehen uns morgen." Ihr Ton war bewundernswert gefasst.

Vander neigte den Kopf. „Morgen."

Brynn marschierte hinaus und zwang sich, nicht zurückzublicken. *Konzentriere dich auf deinen Job, Sullivan.*

Sie musste ihre Rolle perfekt spielen. Es hing so viel davon ab.

DER PLAN WAR eine verdammt schlechte Idee.

Sein Instinkt rebellierte. Vander fuhr mit seiner BMW S1000RR über die Bay Bridge in Richtung Oakland. Die Iron Wanderers hatten ihr Clubhaus im Hoover-Foster-Viertel.

Sie hatten dort eine Werkstatt, in der sie Bikes lagerten, reparierten und individuell an die Wünsche ihrer

Mitglieder anpassten. Außerdem hatten sie ein bewachtes Clubhaus nebenan in einem alten, hässlichen Betongebäude mit wenigen Fenstern. Darin befanden sich eine Bar, Dartscheiben und Billardtische und im Freien ein Kampfring.

Wenn sie feierten, wurde es oft laut und brutal.

Er hielt vor dem Gebäude. Die Werkstatt hatte drei Stellplätze und zwei der großen Tore standen offen. Er schwang sich von seinem Motorrad. Trucker kam heraus und wischte sich die Hände an einem Lappen ab.

Er war ein groß gewachsener Mann mit dichtem, grau meliertem Haar, einem gepflegten Bart und einem Bauch, der langsam etwas schwabbelig wurde.

Er beäugte Vanders Motorrad. „Wir müssen dir eine Harley besorgen, Norcross."

„Mein Bike ist genau richtig."

Trucker brummte etwas und steckte seine Hände in die Taschen seiner schmutzigen Jeans.

„Als ich sagte, dass ich einen neuen Ersatzteillieferanten brauche, habe ich nicht erwartet, dass ausgerechnet du mir einen beschaffen würdest." Trucker räusperte sich und spuckte auf den Bürgersteig. „Schließlich sind wir nicht immer einer Meinung."

„Du pisst mir nicht ans Bein, Trucker, und wir haben kein Problem. Eine Hand wäscht die andere."

Trucker schnaubte anerkennend. „Und dein Kerl kann hochwertige Teile zu den vereinbarten Preisen liefern?"

„Das kann sie."

„Sie?" Truckers buschige Brauen huschten zu seinem Haaransatz.

Ja, Trucker war von der alten Schule und glaubte immer noch, dass der rechtmäßige Platz einer Frau auf dem Rücken liegend und mit gespreizten Beinen war. Ein weiterer Grund, warum Vander Detective Brynn Sullivan nicht in der Nähe der Wanderers haben wollte.

„Ja, sie. Sie ist gut und sie kann auf sich selbst aufpassen." Vander hoffte es zumindest.

Trucker grinste. „Und San Franciscos größtes Arschloch hält ihr den Rücken frei."

Vander antwortete nicht, sondern starrte Trucker nur an, bis dieser seinen schlammbraunen Blick abwandte.

Das tiefe Dröhnen eines Motors drang zu ihnen herüber. Vander drehte den Kopf und er und Trucker sahen zu, wie eine schnittige, glänzende Triumph die Straße entlang brauste.

Gelenkt wurde sie von einer schlanken Person mit Helm.

Das Bike fuhr in die Einfahrt zur Werkstatt, direkt vor ihnen. Vander hielt für einen Augenblick die Luft an.

„Na, na, na. Wen haben wir denn da?", sagte Trucker.

Die Lenkerin des Motorrads trug viel zu knapp geschnittene Jeans-Shorts, die viel schlankes Bein zeigten. Wo zum Teufel hatte sie diese langen Beine versteckt?

Sie zog sich den schwarzen Helm vom Kopf und ihr braun gesträhntes Haar fiel ihr über die Schultern.

Brynn schenkte ihm ein süffisantes Grinsen. Als Nächstes zog sie sich ihre abgenutzte Eishockeykappe der San Jose Sharks über und fädelte ihre Haare durch das Loch auf der Rückseite.

Vander blinzelte mehrmals. An ihrem winzigen, karierten Top standen genügend Knöpfe offen, um mehr als nur ein angedeutetes Dekolleté zu zeigen. Außerdem liefen Tätowierungen an ihrem linken Arm hinauf, in einer Farbexplosion, die gestern noch nicht dort gewesen war – sie sahen aus wie Rosenranken. Er wusste, dass sie unecht waren, aber sie sahen definitiv echt aus.

Sie schwang ein langes Bein – sie trug ein Paar Cowboystiefel – über das Bike und drehte sich zu ihnen um.

„Howdy, Jungs."

Ihr Akzent war anders. Nicht so gehoben und klar wie bei ihrer ersten Begegnung.

„Aber, hallo", sagte Trucker gedehnt.

Vander drehte sich um und starrte den Mann an.

Als Trucker seinem Blick begegnete, verkniff er sich sein Grinsen und räusperte sich.

„Hey, V." Brynn zwinkerte ihm zu und wandte sich an Trucker. „Du musst der Präsident der Iron Wanderers sein." Sie streckte ihre Hand aus. „Bry Davis."

„Trucker." Er schüttelte ihre Hand. „Wofür steht Bry, brünette Schönheit?"

Ihre Augen lächelten nun nicht mehr. „Das geht dich nichts an. Wie wäre es, wenn wir jetzt über Ersatzteile reden?" Sie machte ein paar Schritte in Richtung eines der offenstehenden Tore und warf einen Blick hinein. „Sieht aus, als hättest du da eine anständige Werkstatt." Sie verschränkte die Arme. „Ich muss dich warnen, meine Teile sind heiß begehrt."

„Darauf wette ich." Trucker beäugte ihre Beine.

Vander starrte ihn wieder an. Noch eine verdammte

Bemerkung und er würde sie an ihren langen Beinen von hier wegschleifen.

Trucker wurde ernst. „Also gut. Reden wir übers Geschäft."

Der Biker führte Brynn hinein und Vander folgte ihnen.

Er war ein paar Mal im Clubhaus gewesen und hatte dort jedes Mal eine Ansammlung von leeren Bierflaschen und anderem Müll vorgefunden, aber es sah so aus, als ob die Wanderers das Geschäft mit den nach Kundenwunsch angepassten Bikes ernster nahmen. Die Werkstatt war gut organisiert und die Werkzeuge ordentlich sortiert. Es war ihr legales Geschäft, während sie hinter den Kulissen die illegalen Kämpfe veranstalteten und mit Drogen dealten.

„Wir brauchen einen ständigen Nachschub an Ersatzteilen", sagte Trucker und erklärte ihr ein paar Dinge.

Brynn unterbrach ihn gelegentlich, um Fragen zu stellen. Eines musste man ihr lassen, sie klang, als wüsste sie genau, wovon sie sprach.

Vander war zu gleichen Teilen fasziniert und verärgert. Hätte sie nicht gewusst, was sie tat, hätte er sie da rausholen und ins Polizeipräsidium zurückschicken können, wo sie in Sicherheit war.

Stattdessen fraß Trucker ihr schon nach ein paar Sätzen aus der Hand. Ein paar Mal lachte der hart gesottene Biker sogar.

Während sie seine Fragen beantwortete, konnte Vander zähneknirschend zusehen, wie sie sich den Respekt des Bikers verdiente.

Als Brynn sich vorbeugte, um sich ein halb fertiges Bike aus der Nähe anzusehen, wanderte Vanders Blick nach unten.

Verflucht. Sie stellte ihre verdammten Beine zur Schau und ihre fadenscheinigen Jeansshorts schmiegten sich an ihren knackigen Hintern.

Sie richtete sich auf und Vanders Blick verfinsterte sich.

Er hatte kein Recht, Brynns – Detective Sullivans – Schokoladenseiten zu bemerken. Sie war Hunts Cousine. Und ein Cop.

Außerdem bedeutete sie Ärger. Kluge, eigensinnige Frauen bedeuteten immer Ärger. Er musste es wissen – schließlich hatte er eine zur Schwester.

Er hielt sein Leben unkompliziert und vermied alle Arten von Problemen. Wenn er Lust auf einen Fick hatte, fickte er, und das wars. Er sorgte dafür, dass sich seine Partnerin für die Nacht amüsierte, und danach ging er.

„Du hast den Laden gut im Griff, Trucker", sagte Brynn.

„Ja, Schätzchen. Wir mögen es, uns zu amüsieren, aber wir kümmern uns auch ums Geschäft."

Brynns Grinsen war breit und frech. „Das habe ich schon über euch Biker gehört. Wie viele hast du in deinem Club?"

Junge, Junge. Sie flirtete und presste gleichzeitig die Informationen aus Trucker heraus.

Okay, jetzt war Vander mehr als nur ein wenig angetörnt und es ärgerte ihn gewaltig.

„Ich kann dir deine Teile besorgen." Als Brynn sich

umdrehte, wippte ihr brauner Pferdeschwanz. Sie stützte die Hände in ihre Hüften, wodurch die Tattoos auf ihrem linken Arm noch besser zur Geltung kamen. Sie sahen verdammt echt aus. „Für den richtigen Preis."

Vander hörte ihnen beim Feilschen zu. Es überraschte ihn nicht, dass sie gut darin war.

„Also, sind wir im Geschäft?", fragte sie Trucker.

„Das sind wir, Schätzchen." Trucker hielt ihr eine fleischige Hand hin.

Sie schüttelte sie.

„Danke, dass du mich hergebracht hast, V." Sie schenkte Vander ein Lächeln.

Er brummte.

„Er ist immer so gesprächig", sagte sie zu Trucker.

Der Biker gab einen erstickten Laut von sich, bevor er sich räusperte. „Hör mal, wir feiern heute Abend im Clubhaus. Es ist Freitagabend und wir haben ein paar neue Mitglieder, also ist es eine Art Willkommensparty. Es wird Getränke und Essen geben und ein paar Kämpfe in unserem Ring."

Vander versteifte sich, aber Brynn lächelte.

„Klingt gut", sagte sie.

„Komm vorbei, dann kann ich dich ein paar Leuten vorstellen."

„Danke, Trucker."

Das Grinsen des Bikers verblasste. „Du kannst auch kommen, Norcross."

Vander hob sein Kinn. Er war schon zuvor eingeladen worden, aber gekommen war er nie.

„Ich bringe dich noch raus", sagte Trucker.

Vander nahm Brynn am Ellbogen. „Ich übernehme ab hier."

Sie lächelte den Biker an. „Wir sehen uns heute Abend."

Als sie nach draußen gingen und Trucker außer Sicht war, versuchte sie, ihren Ellbogen aus Vanders Griff zu lösen, aber er hielt sie fest. Zeit für eine kleine Unterhaltung.

KAPITEL DREI

Norcross hielt sie am Ellbogen fest, als er sie zu ihrem Bike begleitete.

Sobald sie zu ihrer Maschine kamen, riss Brynn sich schließlich mit einem Ruck los, aber im nächsten Augenblick drückte Norcross sie gegen ihre Triumph.

„Norcross –" Er war so verdammt groß und strahlte eine unwiderstehliche Stärke aus.

„Sie denken also, es ist eine gute Idee, mit Trucker zu flirten und in diesem Aufzug herumzulaufen?"

Sie verengte ihren Blick. Der Ausdruck auf seinem Gesicht war nichtssagend und unterkühlt und ein kleiner, verwegener Teil von ihr wollte sehen, wie das Eis seiner Fassade zersplitterte.

Verdammt, konzentriere dich, Brynn. „Ich spiele meine Rolle", zischte sie im Flüsterton. „Er kriegt das zu sehen, was er sehen soll. Das ist mein Job."

Sie sah einen Muskel in Vanders Kiefer zucken. Es war so ein subtiler Hinweis, dass sie es fast übersehen hätte.

Hmm, doch nicht so gelassen. Und natürlich roch er himmlisch. Das taten die, die man nicht haben konnte, immer.

„Geh mal runter vom Gas, Norcross." Sie drückte ihre Hände auf seine Brust, die unter seinem weißen Shirt verborgen lag. Im nächsten Moment war sie völlig abgelenkt von den festen Muskeln unter der Baumwolle. Sie fragte sich, ob diese sexy bronzene Haut *alle* seiner Körperteile bedeckte.

Verdammt. Sie zwang sich, zu ihm aufzusehen. Sie würde sich Vander Norcross *nicht* nackt vorstellen.

Okay, jetzt stellte sie ihn sich doch nackt vor.

„Hören Sie mir noch zu?", knurrte er.

„Nein. Ich habe mit einer Standpauke gerechnet, also habe ich auf Durchzug geschaltet."

Er holte tief Luft, aber sein Gesicht, das ein wenig zu hart war, um wirklich attraktiv zu sein – was ihn leider nur noch attraktiver machte –, blieb teilnahmslos.

„Sie sind wohl nicht an Leute gewöhnt, die nicht nach Ihrer Pfeife tanzen, was?", fragte sie.

„Ich bin nicht an Leute gewöhnt, die gute Ratschläge in den Wind schlagen."

„Ich weiß, was ich tue."

„Die Partys der Wanderers sind wilde Saufgelage. Ihre Kämpfe sind gnadenlos."

Sie lehnte sich vor. Jeder, der sie beobachtete, sah zwei Menschen, die eine hitzige Diskussion führten. „Ich bin ein Cop, Norcross. Glauben Sie mir, ich weiß besser als die meisten, dass die Welt nicht nur aus Sonnenschein und Regenbögen gemacht ist."

„Sie haben keine verdammte Ahnung."

Sie sah das flüchtige Aufblitzen finsterer Schatten in seinen Augen und verspürte den unwiderstehlichen Drang, seine Wange zu streicheln.

Grundgütiger. Sie musste sich das Gehirn untersuchen lassen. „Ich habe sehr wohl Ahnung, hier, in meiner Stadt."

Seine Augenbrauen wanderten nach oben. „In Ihrer Stadt?"

Sie hob ihr Kinn. „Ja."

„Meine Straßen. Meine Stadt."

„Sie kennen jeden, nicht wahr? Vander Norcross, der Drahtzieher mit Kontakten in alle Richtungen. Sowohl in die gute als auch in die schlechte und sehr hässliche. Sie sind befreundet mit Polizisten und Managern, mit Bandenchefs, der Mafia und Bikern. Wissen Sie was? Wenn Sie lange genug mit den bösen Jungs spielen, wird das irgendwann auf Sie abfärben."

„Sie kennen mich nicht." Er lehnte sich noch näher heran. „Ich habe mein Leben damit verbracht, für dieses Land zu kämpfen und für die Sicherheit der Menschen zu sorgen, die darin leben. Was ich will, ist, weiterhin für ihre Sicherheit zu sorgen, damit sie es nie mit den Bösen zu tun bekommen."

„Wie ich schon sagte, das ist mein Job."

Er schüttelte den Kopf und packte ihre Hüften. „Dann werden Sie eben teilen müssen."

Ihr verräterischer Puls raste wie wild. „Runter vom Gas, Norcross."

„Sie gehen *nicht* auf diese Party."

„Tut mir leid, Dad, du kannst mir keinen Hausarrest aufbrummen. Diese Party verschafft mir die Möglichkeit, mir einen Überblick zu verschaffen und ein paar der Schlüsselpersonen kennenzulernen. Vielleicht kann ich sogar den neuen Mann identifizieren."

„Ach, sind wir jetzt schon per Du?"

„Sieht so aus. Hast du Angst?"

Sie sah eine Vene in seiner Schläfe pochen. Wow, er war wirklich angepisst. Dann konnte sie genauso gut noch eins obendrauf setzen. „Macht jeder, was du sagst?"

„So ziemlich jeder. Außer meiner Mom."

Oh, Gott. Nichts war heißer als ein harter Kerl, der seine Mom liebte.

„Nun, dann erhältst du jetzt die Gelegenheit, dich persönlich weiterzuentwickeln, denn ich werde genauso wenig springen, wenn du pfeifst, wie sie."

Er legte den Kopf schief und sein intensiver Blick glitt über ihr Gesicht. Sie spürte, wie sich seine Finger tiefer in das Fleisch an ihren Hüften gruben.

Für einen seltsamen Moment schienen sich all ihre Empfindungen zu verstärken – das harte Gefühl seines Körpers so nah an ihrem, sein männlicher Duft nach dem rauen Ozean, die Wärme der Sonne auf ihrer Haut, das Klopfen ihres Herzens.

„Du musst mich jetzt loslassen", flüsterte sie.

Stattdessen trat er einen letzten Schritt näher und presste seinen Körper gegen ihren. „Ich bin mir nicht sicher, ob ich das will. Etwas an dir fasziniert mich, wenn du mir nicht gerade auf den Sack gehst."

Sie legte den Kopf schief. „Dann wirst du erst recht fasziniert sein, wenn ich dir meine Faust in den Bauch ramme."

Er lächelte. Ein aufrichtiges, volles Lächeln.

Heiliger Eierstock. Dieses Lächeln sollte als tödliche Waffe deklariert werden müssen. Es machte sein dunkles, gefährliches Gesicht geradezu wunderschön. Peinlicherweise spürte sie, wie auch noch ihr Höschen dabei feucht wurde.

„Du könntest es versuchen", murmelte er.

Sie verengte ihren Blick. „Ich könnte es mit dir aufnehmen, Norcross."

„Nein, könntest du nicht." Seine Finger vergruben sich noch ein letztes Mal in ihren Hüften, dann trat er einen Schritt zurück. „Zu deinem Glück stehen Cops nicht auf der Liste von Leuten, mit denen ich meine Zeit verbringe. Dein Cousin ist die große Ausnahme."

„Hast du Angst davor, was wir über dich herausfinden könnten?"

Jetzt, wo er sich zurückgezogen hatte, schwankte sie fast und vermisste seine Berührung.

Gott, Brynn.

„Nein, ich kann nur gut auf das selbstgerechte Gelaber verzichten", sagte er.

Sie verdrehte die Augen. „Du meinst, dass jemand dich zur Rechenschaft zieht."

Er sah auf. „Gehst du auf die Party?"

Sie nickte. „Ich werde meinen Job erledigen."

Er starrte sie einen Moment lang an und nickte dann. Einen Moment später ging er zu seinem sehr schnittigen, sehr heißen Bike zurück. *Das war alles?* Keine weiteren Forderungen? Keine Widerrede?

Brynn war ein wenig enttäuscht.

Er schwang sich auf sein Motorrad und ihre Gedanken wanderten in eine völlig falsche Richtung. Er griff nach seinem Helm und sah sie durchdringend an. „Sei vorsichtig."

Sie schwang sich auf ihr eigenes Bike. „Das bin ich immer, Norcross. Manche von uns befolgen die Regeln und wägen ihre Chancen ab."

Er saß da, wartete und beobachtete sie. Ihr wurde klar, dass er darauf wartete, dass sie zuerst losfuhr. Gentleman oder Kontrollfreak?

Möglicherweise ein bisschen von beidem.

Vander Norcross kam ihr vor wie ein Mann, der alles kontrollieren musste.

Sie warf ihm einen Blick zu und tauschte dann ihre Kappe gegen den Helm. Sie startete den Motor, gab Gas und fuhr los.

Am Ende der Straße warf sie einen Blick in den Rückspiegel und sah, dass er ihr folgte. Er fuhr sein leistungsstarkes Bike mit einer Leichtigkeit, die ihr den Atem raubte.

Konzentriere dich auf den Job, Brynn.

Ihr Puls war nicht so ruhig, wie sie ihn gern gehabt hätte.

Er rollte neben ihr an die Haltelinie und blieb stehen. Durch das dunkle Visier seines Helms konnte sie fast das Gewicht seines Blickes auf sich spüren.

Das kräftige Brummen des Motors unter ihr vibrierte durch ihren Körper. Sie konnte seine Augen durch das dunkle Visier nicht sehen, aber sie wusste, dass er sie ansah.

Sie lehnte sich vor und gab Gas.

Er passte sich ihrem Tempo an, als sie durch den Verkehr und auf die Bay Bridge fuhren.

Brynn konnte nicht so viele Spritztouren auf ihrem Bike machen, wie sie es gern wollte. Sie liebte das Gefühl von Geschwindigkeit und Freiheit. Sie grinste. Verdammt, es fühlte sich gut an.

Und der heiße Typ auf dem Motorrad neben ihr verstärkte dieses Gefühl noch mehr.

Sie brausten über die Brücke und als sie abbog, salutierte Vander und beschleunigte in eine andere Richtung.

Oh, Mann. Es würde extrem schwierig werden, sich auf ihren Fall zu konzentrieren und nicht auf Vander Norcross' prachtvollen Körper. Er sollte wirklich einen Waffenschein dafür vorlegen müssen.

Genug davon. Sie durfte sich nicht ablenken lassen. Sie musste sich auf eine Biker-Party vorbereiten.

VANDER BRACHTE den X6 auf der belebten Straße vor dem Clubhaus der Wanderers zum Stehen. Überall parkten Autos und vor der Werkstatt stand eine Schlange von Bikes. Er stieg aus seinem Geländewagen. Der Beat der Musik brachte die Luft zum Vibrieren.

Als er sich dem offenen Eisentor näherte, hörte er gedämpfte Gespräche, die von schallendem Gelächter begleitet wurden.

Er fragte sich, ob Brynn schon hier war.

Zwei Türsteher standen vor dem Tor und beäugten ihn, als er auf sie zuging. Beide versteiften sich und reckten ihr Kinn in die Höhe.

„Norcross", murrte einer.

Vander ging an ihnen vorbei. Das Clubhaus war

randvoll mit Bikern in Jeans und Leder und Frauen, die viel weniger Stoff am Körper trugen – kurz und eng schien der Trend in der Szene zu sein.

Er beobachtete, wie ein Biker eine lachende Frau mit langen Haaren von den Füßen hob, so dass sie ihr Bier in alle Richtungen verschüttete.

Es war noch früh, aber die Nacht im Clubhaus würde bald noch viel rauer und wilder werden. Er ging hinein und ließ seinen Blick über die lange Bar und die Fahnen wandern, die die Wand dahinter schmückten. Es herrschte reger Betrieb.

Auch ein paar Leute, die nicht Mitglieder des Clubs waren, hatten ihren Weg hierher gefunden. Sie genossen die Partyatmosphäre.

Große Schiebetüren waren geöffnet und führten zu einem belebten Außenbereich. Männer standen hinter einem Grill und der Geruch von gebratenem Fleisch erfüllte die Luft.

Der Kampfring befand sich in der Mitte der Fläche. Er war rechteckig, von Seilen umgeben und sah aus wie ein kleiner Boxring.

Vander sah sich um. Eine gewisse, lästige Brünette konnte er nirgendwo ausmachen.

„Bier?" Eine Frau mit beeindruckendem Vorbau in einem trägerlosen, roten Kleid und mit einer üppigen Lockenmähne blieb vor ihm stehen. Ihre Lippen hatten die gleiche Farbe wie ihr Kleid. Sie hielt zwei Flaschen Budweiser hoch und leckte sich die Lippen.

„Nein, danke", sagte er.

Sie legte den Kopf schief. „Kann ich dich vielleicht mit etwas anderem in Versuchung führen?"

„Nicht jetzt."

„Verzieh dich, Charlene." Trucker tauchte neben ihm auf.

Die Frau schmollte und schwirrte davon.

„Dachte ich mir schon, dass du heute zur Abwechslung mal auftauchen würdest." Trucker nippte an seinem Bier. „Deine heiße kleine Mechanikerin passt perfekt hierher." Trucker legte den Kopf schief.

Vander spannte sich innerlich an, als er dem Blick des Bikers folgte.

Fuck.

Brynn saß auf einem Tisch und hatte ihre langen Beine gekreuzt. Sie trug einen viel zu knappen Jeansrock und ein schwarzes Neckholder-Top, das sich an ihren Oberkörper schmiegte wie eine zweite Haut. Ihre Haare trug sie offen.

Sie hatte eine üppige Mähne mit all diesen verführerischen Strähnen in Schokoladenbraun, Gold, Hellbraun und Karamell.

Mehrere Biker drängten sich um sie. Sie lachte und nippte an ihrem Getränk. Sie beobachteten sie, als wäre die Frau ein saftiges Steak und sie selbst die blutrünstigen Wachhunde, die an ihren Ketten zerrten.

Grill, Truckers Stellvertreter, beugte sich vor und spielte mit ihrem Ohrring. Der Kerl war ungefähr so alt und so groß wie Vander und bestand von oben bis unten aus Muskeln. Er trug sein braunes Haar kurz rasiert, hatte einen Schnurrbart und ein Tattoo in der Form einer Schlange, die sich um seinen Hals wand. Er hatte eindeutig Herzchen in den Augen, aber Vander wusste, dass der Kerl gewalttätig war und eine

Vorliebe dafür hatte, Leuten Schnittwunden zuzufügen.

Vander wollte das Arschloch nicht in Brynns Nähe haben. Was zum Teufel dachte sie sich dabei, zu lächeln und mit diesen Typen zu flirten? Sie hatte für diesen Job recherchiert, also war sie zu klug, um nicht zu wissen, dass sie mit dem Feuer spielte. Sie musste wissen, wie Grill drauf war.

Vander schaffte es, sich keinen seiner Gedanken anmerken zu lassen. „Wenn sie verletzt wird, Trucker, kriegst du es mit mir zu tun."

Die Augen des Bikers verengten sich. „Ich bin nicht ihr Babysitter, Norcross. Du hast gesagt, dass sie auf sich selbst aufpassen kann."

„Dann kriegst du es mit mir zu tun", wiederholte Vander nur.

„Immer musst du das Sagen haben und dich in Angelegenheiten der Wanderers einmischen."

Vander drehte sich zu ihm und starrte Trucker an. „Hast du ein Problem, Trucker?"

Der Körper des Mannes zuckte. „Nein, kein Problem."

Vander sah wieder zu Brynn. „Gut. Du hast ein paar neue Mitglieder?"

„Ja." Der Biker nahm einen Schluck Bier.

„Woher?", fragte Vander.

„Von überall her." Trucker sah weg.

Vander entdeckte ein paar der neuen Gesichter. Ein paar große Jungs in Leder. Einen mit vielen Tattoos, einen zweiten mit einem riesigen, buschigen Bart. Dann noch einen, der schlanker war und der

Frau, die sich an ihn klammerte, ein breites Lächeln schenkte.

Vander würde Ace bitten, sie alle zu durchleuchten. Einer von ihnen war der neue Drogenlieferant und Truckers Gesicht verriet ihm, dass er Angst hatte.

Grill schlang einen Arm um Brynn. Sie sah aus, als wollte sie versuchen, sich herauszuwinden. Als der Biker auch noch eine Hand auf ihren Oberschenkel drückte, setzte Vander sich mit zusammengebissenen Zähnen in Bewegung. Die Menge teilte sich für ihn.

Brynns Kopf schoss hoch und sie fixierte ihn mit ihrem Blick.

Grill bemerkte nichts davon und ließ seine Hand gefährlich nahe zu ihrem Rocksaum wandern.

Vander packte Grill von hinten an der Weste und zerrte ihn von Brynn herunter.

Der Mann taumelte und fuhr herum. „Verdammt nochmal!" Er erkannte Vander und erstarrte, als hätte er im Gras eine Giftschlange entdeckt.

„Bry", sagte Vander.

„Es war nichts, V. Ich habe mich nur amüsiert." Sie rutschte vom Tisch.

Vander packte sie und zog sie an seine Seite. „Holen wir uns etwas zu trinken."

Grill funkelte ihn schweigend an. Vander legte einen Arm um sie und führte sie zur Bar. Sie schob ihren Arm um seine Taille, aber er spürte, dass sie steif wie ein Brett war.

„Norcross –"

Mit einem Ruck zog er sie an sich, so dass sie an seinen Oberkörper gepresst wurde. Schockiert stellte er fest, dass sie wie für ihn geschaffen war. Sie hatte genau die richtige Größe, um wie angegossen an seinen Körper zu passen.

Er schob eine Hand in ihr Haar und zerrte ihren Kopf daran zurück. Er sah den hämmernden Puls in ihrer Kehle und strich mit dem Daumen über ihren Kiefer.

Ihm entging auch nicht, dass sie die Luft anhielt, aber am meisten faszinierten ihn die verdammt niedlichen Sommersprossen um ihre Nase.

„Grill ist gefährlich", sagte er.

Sie schnaubte verärgert. „Das ist jeder Einzelne von ihnen."

„Du bewegst dich auf dünnem Eis."

Sie stellte sich auf die Zehenspitzen, so dass ihre Gesichter nur Zentimeter voneinander entfernt waren. „Norcross, der gefährlichste Mann hier bist du."

„Nicht für dich."

„Schwachsinn", murmelte sie.

Er starrte auf ihre Lippen. Verdammt, er wollte sie schmecken. Würde sie aufsässig sein und ihn beißen? Oder würde sie in seinen Händen weich werden und köstlich schmecken?

Er strich mit dem Daumen über ihre Lippen.

Sie erschauderte. „Was tust du da?"

Ja, was zum Teufel tat er da? Er ließ sie los. „Holen wir uns ein paar Drinks."

Sie blinzelte, als ob sie sich plötzlich daran erinnerte, wo sie waren, und sah sich um. Die Leute beobachteten sie mit einer Mischung aus Neugier, Eifersucht und Interesse. Einige tuschelten.

Vander sah, dass Grill sie anstarrte. Er starrte zurück

und ließ seine Hand zu Brynns Hüften in ihrem heißen Minirock gleiten. Grill sah aus, als würde er jeden Moment Gift und Galle speien, und wandte sich angewidert ab.

Brynn packte Vanders Shirt. „Ich weiß, was du tust", flüsterte sie wütend.

Er zog eine Augenbraue hoch.

„Du markierst mich als Eigentum von Vander Norcross."

„Wenn es zu deiner Sicherheit beiträgt ..."

„Es bedeutet, dass die Leute sich mir nicht anvertrauen werden", flüsterte sie.

„Das ist dein Problem, nicht meins."

„Du solltest mich nur vorstellen und nicht allen vormachen, dass ich dir gehöre."

Er packte sie am Kinn. „Wenn sie denken, dass du mir gehörst, rettet dir das vielleicht das Leben."

„Du hast keine Ahnung, wie gern ich dich gerade schlagen würde."

Er wollte sie küssen. Dringend. Verdammt, dieses Gesicht. Diese wütenden Augen. Vanders Körper reagierte darauf und sein Schwanz wurde hart bei der Vorstellung, sie in seinem Bett zu haben, wenn sie so wütend war.

„Spar dir das für später auf." Er zwang sich zu etwas Selbstbeherrschung. „Lass uns etwas trinken und uns dann die neuen Mitglieder der Iron Wanderers ansehen. Mal sehen, ob wir diesen neuen Dealer herausfiltern können."

Sie zog die Nase kraus. „Von mir aus."

KAPITEL VIER

Brynn nahm den Drink, den Vander ihr reichte, und versuchte, ihre Wut in den Griff zu bekommen, indem sie sie in eine Art von Unterwerfung umwandelte.

Sie war eine Frau in einer Männerdomäne und sie war sehr routiniert darin, überfürsorgliche, bevormundende Männer aus dem Weg zu räumen.

Ihr war klar, dass es mit Vander Norcross nicht so einfach werden würde.

Und sie war gerade gebrandmarkt worden als seine ... *Freundin* klang zu lahm. Norcross hatte keine Freundin. Eine Frau.

Als Vander Norcross' Frau.

Sie spürte, wie sie sich innerlich anspannte, und nippte an ihrem Getränk. Es war als Wodka getarntes Sodawasser.

„Wirst du mich jetzt ignorieren?", fragte er.

„Nein. Wie hast du dem Barkeeper meinen alkoholfreien Drink erklärt?" Alle um sie herum waren auf dem besten Weg, sich vollllaufen zu lassen.

„Ich habe ihm gesagt, dass ich meine Frau nüchtern mag, wenn ich sie ficke."

Brynn verschluckte sich an ihrem Wasser und begegnete seinem dunklen Blick.

In seinem ausdruckslosen Gesicht konnte sie nicht viel ablesen, aber sie war sich ziemlich sicher, dass er amüsiert war.

Sie hob eine Braue. „Tust du das?"

Seine Mundwinkel zuckten. „Willst du es herausfinden?"

Ja. *Nein.* Sie versuchte, ihre Hormone in den Griff zu bekommen. „Nein. Ich will dieses Arschloch von einem Dealer finden." Sie blickte angestrengt in die andere Richtung und starrte in die Menge. „Die Neuen sind mit Grill da drüben beim Kampfring."

Vander folgte ihrem Blick. Er hielt eine Bierflasche in der Hand, aber sie bemerkte, dass er nichts davon getrunken hatte.

Nein, ein Mann wie Vander Norcross ließ sich wahrscheinlich nur selten so sehr gehen, dass er sich betrank.

„Der große Kerl mit dem Bart ist Robert ‚Shotgun' Rice", sagte sie. „Er war Türsteher in einem Club in Chicago. Der Große mit den Tattoos ist ‚Bender' Winslow. Seinen Vornamen habe ich nicht verstanden. Der kleine, eher charmante Typ ist Tony ‚Nomad' Garcia. Er kommt aus Arizona und scheint ein ziemlicher Frauenheld zu sein." Als sie die drei beobachteten, küsste Nomad die Frau neben sich mit viel Zunge.

Galant.

„Sagt dir dein Bauch, dass es einer von ihnen ist?", fragte Vander.

„Noch nicht." Sie sah, wie Grill in ihre Richtung blickte und wütend Vander anfunkelte. „Du hast dir Grill zum Feind gemacht."

Vander hob nur eine Augenbraue und sah dabei so unverschämt heiß und unbekümmert aus. Er war heute Abend ganz in Schwarz gekleidet und hatte den Anzug gegen schwarze Jeans und ein enges, schwarzes Henley mit hochgeschobenen Ärmeln getauscht. Seine Lederjacke war auch schwarz, was seine gefährliche Aura nur noch betonte.

Rufe und Jubel ertönten aus der Richtung des Kampfrings. Zwei große Biker waren hineingeklettert und schlugen heftig aufeinander ein.

Vander bewegte sich hinter sie und gemeinsam gingen sie näher an den Ring heran.

Eine aufgekratzte Energie war in der Menge spürbar. Die Blutlust der Männer stieg. Sie spürte sie bis in die Knochen.

Grill sprang an einer Seite des Rings von außen in die Seile und brüllte die Kämpfer an, um sie aufzuheizen.

Als sie hinter sich blickte, sah sie, dass Vander nicht den Kampf beobachtete. Er konzentrierte sich auf die neuen Clubmitglieder. Seinem mitternachtsblauen Blick entging nicht viel. Brynn fragte sich, ob er jemals abschaltete. Entspannte er sich irgendwann auch mal? Hörte er jemals auf, der tödliche, furchterregende Vander Norcross zu sein, und war einfach nur Mann?

Was würde es brauchen, um sein Vertrauen zu gewinnen? Um ihm unter seine sexy, bronzene Haut zu gehen?

Sie drehte den Kopf wieder in Richtung Kampfring

und ihr Herz pochte. Es waren gefährliche Gedanken, die sie da hegte.

Mit einem bösen linken Kinnhaken brachte einer der Kämpfer den anderen zu Fall. Sein Gegner fiel wie ein riesiger Mammutbaum und schlug mit dem Rücken auf dem Boden auf.

Die Menge tobte.

Brynn war sich nicht sicher, ob sie heute Abend noch viel herausfinden würde. Ihre Informantin, eine Frau namens Tonya, die Frau eines rangniederen Mitglieds der Wanderers, war hier, aber Brynn wollte nicht riskieren, mit ihr zu sprechen. Brynn hatte Tonya und ihrem Kind aus einer missbräuchlichen Beziehung geholfen. Sie war eine nette Frau, aber offenbar auch ein Magnet für gefährliche Männer.

Brynn musste fast laut losprusten. Es war wohl Ironie des Schicksals, dass sich gerade der gefährlichste Mann San Franciscos an ihren Rücken presste.

„Wer will als Nächster?", brüllte der Sieger aus der Mitte des Rings.

Grill sprang über die Seile und die Menge jubelte. Der Biker drehte sich um und zeigte auf Vander.

Brynn erstarrte. *Oh, nein.*

Vander sah Grill nur gelassen an. Als ob der Mann ihn zu einem Bier einladen würde.

„Bist du ein Weichei, Norcross?", brüllte Grill. „Hunde, die bellen, beißen nicht, was?"

Die Menge tobte.

Brynn drehte sich um. „Ignorier ihn einfach."

Ein schwaches Lächeln umspielte Vanders Lippen. „Willst du mich etwa beschützen?"

„Vander, diese Jungs prügeln sich zum Spaß. Du musst das nicht tun." Sie drückte ihre Hände auf seine Brust. Er war so verdammt muskulös.

„Mit Grill kann ich es aufnehmen."

„Vander –"

Er beugte sich zu ihr und strich mit seiner Nase seitlich an ihrer entlang. Es war eine intime, unerwartete Geste und sie trieb ihr die Hitze in den Unterleib.

Dann zog er seine Jacke aus und reichte sie ihr.

Ihr Magen krampfte sich zusammen. *Nein.*

Er schob seine Ärmel hoch und sie war einen Moment lang hingerissen von seinen sexy, muskulösen Unterarmen. Jetzt spürte sie regelrecht, wie ihr Unterleib zuckte.

„Bin gleich wieder da."

Sie holte tief Luft, drehte sich um und sah zu, wie er an einer Seite hochsprang und in den Kampfring kletterte.

Grill stand in der Mitte und wippte auf seinen Fußballen. Er wirkte fast übereifrig. Sein Gesicht hatte er zu einem hässlichen Grinsen verzerrt.

Er boxte ein paar Mal in die Luft, um sich aufzuwärmen.

Die beiden Männer waren etwa gleich groß. Brynn hielt den Atem an, als sie die beiden beobachtete. Vander wirkte kühl, fast gelangweilt. Grill machte sich innerlich bereit für den Kampf.

Gott, die Sache konnte nicht gut ausgehen. Sie verbarg ihre Nervosität. Was dachte Vander sich nur dabei?

Sie bewegte sich näher an den Kampfring heran und

wurde von allen Seiten angerempelt, als sie sich durch die Menge kämpfte.

Vander hatte eine militärische Ausbildung. Nicht irgendeine, sondern die beste. Sie wusste, dass er Grill als Putzlappen benutzen könnte. Aber der Biker war fuchsteufelswild und hinterhältig. Er würde nicht fair kämpfen.

Die Menge spürte die hitzige Spannung, und das Geschrei und das Gejohle wurde lauter.

„Ich werde dich richtig übel zurichten, Norcross!" Grill zog seine Weste und sein T-Shirt aus. Muskeln bedeckten seine Brust und seine Haut war mit Tattoos überzogen.

Vander reagierte nicht.

Grill hüpfte von einem Fuß auf den anderen. „Ich werde allen zeigen, dass du nicht so hart bist."

„Willst du mich zu Tode quatschen?", fragte Vander übertrieben gedehnt.

Die Wut stand dem Biker ins Gesicht geschrieben. Er griff an und schwang einen Arm.

Aber Vander war nicht da.

Er wich mit einer tödlichen Eleganz aus, bei der Brynn laut nach Luft schnappte.

Grill drehte sich um und holte erneut zum Schlag aus.

Vander wich wieder aus.

Jedes Mal, wenn Grill angriff, wich Vander aus. Es war, als könnte er Grills Schachzüge vorhersehen, noch bevor der Mann sich in Bewegung setzte.

„Ich bin noch nicht richtig übel zugerichtet", sagte Vander trocken.

Grill schäumte vor Wut. Er steigerte sich richtig in die Sache hinein, brüllte auf und griff an.

Vander reagierte blitzschnell. Er wich wieder aus, packte Grill im Nacken und stieß ihn mit Schwung vorwärts.

Der Biker stürzte kopfüber in die Seile.

Ein Keuchen ging durch die Menge, ein paar Leute lachten.

Verdammt. Vander demütigte den Kerl.

Grill drehte sich um, die Nasenflügel gebläht, sein Atem schwer.

„Bist du fertig?", fragte Vander.

„Kämpfe mit mir!"

„Bist du sicher, dass du das willst?"

„Ich werde dich umbringen", zischte Grill.

Vanders Lächeln war kalt. „Aber sicher doch."

Plötzlich zog Grill ein Messer aus seinem Stiefel.

Die Menge schnappte nach Luft. Waffen waren gegen die Regeln und Brynns Puls schnellte in die Höhe.

Grill hob die Klinge, als er losstürmte.

Und Vander hatte eindeutig die Nase voll.

Er versetzte dem Biker einen harten Schlag gegen den Arm und blockte die herabschnellende Klinge ab. Dann verpasste er Grill einen fiesen Haken ins Gesicht.

Sein Kopf peitschte zurück und die Menge verstummte. Der Biker schaute benommen und schüttelte den Kopf.

Brynn war kein Fan von unnötiger Gewalt, weshalb sie umso schockierter war, als sie feststellte, dass sie unverschämt erregt war. Bei Vanders ruhiger, skrupelloser Art zu kämpfen, war ihr Höschen nass geworden.

Sie sah sich um und stellte fest, dass andere Frauen ihn mit lüsterner Bewunderung beobachteten.

Ein weiterer harter, gnadenloser Schlag und Grill knallte mit dem Gesicht voraus auf den Boden des Kampfrings.

Und rührte sich nicht mehr.

Er hatte Vander nicht einen einzigen Schlag verpasst.

Vander musterte kühl die nun schweigende Menge. Unweit von ihm sah Trucker Grill an und schüttelte den Kopf.

Dann brach die Menge in Beifall und frenetischen Jubel aus.

Vanders tiefblauer Blick wanderte zu Brynns.

Sie hatte das Gefühl, als befänden sie sich in einem Vakuum, in dem nichts und niemand um sie herum zählte. Mit einem Schlag war da eine so unbeschreiblich starke Energie zwischen ihnen, die ihre Haut zum Glühen brachte.

Dann kletterte Vander aus dem Kampfring und marschierte zielstrebig auf sie zu.

VANDER SPÜRTE ES AUCH. Das Feuer in seinem Blut. Als er durch die Menge schritt, nahm er die Menschen wahr, hielt seinen Blick aber auf eine einzelne Person gerichtet.

Sie.

Alles, was er sehen konnte, war Brynn. Sie sah ihn an und hob ihr Kinn. Da war dieses Funkeln in ihren

Augen. Es sagte ihm, dass sie ihn *sah* und ihm auf Augen-höhe begegnen konnte.

In diesem Moment, zum ersten Mal seit unendlich langer Zeit, wog Vander nicht die Chancen ab, kalku-lierte nicht das Risiko und zog nicht die Konsequenzen in Betracht.

Es war ihm egal, wer oder was sie war, oder mit wem sie verwandt war.

Er erreichte sie, schlang einen Arm um sie und zog sie mit einer kraftvollen Bewegung an sich.

Sie stieß ihn nicht weg. Sie sagte kein Wort. Nein, sie tat genau das Gegenteil von dem, was er erwartet hatte.

Sie ließ ihn gewähren.

Fuck. Das Verlangen flackerte in seinen Lenden auf wie ein loderndes Feuer. Ihre Brüste drückten sich an seine Haut und Vander spürte, wie sich in seinem Inneren ein Schalter umlegte.

Er hob sie von den Füßen, senkte seinen Kopf und presste seine Lippen auf ihre.

Ihr sinnlicher Geschmack machte etwas mit ihm. Eine Hand glitt in sein Haar, als er sich ganz in diesen Kuss fallen ließ.

Ihre geschickte Zunge umspielte seine und mit einem wilden Knurren vertiefte er den Kuss noch weiter. Er zog sie näher an sich und ihre Brüste rieben über seinen Brustkorb. Sie zu küssen, entfachte erst einen Funken in ihm, der ihn im nächsten Moment mit Haut und Haar in Brand setzte. Die Flammen versengten seine Haut, bevor sie sich bis tief in seine Knochen vorar-beiteten.

Sie stöhnte in seinen Mund und eine Zügellosigkeit

mischte sich zu diesem Ausbruch von Leidenschaft – mit Zunge, Lippen und Zähnen.

Erst das Gejohle und Gebrüll der Menge brachte ihn zur Besinnung.

Vander hob den Kopf.

Verfluchte Scheiße. Sie befanden sich inmitten eines wilden Haufens angetrunkener Biker.

Brynns blauer Blick traf den seinen, glasklar und funkelnd wie Diamant. Sie hatte ihre Lippen leicht geöffnet und ihr Atem ging stoßweise. Sie sah ihm tief in die Augen.

Er setzte sie ab.

„Norcross." Trucker klopfte ihm auf die Schulter. „An deiner Stelle würde ich ein Auge auf Grill haben. Nach dieser Nummer hat er es garantiert auf dich abgesehen."

Mittlerweile standen zwei neue Kämpfer im Ring. Grill war offenbar zu sich gekommen und hatte sich davon geschlichen, um seine Wunden zu lecken.

Trucker grinste. „Schaff deine Frau hier raus. Ihr seht aus, als würdet ihr diese Party lieber zu zweit weiterfeiern."

Vander nickte Trucker nur knapp zu und nahm Brynns Hand.

Er führte sie von der Party weg und ignorierte einige sehr offensichtliche Einladungen von ein paar der Biker-Babes. Er spürte, wie sich Brynns Finger in seiner Hand krümmten, und dann waren sie draußen auf der Straße.

„Grill ist eindeutig kein Fan von dir", sagte sie.

„Ich bin untröstlich", sagte Vander. „Bist du mit deinem Bike hier?"

„Nein, ein Uber hat mich hergebracht."

Er hielt immer noch ihre Hand, als er auf seinen X6 zusteuerte. Er konnte sie noch auf seinen Lippen schmecken. Mit seiner freien Hand deutete er zu seinem Geländewagen. „Ich bringe dich nach Hause."

„Werden wir über diesen Kuss sprechen?"

Verdammt. Natürlich würde Brynn nicht um den heißen Brei herum reden, sondern das Thema direkt in Angriff nehmen. Er schwieg.

„Hast du das nur getan, um den Leuten da drinnen klarzumachen, dass ich Vander Norcross gehöre?"

Es wäre so einfach für ihn, Ja zu sagen. Sie glauben zu lassen, dass es nur Teil ihrer Tarnung war.

„Nein. Es war ein Fehler." Er blieb bei seinem X6 stehen und drehte sich zu ihr um. Ein Teil ihres Gesichts lag im Schatten.

„Das war es. Ein *großer* Fehler." Sie warf sich ihre braune Mähne über die Schulter. „Aber er liegt hinter uns. Wir machen weiter und erledigen unsere Arbeit."

Vander legte den Kopf schief. Ihr Ton war viel zu sachlich. Es irritierte ihn, dass sie den Kuss abschütteln konnte wie eine lästige Fliege.

Er stellte sich nah vor sie und drückte sie gegen den Geländewagen.

„Hey." Sie presste eine Hand auf seine Brust. „Du hast gerade gesagt, dass der Kuss ein Fehler war."

„Ich weiß." Er stützte einen Arm über ihrem Kopf ab.

Sie roch nach frischer Seife – Detective Sullivan war wohl nicht der Typ für viel zu süße Parfüms oder duftende Cremes.

„Dann lass die Finger von mir", sagte sie.

„Nein." Er lehnte sich vor, bis ihre Atemzüge sich vermischten. „Warum hast du mich noch nicht geschlagen, Detective?"

„Ich denke darüber nach."

„Wirklich?"

„Verdammt noch mal, Norcross." Sie sah ihm in die Augen, legte eine Hand an seine Wange und zog seinen Mund auf ihren.

Fuck. Wieder fühlte es sich an, als würde ein Blitz in sein System einschlagen, und er war sich nicht sicher, ob ihm das gefiel.

Er drückte sie gegen das kühle Metall und hielt sich nicht zurück. Sie biss ihm auf die Lippe und er ließ seine Hände über ihren durchtrainierten, festen Körper wandern.

Sein Verlangen nach ihr war wie eine Eruption von Lust, die ihn dazu drängte, sie zu nehmen. Sich zu nehmen, was er brauchte.

Das Klingeln eines Mobiltelefons unterbrach den Moment.

Sie unterbrach den Kuss, fluchte und griff in ihre Hosentasche. „Verdammt noch mal." Sie zerrte das Handy heraus. „Sullivan."

Er beobachtete, wie der Ausdruck auf ihrem Gesicht umschlug. Er verhärtete sich und ein unnachgiebiger Blick legte sich in ihre Augen. Sie fluchte und sah von einem Moment auf den anderen aus wie ein Cop.

„Wo? Okay, ich komme, so schnell ich kann."

„Was ist passiert?", fragte er.

Sie steckte das Handy ein und stemmte die Hände in

die Hüften. Dann holte sie tief Luft. „Bei einer Tanz-party in SoMa hat jemand Drogen gedealt."

Er hörte den Zorn in ihrer Stimme. „Und?"

„Stardust. Und jetzt ist ein Teenager tot. Wenn du mich zum Präsidium fährst, kann ich –"

„Gib mir die Adresse. Ich fahre dich direkt hin."

„Vander, das ist –"

„Es ginge schneller, wenn du mir nicht widerspre-chen würdest."

Sie presste die Lippen zusammen. „Also gut."

Er umrundete den Geländewagen, während sie auf den Beifahrersitz kletterte. Sie nannte ihm die Adresse in der Gegend von South of Market, nicht allzu weit von seiner Wohnung entfernt. Er ließ den Motor an.

„Meine Kollegen befragen alle Partygäste. Der Händler war vorhin dort und hat seine Ware an den Mann gebracht. Er hat anscheinend behauptet, dass sie astrein ist. Arschloch." Sie schlug mit einer Handfläche auf das Armaturenbrett.

Vander fragte sich, welcher arme Teenager eine schlechte und tödliche Wahl getroffen hatte. „Du kannst sie nicht alle retten, Detective."

Sie lehnte sich in ihrem Sitz zurück und massierte sich die Schläfen. Sie sah müde und stinksauer aus. „Ich weiß. Das hat mir schon mein Vater beigebracht. Wähle deine Schlachten weise und konzentriere dich auf die, denen du helfen kannst."

„Ist er auch ein Cop?"

„War. Starb im Dienst."

Stolz, Liebe und Trauer. Vander hörte sie alle in ihrer Stimme. Und verdammt, in seinen Augen war die Frau neben ihm eine attraktive Mischung – weich und hart, fürsorglich und zäh. „Das tut mir leid."

„Danke, es ist lange her." Sie räusperte sich. „Alle neuen Wanderers waren heute Abend hier im Clubhaus, aber jeder von ihnen hätte davor einen Abstecher zu dieser Tanzparty machen können."

„Ja." Das half ihnen nicht, die Suche einzugrenzen. Fünfzehn Minuten später fuhr er vor dem Lagerhaus vor. Vor dem Gebäude standen eine Reihe von Polizeiautos und Krankenwagen. Er bemerkte die Menschenmenge, die sich hinter dem Absperrband der Polizei drängte.

Brynn war aus dem Geländewagen gestiegen, bevor er den Motor abgestellt hatte. Er folgte ihr und nahm Notiz von ihren zügigen Schritten, als sie mit einem Nicken zu einem der Kollegen in Uniform unter dem Absperrband hindurchschlüpfte.

Ein älterer Detective schlurfte auf sie zu. Sein Hemd war zerknittert, sein Haar zerzaust. Vander brauchte eine Sekunde, um sich an seinen Namen zu erinnern. Detective Mike Jankowski. Zweimal geschieden, aber ein guter Cop.

„Nettes Outfit, Sullivan." Jankowskis Blick wanderte zu ihren nackten Beinen und den Cowboystiefeln.

Es war ein Versuch, die Stimmung aufzulockern, aber Vander war klar, dass die Situation zu tragisch war, als dass eine neckische Bemerkung viel bewirken konnte.

„Eine Tote?", fragte sie.

„Ja. Drei sind im Krankenhaus und bekommen gerade den Magen ausgepumpt. Ein paar sind high, fühlen sich schwindlig und kotzen."

„Schrecklich." Sie sah sich nachdenklich um und versteifte sich im nächsten Moment.

Er folgte ihrem Blick. Die Sanitäter schoben gerade eine Trage aus dem Lagerhaus, auf der eine mit einem Laken bedeckte Leiche lag.

„Sarah Bello. Einundzwanzig", sagte Jankowski.

„Verdammte Scheiße." Brynn stützte die Hände in die Hüften.

„Du kannst nichts mehr für sie tun", sagte Vander.

Er war schon lange gefühllos gegenüber Leichen geworden. Bei den Ghost-Ops hatte er zu viele sterben sehen, auf viel zu viele verschiedene Arten. Einige Freunde, Kameraden und Verbündete, aber auch unzählige Feinde. Zu viele Frauen und Kinder.

Brynn sah zu ihm auf und in ihren Augen sah er eine nüchterne Klarheit. „Ich kann die verantwortliche Person finden. Ich kann für dieses Mädchen einstehen und das Arschloch aufhalten."

Damit machte sie auf dem Absatz kehrt und ging auf die Zeugen zu, die immer noch ihre Partyklamotten trugen, sich aber unter Decken kauerten. Einer erbrach sich in einen Eimer.

Vander beobachtete Brynn und dachte an den Blick in ihren Augen.

Sie war eine Frau, die die vielen schrecklichen Dinge, die er gesehen hatte, verstand. Eine Frau, die ihren eigenen Tanz mit ihnen tanzte.

KAPITEL FÜNF

W as für eine gottverdammte Verschwendung.

Brynn war erschöpft bis auf die Knochen, als sie den Tatort verließ. Die Leiche des Opfers war längst fortgebracht worden und sie dachte an die Familie, die am Boden zerstört sein würde.

Ihr Magen krampfte sich zusammen. Das arme Mädchen. Ihre armen Angehörigen.

Brynn rieb sich die Schläfen. Sie hatte den ganzen Tag gearbeitet, war dann zur Party der Wanderers gegangen und nun hatte sie auch noch gesehen, wie das Leben einer jungen Frau für immer ausgelöscht worden war.

Die Wut köchelte in ihren Adern, aber sie war zu müde, um sich heute Abend damit zu befassen. Sie musste nach Hause fahren und schlafen gehen. Sie würde einen Kollegen finden, der sie fuhr.

Als sie sich unter dem Absperrband hindurch duckte, sah sie Vander, der an seinem schnittigen Geländewagen lehnte.

Sie verspürte ein seltsames Gefühl in ihrer Brust. Ihr wurde klar, dass es von nun an immer so sein würde. Vander Norcross würde ihr immer weiche Knie bescheren, egal wie oft sie ihn ansah.

„Du hättest nicht warten müssen."

Er hatte die Knöchel überkreuzt und die Hände in die Taschen seiner Jeans gesteckt. „Ich bringe dich nach Hause."

Sie war zu müde, um zu widersprechen, und nickte nur.

„Wie geht es den Kids im Krankenhaus?"

„Sieht so aus, als würden alle von ihnen es schaffen."

Er schob sich an ihr vorbei, als er ihr die Tür öffnete. Er roch immer noch nach Ozean, gemischt mit seinem männlichen Duft. Es war eine willkommene Abwechslung zum Gestank von Erbrochenem.

„Alles klar bei dir?", fragte er.

„Nein. Zu sehen, wie ein junger Mensch, der sein ganzes Leben noch vor sich hatte, viel zu früh stirbt ..." Wieder kochte die Wut in ihr hoch und sie schüttelte den Kopf. „Es macht mich fertig. Sarah wird nie ihren College-Abschluss machen, sich verlieben, am Arm ihres Vaters zum Altar schreiten oder Kinder zur Welt bringen."

„Du hast mir gesagt, dass du sie nicht alle retten kannst."

„Nein, das kann ich nicht, aber jetzt kenne ich sie. Ihr Gesicht. Ihre zerplatzten Träume. Ich werde um sie trauern und für Gerechtigkeit sorgen."

Er beugte sich zu ihr, aber sie drückte eine Hand auf

seine Brust. Ihr Gehirn war von der bleiernen Erschöpfung wie benebelt.

„Ich habe im Moment nicht die Energie, mich mit dir zu befassen, Norcross."

„Ich weiß." Er strich ihr eine Strähne hinters Ohr. „Ich schätze, du wirst einfach zulassen müssen, dass ich mich um dich kümmere und dich nach Hause bringe."

„Gut. Aber keine komischen Nummern." Sie kletterte hinein.

„Komische Nummern?"

„Ja, mit deinen heißen Lippen und deinem sexy, harten Körper."

Ein Lächeln breitete sich sehr gemächlich auf seinen Lippen aus. „Du findest mich heiß und sexy?"

Ach, verdammt. Sie musste dringend die Klappe halten. Sie starrte geradeaus durch die Windschutzscheibe. „Ich bin wirklich müde. Du kannst das, was ich gerade sage, nicht für bare Münze nehmen. Aber ich bin mir ziemlich sicher, dass du weißt, wie du aussiehst, und wie gut du küssen kannst."

Er gab einen amüsierten Laut von sich.

Brynn schloss ihre Augen. „Ich sage jetzt nichts mehr."

Er umrundete das Fahrzeug und kletterte auf den Fahrersitz. Geschmeidig fuhr er auf die Straße.

Sie öffnete ein Auge, um ihn zu beobachten. Er hatte starke, große Hände und fuhr mit einer Leichtigkeit und Kompetenz, die so unbeschreiblich sexy war.

Ihr wurde bewusst, dass diese Hände Leben genommen und Leben geschützt hatten. Es waren

Hände, die sie wirklich, wirklich dringend auf ihrer Haut spüren wollte.

Verdammt. Was sie auch wirklich brauchte, war Schlaf.

Das Nächste, was sie wahrnahm, waren Hände, die sie berührten. Sie fuhr hoch und ballte die Hände zu Fäusten.

„Ganz ruhig, Detective. Zeit zum Aufwachen. Wir sind da."

„Ich habe nicht geschlafen." Sie sah Vander ins Gesicht. Er beugte sich über die Mittelkonsole und schnallte sie ab.

Ein Anflug von Belustigung huschte über seine gelassenen Züge. „Natürlich. Du hast nur mit geschlossenen Augen nachgedacht."

„So ist es." Sie stieg aus. Er hatte vor ihrem Wohnhaus geparkt. Sie konnte nicht mehr klar denken und sehnte sich nach ihrem Bett.

Vander stellte sich neben ihr auf den Bürgersteig.

„Danke fürs Mitnehmen", sagte sie.

Er nickte.

Sie zwang ihre Füße, sich auf die Tür zur Lobby zuzubewegen.

„Brynn, der Tod dieses Mädchens ist nicht deine Schuld. Du kannst diese Schuld nicht mit dir herumtragen."

Sie hielt inne und drehte sich zu ihm um. Sie hatte den Eindruck, dass er aus Erfahrung sprach. „Ich weiß, aber ich werde es für eine Weile trotzdem tun. Die Schuldgefühle sind schwer abzuschalten, nicht wahr?"

„Ja."

Etwas in seiner Stimme und der Blick in seinen Augen jagte ihr einen Schauer über den Rücken. Alle, die Vander Norcross ansahen, sahen immer nur seine Stärke und seine Macht. Warf denn niemand einen Blick hinter die Fassade? Sie ging zu ihm zurück, bis sie nur noch wenige Zentimeter von ihm trennten.

„Es wird mir helfen, den Dealer zu stoppen und zu wissen, dass er niemandem mehr schaden kann." Sie hob ihre Hand und berührte Vanders Kiefer.

Er blieb regungslos stehen.

„Du hast eine Menge böser Menschen aufgehalten, Vander. Das heißt, du hast viele Leben gerettet."

Er starrte sie nur an, als könne er sich keinen Reim auf sie machen. „Es ist leicht, das zu vergessen und sich nur an die schlechten Dinge zu erinnern."

Brynn fühlte sich so sehr zu ihm hingezogen. Als wäre er ein Magnet und sie reines Metall. Sie lehnte sich näher heran ...

„Brynn?", rief eine männliche Stimme aus der Eingangstür.

Sie sah sich um und entdeckte eine vertraute, hochgewachsene, breitschultrige, eher schlaksige Gestalt, die sich im Licht abzeichnete.

„Alles klar da drüben?", fragte der Mann.

„Alles klar", sagte sie. „Ich komme jetzt rein."

„Ich mache dir einen Tee."

Vander versteifte sich und trat einen Schritt zurück. „Du lebst mit jemandem zusammen?"

„Ja."

„Mit einem Mann."

Da war er wieder, dieser tödliche Tonfall. Und als sie

ihn ansah, hatte er auch wieder die Mauer um sich herum hochgezogen.

„Ja, mit meinem Bruder."

Vander machte ein langes Gesicht und sie verkniff sich ein Grinsen.

„Bard ist Feuerwehrmann."

Vander musterte die Silhouette ihres Bruders. „Er sieht aus, als könnte er jeden Moment rauskommen und dich hineinschleifen."

„Nun, es ist spät und ich stehe mit einem gefährlichen Mann auf offener Straße."

„Du hast immer eine schnelle Antwort parat, was?"

Sie schnaubte. „Ich habe drei Geschwister. Ich habe schnell gelernt."

„Ich habe auch drei Geschwister."

Sie lächelten beide, ein Moment des gegenseitigen Verständnisses.

Oh, nein. Sie sollte wirklich nicht anfangen, Vander Norcross als Bruder, Sohn und Mann zu sehen.

„Brynn, kommst du?" Bard klang genervt.

„In einer Minute", fauchte sie zurück.

Sie sah, wie Vanders Mundwinkel amüsiert zuckten, was ihren Blick auf sie lenkte. Er hob eine Hand und spielte mit ihrem Haar. Ihr Atem stockte.

„Du hast dich heute Abend gut geschlagen", sagte er.

Sie machte große Augen. „Ein großes Lob aus deinem Mund."

„Als Hunt mir von seiner Idee erzählte, war ich mir sicher, dass der Plan den Bach runtergehen würde."

„Ich versage nicht gern."

„Das sehe ich."

„Und ich bin ein mittleres Kind. Ich musste immer hart für das kämpfen, was ich wollte, sonst ging ich leer aus. Was ich will, das kriege ich auch."

Er zog sie sanft an den Haaren. „Sei vorsichtig mit Trucker und den Wanderers. Und wenn du Hilfe brauchst, ruf mich an."

„Ich habe deine Nummer nicht."

„Ich texte sie dir."

„Du hast aber meine Nummer auch nicht", sagte sie.

„Mein IT-Profi kann sie mir in dreißig Sekunden beschaffen."

„Oder du könntest Hunt fragen. Es wäre so einfach. Und so legal."

Ein angedeutetes Schmunzeln. „Aber es würde so viel weniger Spaß machen." Sein Blick wanderte für einen Augenblick zu ihren Lippen und sie dachte, er würde sie wieder berühren.

Doch dann trat er einen Schritt zurück. „Viel Glück, Detective."

Er stieg wieder in seinen sexy Geländewagen und fuhr davon. Brynn sah ihm nach, bis die Bremslichter um eine Ecke verschwanden, kämpfte gegen ein seltsames Gefühl des Verlusts an und ging schließlich zur Tür.

Ihr Bruder funkelte sie an. „Wer zum Teufel war das?"

„Jemand, der mir bei meinem Wanderers-Fall hilft."

„Ich konnte ihn im Dunkeln nicht so gut erkennen, aber wie ein Biker sah er nicht aus."

„Er ist auch keiner."

„Trotzdem habe ich den Eindruck, dass man sich mit ihm besser nicht anlegen sollte."

Wo er recht hatte, hatte er recht. Sie gingen hinein und Brynns Augen brannten. „Ich brauche mein Bett."

„Na dann komm, Schwesterchen." Kritisch beäugte er ihren Minirock. „Wo zur Hölle hast du diesen Hauch von Nichts her? Und lass Mom bloß nicht diese falschen Tattoos sehen."

Brynn verdrehte die Augen. „Kannst du dir deine Missbilligender-Bruder-Nummer für morgen früh aufheben?" Sie gähnte.

„Klar. Na komm schon, Dornröschen."

Ihr Handy piepte, als sie auf den Aufzug warteten. Sie holte es heraus und sah eine Nachricht von einer unbekannten Nummer.

Sei vorsichtig.

Verdammt, Vander war gut.

Sie betrat den Aufzug und Bard zog liebevoll an ihrem Haar.

Aber es war der Gedanke an einen anderen Mann, der kurz zuvor dasselbe getan hatte, der ihr nicht mehr aus dem Kopf ging.

***

VANDER SASS am Kopfende des Tisches im Besprechungsraum, die Hände unter sein Kinn gestützt.

Ace Oliveira hatte gerade eine Nachbesprechung zu einem Cyber-Sicherheitsauftrag beendet, den er am Vortag abgeschlossen hatte. Vander hörte zwar zu, aber seine Gedanken kreisten um Brynn.

Drei Tage waren seit der Party bei den Wanderers

vergangen. Drei Tage, seit er sie zu Hause abgesetzt hatte. Drei Tage, seit er sie geküsst hatte.

Und seither hatte er keinen Pieps von ihr gehört. Er fragte sich ständig, ob es ihr gut ging.

„Vander?"

Er sah zu Saxon auf. Sein bester Freund starrte ihn mit zusammengezogenen Augenbrauen an.

Alle der Jungs rund um den Tisch sahen ihn an.

„Sonst noch etwas?", fragte Vander.

Sie schüttelten die Köpfe.

„Gut." Vander erhob sich. „Ich gehe in den Fitnessraum." Normalerweise trainierte er nicht mitten am Tag, aber er musste etwas Dampf ablassen. Und er musste aufhören, an einen bestimmten weiblichen Detective zu denken.

„Vander?" Saxon packte ihn am Arm. „Alles klar bei dir?"

„Ja. Ich muss nur etwas Energie verbrennen."

„So wie ich die Sache sehe, musst du dringend eine Frau flachlegen." Saxon grinste. „Das ist ein besonders großer Vorteil daran, verlobt zu sein. Regelmäßiger Sex."

Vander grummelte. „Ich will nichts über dich, Sex und meine Schwester hören. Niemals."

„Bist du sicher, dass es dir gut geht?"

Vander machte nur eine abweisende Handbewegung und stapfte die Treppe zum Norcross-Fitnessraum hinunter.

Er holte seine Trainingsklamotten aus dem Spind, zog sich um und ging aufs Laufband.

Er wählte eine hohe Geschwindigkeit. Eine Weile dachte er an nichts anderes als an seinen Atem und das

Brennen in seinen Beinen. Nach fünfzehn Kilometern hielt er das Laufband an und schnappte sich ein Handtuch.

Ein Bild von Brynn in diesem viel zu knappen Rock tauchte in seinem Kopf auf. Ihr Lächeln. Das Glitzern in ihren Augen, wenn sie ihn ansah. Ihre Sommersprossen.

Verdammt. Knurrend ging er zu den Gewichten und begann mit ein paar Armbeugen.

Sie würde schon klarkommen. Hunt hatte gesagt, dass sie wusste, was sie tat, und die kurze Zeit, die Vander mit ihr verbracht hatte, hatte ihm gezeigt, dass sie kompetent war.

Aber die Wanderers waren harte Kerle. Und dass sich dieser neue Spieler einen Platz auf dem lokalen Drogenmarkt erkämpft hatte, bedeutete, dass es gefährliche Spannungen gab.

Er legte die Hanteln ab und legte sich auf die Matte, um mit Crunches weiterzumachen.

Schnell war er bei einhundert und hörte nicht auf.

„Mann, was ist heute nur los mit dir?"

Vander drehte seinen Kopf zur Seite und sah seinen Bruder Rhys in der Tür stehen.

„Nichts."

Rhys schüttelte den Kopf. „Ich weiß, dass du gern ein einsamer Steppenwolf bist, Bruder, aber du musst nicht immer der stoische Commander sein. Nicht mehr."

Vander setzte sich auf. „Mir gehen einfach ein paar Dinge durch den Kopf." Er schüttelte den Kopf. „Ich kläre das schon."

Und vertreibe Detective Sullivan aus meinen Gedanken.

„Haven plant eine Dinnerparty mit der ganzen Gang. Sie möchte, dass du ein Date mitbringst."

„Nein."

„Vander, du weißt, dass ich alles tue, was in meiner Macht steht, um meine Frau glücklich zu machen."

„Wenn ich eine Frau zu einer Familiensache mitbringe, kommt sie auf Ideen, die sie nicht haben soll."

Rhys fuhr sich mit einer Hand durchs Haar. „Es würde dir nicht schaden, eine Frau zu finden. Sobald du die Richtige findest, macht sie alles besser."

Vander schnaubte und richtete sich auf. Seit seine beiden Brüder und seine Schwester die Liebe ihres Lebens gefunden hatten, konnten sie nicht anders, als auch ihn verkuppeln zu wollen.

„Die Richtige zu finden, macht den Unterschied, ja?" Das Bild eines mit Sommersprossen gesprenkelten Gesichts kam ihm in den Sinn. *Verflucht.* „Bis dahin hattest du auch nichts gegen ein bisschen Abwechslung."

„Stimmt", bestätigte Rhys.

„Sag Haven, dass ich darüber nachdenke, aber sie soll nicht darauf zählen."

„Geht klar."

Ace erschien mit einem Tablet in der Hand und einem Stirnrunzeln im Gesicht. „Vander, weißt du, warum ein Informant namens Twitch versucht, dich zu erreichen?"

Vander richtete sich auf. Twitch war ein Mitglied der Blades. Die Straßengang war nicht besonders groß und versuchte normalerweise, sich von den größeren, gefährlicheren Gangs Norteños und MS-13 fernzuhalten. Twitch hatte normalerweise gute Informationen.

„Nein, aber ich rufe ihn an."

Nachdem er sich schnell geduscht und seinen Anzug wieder angezogen hatte, machte sich Vander auf den Weg in sein Büro. Er scrollte durch seine Kontakte, um Twitch zu finden, und rief ihn an.

Es klingelte, aber Twitch hob nicht ab.

Achselzuckend setzte sich Vander hin und machte sich an die Arbeit. Er mochte es nicht, im Büro zu hocken, aber Papierkram war ein notwendiges Übel, um ein Unternehmen zu führen.

Gelegentlich ertappte er sich dabei, wie er aus dem Fenster starrte und sich fragte, was Brynn wohl gerade tat. Machten die Arschlöcher bei den Wanderers ihr das Leben schwer? Er biss sich auf die Zähne. Das ging ihn alles verdammt noch mal nichts an.

Und Grill? Vander war nicht so dumm, ihn einfach abzutun. Das Arschloch war nicht der Typ, der den Schwanz einzog, wenn man ihn in seine Schranken verwies.

Es juckte Vander in den Fingern, Hunt anzurufen und ihn nach einem Lagebericht zu fragen.

Verdammt. Rhys hatte recht, er musste wirklich eine Frau flachlegen.

Er konzentrierte sich wieder auf seinen Papierkram. Und schaffte es ganze zehn Minuten.

Scheiß drauf. Er griff nach seinem Handy und suchte nach ihrem Kontakt.

Alles okay?

Er hatte keine Ahnung, wo sie war oder ob sie überhaupt antworten würde.

Sein Handy vibrierte.

Alles gut.

Das war alles? Er tippte wieder etwas ein.
Wie ist der neue Job?

Viel zu tun. Leider nicht ganz so aufschlussreich, wie ich gehofft hatte.

Sie hatte den Dealer noch nicht enttarnt.
Tut mir leid, das zu hören.

Warst du damit beschäftigt, in der Dunkelheit umherzuschleichen?

Da war sie wieder, ihre große Klappe.
Ich schleiche nicht.

Ich musste gerade prusten vor Lachen. Du bist der Inbegriff eines Schleichers.

Diebe und Bösewichte schleichen durch die Dunkelheit. Ich agiere im Hintergrund.

Ich weiß nicht. Ich bin noch immer nicht überzeugt.

Vander schüttelte den Kopf und musste lächeln.

Hast du gestern Abend das Sharks-Spiel gesehen? Sie haben die Blues aus der Halle geschossen. Ich sagte doch, dass sie die Krallen ausfahren werden.

Ich habe es mir angesehen. Sie hatten Glück. Als Nächstes spielen sie gegen die Bruins und haben keine Chance.

Sag das nicht. Wie wäre es mit einer kleinen Wette? Wenn sie gewinnen, schuldest du mir was. Wie ich höre, ist ein Gefallen von dir Gold wert.

Was bekomme ich, wenn ich gewinne?

Was willst du denn haben?

Er starrte auf die Worte auf dem Bildschirm. Gefährliche Gedanken gingen ihm durch den Kopf.
Ich lasse mir etwas einfallen. Die Wette gilt.

Du wirst sowas von verlieren. Ich muss jetzt los.

Sei vorsichtig.

Das bin ich immer. Die Sharks schaffen das!

Er schüttelte den Kopf und lächelte immer noch. Es ging ihr gut und das war alles, was zählte.

Dann klingelte sein Handy. Eine unbekannte Nummer. Er drückte es an sein Ohr. „Norcross."

„Hey, Vander." Nervöses Atmen.

„Ich habe gehört, dass du mit mir reden wolltest, Twitch. Was hast du für mich?"

Er konnte den Mann schlucken hören. „Die Blades kriegen eine große Lieferung Stardust. Riesig."

Vander versteifte sich. „Wirklich? Von wem?"

„Von Bikern. Den Iron Wanderers."

Vander ballte seine Finger zu einer Faust.

„Sie haben einen neuen Mann. Der Typ macht alle möglichen Versprechungen."

„Wann liefert er das Zeug?", fragte Vander.

„Scheiße. Wenn meine Brüder herausfinden, dass ich gesungen habe, bin ich tot."

„Ich habe nicht vor, es deinem Bandenchef zu sagen."

Wieder schwere Atemzüge. „Die Aktion wird streng überwacht werden. Blades und Biker werden dort sein."

„Wann?" Wusste Brynn davon?

„Heute. Mitternacht."

Natürlich wenn es dunkel war. „Wo?"

„Scheiße, Norcross. Ich bin nicht weit genug oben, um alle Details zu kennen. An einem neutralen Ort. Das ist alles, was ich habe."

„Okay, Twitch. Das hast du gut gemacht."

„Kriege ich meine nächste Zahlung?"

„Ja."

„Danke, Norcross." Er legte auf.

Vander stand auf und klopfte mit den Fingerknöcheln auf den Schreibtisch. Er musste herausfinden, wo diese Lieferung über die Bühne gehen würde. Der neue Dealer würde mit Sicherheit dort sein – und hatte nicht lange gebraucht, sich Verbündete zu suchen.

Sollte Vander Detective Sullivan informieren?

Er konnte darauf verzichten, dass sie in einen gefährlichen Drogendeal verwickelt wurde.

Was, wenn sie es schon wusste?

Verflucht. Vander musste herausfinden, wo die Drogen ihren Besitzer wechseln würden.

Er schlüpfte in seine Jacke und verließ sein Büro.

Saxon stand mit einer Akte in der Hand auf dem Flur. Sein bester Freund hob eine Augenbraue. „Wo gehst du hin?"

„Ich muss ein paar Informanten besuchen. Hältst du hier die Stellung?"

„Klar. Brauchst du Hilfe?"

„Noch nicht."

Vander ging in die Parkgarage hinunter, um sich sein Motorrad zu schnappen, und redete sich ein, dass sein nächster Weg nichts mit Brynn Sullivan zu tun hatte.

KAPITEL SECHS

Brynn bewegte sich leise durch die Dunkelheit, darauf bedacht, kein Geräusch zu machen. Sie war ganz in Schwarz gekleidet und verschmolz mit den Schatten der Nacht.

Wenn Hunt wüsste, dass sie allein hier war, wäre er stinksauer.

Aber die Chancen standen gut, dass sie endlich herausfand, wer der neue Dealer war.

In den letzten Tagen hatte sie viel Zeit in der Werkstatt der Iron Wanderers verbracht, um Teile zu liefern und die Biker auf subtile Weise nach Informationen auszupressen.

Langsam begannen sie, ihr ein wenig zu vertrauen. Nicht Grill. Er ging ihr aus dem Weg und funkelte sie wütend an, wenn sie einander über den Weg liefen. Er hatte ein riesengroßes blaues Auge.

Und schon dachte sie an Vander.

An seinen festen, starken Körper. Sein Gesicht. Die kühle, kontrollierte Fassade. Die Art, wie er Grill k.o.

geschlagen hatte, ohne auch nur ins Schwitzen zu kommen.

Sie unterdrückte ein Schaudern.

Seine Nachricht heute war eine Überraschung gewesen. Sie sollte nicht an ihn denken, geschweige denn mit ihm texten und Wetten auf Eishockeyspiele abschließen.

Er hatte es auch geschafft, in ihren Träumen aufzutauchen, dieser verdammte Kerl. Letzte Nacht hatte sie endlich nachgegeben und ihren Vibrator ausgepackt.

Und sie war hart gekommen, als sie sich Vander Norcross in sich vorgestellt hatte.

Sie spürte ein Kribbeln zwischen ihren Beinen und fluchte leise.

Sie schlich mitten in der Nacht über ein leeres Industriegelände. Sie musste sich konzentrieren, anstatt Fantasien mit dem gefährlichsten Mann in San Francisco nachzuhängen.

Bei den Wanderers hatte sie zufällig Gerüchte über einen Drogendeal mit den Blades aufgeschnappt.

Es war ein schreckliches Gefühl, Drogen in die Hände von Gangmitgliedern geraten zu lassen, aber sie musste diesen Dealer aufhalten und dafür musste sie ihn diesen Deal abwickeln lassen.

„Ich werde dich schon kriegen", flüsterte sie.

Die Ware sollte in einem Logistikzentrum übergeben werden. Der große Parkplatz war zu dieser Uhrzeit leer, abgesehen von einer Reihe geparkter Lieferwagen. Das riesige Lagerhaus erhob sich vor ihr.

Nach dem, was sie gehört hatte, war es bald so weit – der Treffpunkt war das südlichen Ende des Lagerhauses um Mitternacht.

Sie hatte einige Blocks entfernt geparkt und sich über den Zaun auf das Areal geschlichen.

Sie betrachtete das Gebäude. Die beste Aussicht und den sichersten Platz, um nicht erwischt zu werden, hätte sie vom Dach aus.

Brynn entdeckte eine Regenrinne. Sie zog die Gurte ihres kleinen Rucksacks fest, legte ihre Hände um das Rohr und kletterte daran hinauf.

Bis sie oben ankam, stöhnte sie und ihre Muskeln brannten. Zum Glück trainierte sie regelmäßig. Sie zog Jankowski immer damit auf, dass er nicht fit war, und überredete ihn dazu, mit ihr laufen zu gehen. Sie lief auch mit ihrem Bruder, wenn sie beide Zeit hatten.

Nun zog sie sich aufs Dach und hockte sich hin. Es war eine bewölkte Nacht, so dass kein Mondlicht sie anstrahlen würde. Immer noch in der Hocke, bewegte sie sich über das große, geneigte Dach.

Sie erreichte den First und kletterte vorsichtig auf der anderen Seite wieder hinunter.

Ein Motor brummte und sie sah das Aufblitzen von Scheinwerfern.

Brynn duckte sich und sah zu. Ein unauffälliger Lieferwagen fuhr auf den Parkplatz.

Sieh an.

Leise schlich sie näher an den Rand und nahm vorsichtig den Rucksack von ihren Schultern. Ein weiteres Fahrzeug folgte dem Lieferwagen.

Ein dunkler Truck. Ford F250. Vier Harleys knatterten in einer Reihe hinter dem Lastwagen her.

Nicht weit vom Rand des Daches entfernt, legte sie sich flach auf den Bauch und öffnete den Reißverschluss des Rucksacks. Sie zog ihr Fernglas heraus und suchte den Lieferwagen.

Er stand mittlerweile mit abgestelltem Motor unter ihr und vier Männer, bei denen es sich offensichtlich um Blades handelte, standen an einer Seite. Sie gingen zum hinteren Teil des Lieferwagens.

Als der Truck und die Motorräder vorfuhren, sah sie sich jedes der Gesichter an, aber die Biker kamen ihr nicht bekannt vor. *Verdammt.*

Von hier oben war durch die dunklen, getönten Scheiben des Lastwagens nicht zu erkennen, wer sich darin befand.

„Komm schon", murmelte sie.

Ein Blade-Mitglied schlenderte zum Lastwagen hinüber. Die Beifahrertür öffnete sich.

Sie wurde nervös. Die Männer unterhielten sich, aber sie konnte noch immer keinen Blick auf den Dealer erhaschen.

Nun begannen die Biker, Kisten hinten aus dem Truck auszuladen, und zwei Blades öffneten die Türen zum Laderaum des Lastwagens.

Verdammt, von hier aus würde sie den Dealer nicht sehen können, sofern er nicht ausstieg.

„Schon etwas entdeckt, Detective?"

Das leise Raunen neben ihr ließ sie zusammenzucken. Allein ihrem Training war es zu verdanken, dass sie das Fernglas nicht fallen ließ.

Sie sah zur Seite. Vander war nicht mehr als ein dunkler Schatten, der sich neben ihr niederließ.

Verdammt noch mal. Sie hatte ihn weder gehört noch gespürt. Er war gut.

„Was machst du hier?", flüsterte sie.

„Ich habe gehört, dass heute Abend ein Deal über die Bühne gehen soll. Hast du den Dealer gesehen?"

Sie atmete tief durch und richtete ihren Blick auf die Transaktion, die unten stattfand. „Er bleibt im Wagen. Ich kann ihn nicht sehen."

„Mist."

„Du solltest nicht hier sein." Sie senkte das Fernglas. Immer noch kein Dealer. Sie reichte es ihm.

Er nahm es und warf einen Blick nach unten. „Du kannst nicht die ganze Action für dich beanspruchen, Detective."

„Das ist *mein* Fall. Du brauchst dich nicht einzumischen."

Er sah immer noch durch das Fernglas. „Ich bin gerne darüber informiert, was in meiner Stadt vor sich geht."

„Du meinst, du bist ein Kontrollfreak."

„Brynn", er senkte das Fernglas, „es ist viel besser, die Kontrolle über die Dinge zu behalten, als überrumpelt zu werden, wenn man es am wenigsten erwartet."

Da war sie wieder, die Dunkelheit. Sie hörte sie in seiner Stimme und wenn es nicht gerade Nacht wäre, könnte sie sie zweifellos in seinen Augen sehen. Sie lauerte in den Tiefen seiner Seele und er tat offensichtlich sein Bestes, sie unter Verschluss zu halten.

„Hey, bleib hier bei mir", sagte sie.

Er zuckte kaum merklich. „Ich bin hier."

„Du kannst nicht alles kontrollieren, Vander."

Er versteifte sich. „Ich kann es versuchen."

„Du kannst nicht einfach tun, was du willst und wann du willst. Das hier ist meine Ermittlung –"

„Ich versuche nicht, das Kommando zu übernehmen."

„Du hättest mich anrufen und mir von der Übergabe erzählen sollen", fauchte sie im Flüsterton.

Sie konnte spüren, wie er sie durch die Dunkelheit hindurch ansah.

„Wie kommt es, dass du allein hier bist, Detective? Solltest du nicht Verstärkung haben?"

Sie schnaubte. „Das hier ist ein reiner Überwachungsjob."

„So wie ich es sehe, hast du kein Problem damit, die Vorschriften so auszulegen, wie du sie gerade brauchst", sagte er.

„Wenigstens umgehe ich sie nicht, als wären sie gar nicht da", zischte sie. „Wenn du das lange genug machst, gerätst du auf die schiefe Bahn, Norcross."

„Brynn –"

„Ich habe dir gesagt, dass mein Vater im Dienst getötet wurde. Er starb, weil sein Partner anfing, Bestechungsgelder anzunehmen."

Vander schwieg. „Du vergleichst mich mit einem korrupten Cop."

Sie seufzte. „Nein, verdammt." Sie wusste, dass er dem Mann, der ihren Vater verraten hatte, überhaupt nicht ähnelte.

„Ich tue, was ich kann, um zu helfen, und zwar nicht aus egoistischen Gründen." Seine Stimme schnitt durch die Luft wie eine Klinge. „Das Leben ist manchmal ein Kampf, Brynn. Es ist nicht sauber und ordentlich und es hält sich nicht immer an die Spielregeln. Wir brauchen Gesetze und wir brauchen Leute wie dich, die sie aufrechterhalten. Aber manchmal braucht man auch Leute wie mich, die diese Gesetze aus den richtigen Gründen umgehen können."

Sie starrte auf seinen dunklen Schatten und ihr Herz schlug heftig. Sie fand nicht alles falsch, was er sagte, und je besser sie ihn kennenlernte, desto mehr glaubte sie, dass er nach seinem eigenen privaten Kodex lebte und arbeitete.

Vander Norcross würde sich niemals bestechen lassen oder einen Unschuldigen verletzen.

„*Verdammt*", stieß er hervor.

Brynn sah auf und entdeckte ein weiteres Paar Scheinwerfer, die sich näherten.

Sie schnappte sich das Fernglas und versuchte, etwas zu erkennen.

„Verflucht. Die Sicherheitsfirma." Sie sah das Logo auf der Seite der weißen Limousine.

„Ein Wachmann mit einem Heldenkomplex", sagte Vander. „Er hätte die Störung melden müssen."

Vander erhob sich in die Hocke.

Unten liefen die Biker und Bandenmitglieder umher.

Sie beobachtete die typischen Bewegungen, wenn Männer ihre Waffen zogen.

Nein, nein.

Der Sicherheitswagen hielt an und die Türen öffneten sich.

„Das hier ist Privatbesitz", sagte jemand durch ein Megafon. „Sie haben das Gelände unerlaubt betreten. Die Polizei ist auf dem Weg."

Brynn stöhnte auf.

Ein tiefes Bellen ertönte. Ein deutscher Schäferhund sprang aus dem Wagen und schnellte auf die Biker und Blades zu.

Scheiße. Sie biss die Zähne zusammen.

Schüsse fielen.

Scheiße, Scheiße, Scheiße. Die beiden Sicherheitsbeamten duckten sich hinter ihrem Fahrzeug. Die Biker und Bandenmitglieder feuerten weiter.

Der Hund sprang in die Luft und erwischte einen der Biker und brachte den schreienden Mann zu Boden.

„Jetzt drehen sie durch", sagte Vander. „Wir sollten gehen."

„Wir können diese Wachen nicht zurücklassen." Die Bandenmitglieder rückten zu ihrem Wagen vor. „Sie sind leichte Beute."

„Willst du deine Tarnung aufgeben?"

Sie biss die Zähne zusammen. *Verdammt.* Sie wusste, dass so viel auf dem Spiel stand, aber sie konnte diese Männer nicht einem sicheren Tod überlassen.

„Geh", sagte Vander.

„Verdammt, ich kann nicht –"

Vander hob eine Glock. „Beweg dich, Brynn." Er zielte und feuerte.

Ein Biker zuckte zusammen und schrie auf.

Dann feuerte Vander wieder und wieder. Unter ihm brach die Hölle los. Biker und Blade-Mitglieder flüchteten in alle Richtungen und suchten Deckung.

Brynn sprang auf und lief über das Dach.

Sie warf einen Blick zurück und sah, wie das Sicherheitsfahrzeug den Rückwärtsgang einlegte und der Hund ihm hinterherlief. Vander sprintete hinter ihr das Dach hinauf und bewegte sich wie ein großer, dunkler Schatten.

Gemeinsam kletterten sie auf der anderen Seite hinunter.

„Hier entlang." Er packte ihre Hand und sie spürte, dass er Handschuhe trug.

An der Kante hielt er an und sie erkannte ein Seil, das von der Seite der Lagerhalle hing.

Er nahm es und hielt es ihr hin.

Nach einem tiefen Atemzug griff Brynn danach und ließ sich über die Kante hinunter. Sie kletterte an der Fassade in die dunkle Tiefe – nicht gerade elegant, aber es genügte. Irgendwann setzten ihre Stiefel auf dem Beton auf.

Sie sah nach oben. Vander glitt das Seil mit einer athletischen Anmut hinunter, die ihr den Atem raubte.

Er landete neben ihr.

Rufe hallten durch die Nacht. Die Iron Wanderers und die Blades würden nach ihnen suchen.

„Zeit, abzuhauen, Detective."

Sie nickte.

Sie sprinteten über den Parkplatz und nutzten die Deckung des Trucks und des Lieferwagens. Vander hielt neben ihr Schritt und bewegte sich mit Leichtigkeit, selbst in diesem hohen Tempo. Sie vermutete, dass er es stundenlang durchhalten konnte. Sie erreichten den Zaun.

Er holte eine Drahtschere hervor und schnitt den Zaun auf.

„Ab mit dir", sagte er.

„Aber was –?"

Er ergriff ihren Arm und ihre Blicke trafen sich.

„Verschwinde von hier. Es gibt nichts mehr, was du noch tun kannst. Geh nach Hause."

Sie zögerte. Er hatte recht, verdammt. „Vander?"

Seine Finger legten sich enger um ihren Arm.

„Ich glaube nicht, dass du so bist wie dieser bestechliche Cop." Sie nickte, dann kletterte sie durch das Loch im Zaun.

Als sie sich umdrehte, sah sie, wie er mit der Dunkelheit verschmolz und unsichtbar wurde.

Brynn drehte sich um und legte den Weg zu ihrem Auto im Laufschritt zurück.

Sie schlüpfte hinein. Er würde klarkommen. Es war reine Energieverschwendung, sich über Vander Norcross Sorgen zu machen.

Sie wollte den Motor starten, als ihr Handy vibrierte.

In Sicherheit?

Sie hatte seine Nummer unter *Härtester Kerl von allen* gespeichert.

Sie tippte auf den Bildschirm.

Ja. Und du?

Alles ok. Fahr nach Hause, Detective. Versuch, zu schlafen.

Ich bin sauer, weil ich den Händler nicht identifizieren konnte.

Du wirst ihn kriegen. Daran habe ich keine Zweifel.

Sie spürte, wie ihre Wangen rot wurden.

Vielen Dank für die unaufgeforderte Hilfe.

Ich bitte niemals um Erlaubnis, Detective.

Nein, er war ein Mann, der sich einfach nahm, was er wollte.

Ja, ja, du bist knallhart. Das wissen wir alle.

Du spielst mit dem Feuer, Brynn.

Sie biss sich auf die Lippe. Wollte sie sich an den Flammen verbrennen?

Und die noch wichtigere Frage: Konnte sie sich von ihm fernhalten?

Gute Nacht, Vander.

Nacht, Brynn. Schlaf gut.

AM NÄCHSTEN MORGEN raste Vander mit seinem Bike durch den Verkehr in Richtung Bay Bridge.

Seine Hände krümmten sich um die Lenkergriffe.

Er sollte nicht zum Clubhaus und zur Werkstatt der Iron Wanderers fahren. Er sollte in seinem Büro sein. Dort warteten hundert Aufgaben auf ihn.

Aber er wollte Brynn sehen.

Letzte Nacht hatte er sie dabei beobachtet, wie sie

die Regenrinne hochgeklettert und über das Dach geschlichen war. Sie war gut.

Neben ihr zu liegen ...

Es hatte ihm viel zu gut gefallen.

Er wusste, dass sie seine Vorgehensweise nicht vollständig akzeptierte, aber er wusste auch, dass sie verstand, dass sie manchmal notwendig war. Jetzt war ihm klar, warum sie bei diesem Thema so emotional geworden war. Ihr Vater war gestorben, weil jemand, dem er vertraute, das Gesetz gebrochen hatte. Und Brynn versuchte, dem Erbe ihres Vaters gerecht zu werden. Das bewunderte er an ihr.

Vander runzelte unter seinem Helm die Stirn. Er sollte sich fernhalten. Sie war Hunts Cousine und ein Cop. Beides gute Gründe, auf Abstand zu gehen.

Aber das hatte ihn heute Morgen nicht davon abgehalten, sich einen runterzuholen und dabei an sie zu denken. Detective Brynn Sullivan, nackt, feucht und scharf auf ihn. Sie würde im Bett eine aktive Rolle spielen. Sie würde ihm nicht die ganze Zeit über die Führung überlassen. Würde ihm nicht die absolute Kontrolle überlassen.

Sein Schwanz pochte.

Verdammt. Er verlagerte sich auf seinem Bike.

Er wollte nur nach ihr sehen. Das war alles. Kurz mit ihr reden und sichergehen, dass Trucker, Grill und die Wanderers ihn sahen. Damit sie nicht vergaßen, dass sie unter seinem Schutz stand.

Das war alles. Im Grunde tat er es für Hunt.

Vander fuhr vor der Werkstatt vor und klappte den Ständer herunter. Es war ein warmer Tag, also trug er keine Jacke. Er nahm sich einen Moment Zeit, um seine Hemdsärmel hochzukrempeln.

Irgendwo in der Werkstatt dröhnte Rockmusik.

Leise ging er hinein. Er nahm sich einen Moment Zeit, um die kühlere Temperatur in dem schattigen Gebäude zu genießen. Ein zerlegtes Bike stand in der ersten Bucht.

Er hörte Stimmen und ging zur nächsten.

„Babe, wir würden uns gut amüsieren", sagte eine tiefe Stimme.

Er sah Brynn mit einem großen Biker mit langem, zotteligem Haar. Der Mann trug locker sitzende Jeans und ein weißes T-Shirt. Brynn trug auch heute wieder viel zu knappe Shorts und dazu ein enges, schwarzes Tank-Top. Ihr braunes Haar war zu einem unordentlichen Dutt auf ihrem Kopf aufgetürmt. Ein rotes Halstuch steckte in der Gesäßtasche ihrer Shorts.

„Ohne Zweifel, Mann", säuselte sie. „Aber jetzt zieh Leine. Ich muss mich um dein Bike kümmern."

„Ich mag deine sexy Beine. Ich will sie in der Luft sehen, während ich dich ficke."

Ganz langsam breitete sich eine Mordswut in Vanders Brust aus.

Der Biker bewegte sich ganz plötzlich und drückte Brynn gegen das Motorrad. „Ich will dich gleich hier ficken." Er schob eine Hand zwischen ihre Beine, während die andere sich unsanft um ihre Brust legte.

„*Hey.*" Auf ihrem Gesicht war Empörung zu sehen, aber keine Angst.

Trotzdem wog das Arschloch fünfzig Kilo mehr als

sie. Sie wehrte sich, aber er fixierte sie und betatschte sie weiter.

„Frauen lieben meinen Schwanz, Babe. Er wird dir gefallen."

„Ich sagte nein, Arschloch. Lass mich los, dann schlage ich dir nicht den Schädel mit einem Schraubenschlüssel ein."

„Ich liebe es, wenn die Frauen sich zieren."

„Ich habe dich gewarnt." Sie schwang einen Schraubenschlüssel durch die Luft und erwischte seinen Arm.

Mit einem Aufschrei wich der Biker zurück.

„Schlampe." Er verpasste ihr eine Ohrfeige, deren Schallen durch die Werkstatt hallte. „Niemand sagt Nein zu mir."

Vander sah rot. Zielstrebig und mit großen Schritten durchquerte er die Werkstatt.

Brynn sah ihn und riss die Augen auf. „Vander –"

Er zerrte den Kerl von ihr herunter. An ihrem Mundwinkel sah er Blut.

Vander rammte seine Faust in den Bauch des Bikers. Er schlug methodisch auf den Mann ein, immer und immer wieder – Bauch, Kiefer, Solarplexus. Der Mann brüllte auf und versuchte, zurückzuschlagen.

„Macht es dir Spaß, Frauen zu schlagen?", fragte Vander eisig.

Er schlug den Biker erneut, woraufhin dieser in die Knie ging.

„Komm schon", stichelte Vander. „Es ist leicht, eine Frau zu schlagen, die kleiner ist als du. Versuch es mal mit mir, da sieht die Sache gleich anders aus."

Der Biker rappelte sich auf und schwang unbeholfen seine Fäuste durch die Luft.

Vander verpasste dem Mann einen Haken in die Seite und spürte, wie ein paar Rippen knackten. Der Mann stöhnte.

„Vander, es geht mir gut", sagte Brynn.

Ihre Stimme war ruhig und gefasst. Natürlich würde es Detective Brynn Sullivan nicht aus der Ruhe bringen, von einem riesigen Biker betatscht und geschlagen zu werden.

Er begegnete ihrem Blick. Sie wirkte gelassen, wenn auch wachsam.

Sie streckte eine Hand aus. „Vander –"

Er sah weg und versetzte ihrem Angreifer einen weiteren brutalen Schlag ins Gesicht. Der Motorradfahrer fiel rückwärts und landete hart auf dem schmutzigen Boden.

„Wenn ich höre, dass du eine Frau angegriffen oder angerührt hast, obwohl sie nein gesagt hat, werde ich dich finden. Dann wird dir das hier dagegen wie ein Strandurlaub vorkommen." Vander nahm Brynns Hand und zog sie nach draußen.

„Vander –"

Er reagierte nicht, nahm ihre Stimme kaum wahr. Er packte sie an der Taille und hob sie hoch, um sie seitlich auf sein Bike zu heben.

Sie stieß einen zittrigen Atemzug aus. „Dein Gesichtsausdruck macht mir richtig Angst. Du siehst aus, als würdest du am liebsten noch länger auf den Kerl eindreschen."

„Führe mich nicht in Versuchung." Er umfasste sanft

ihren Kiefer mit einer Hand und wischte mit der anderen das Blut weg. Sie holte tief Luft und er streichelte ihren Wangenknochen.

„Es ist halb so wild", sagte sie leise. „Es fühlt sich nicht so schlimm an. Ich habe schon öfter eine Faust abbekommen. Keine große Sache."

Ein Muskel zuckte in seinem Kiefer. Er konnte nicht aufhören, mit seinen Fingern über ihre Haut zu streicheln. Ihr stockte der Atem.

„Er wollte dich schlimmer verletzen."

„Und ich hätte ihn aufgehalten." Sie griff nach oben und hielt Vander am Handgelenk fest. „Es geht mir gut."

Er packte sie fester. „Ich habe Männer gesehen, die schreckliche Dinge getan haben. In Übersee. Die Folter. Die Vergewaltigungshäuser." Er spannte sich an. „Und es war nicht nur da drüben. Auch hier passieren schlimme Dinge. Ich weiß es. Ich habe es mit eigenen Augen gesehen."

Sie schlang die Hände fester um sein Handgelenk. „Vander, komm zurück zu mir."

„Ich schwor mir, dafür zu sorgen, dass meine Mutter, meine Schwester, meine Freunde ... niemals in Gefahr sein würden. Ich schwor mir, sie zu beschützen."

„Oh, Vander. Es geht mir gut." Sie rutschte vom Sitz und küsste ihn.

Er wurde von Gefühlen überflutet. Jeden Tag trug er einen inneren Kampf aus, um all diese Empfindungen im Zaum zu halten. Wenn er zu viel fühlte, gab es nichts, was er nicht tun würde, um die zu schützen, die ihm am Herzen lagen.

Aber selbst mit diesem Gedanken im Hinterkopf ließ er sich in den Kuss fallen und zog sie näher an sich heran.

Diese Frau ...

Sie war gefährlich für ihn.

Ein Risiko, das ein Mann wie er nicht eingehen konnte.

Er zog sich zurück und es gefiel ihm, dass ihr Atem genauso schnell und unruhig ging wie seiner.

„Vander ...‟

Die zärtliche Art, wie sie seinen Namen aussprach, schickte ihm einen Schauer über den Rücken. „Ich denke die ganze Zeit an dich.‟

Sie zuckte zusammen und etwas blitzte in ihren hellblauen, kristallklaren Augen auf. „Ich denke auch an dich.‟

„Ich will es gar nicht. Und ich werde mich nicht mit dir auf irgendetwas einlassen. Ich will nichts Kompliziertes und ich will auch nicht die Probleme und die Konsequenzen, die du mitbringst.‟

Kränkung huschte über ihre Züge, bevor sie sie verbergen konnte. „Ich dachte, du wärst ein Mann, der sich keine Gedanken über Konsequenzen macht.‟

„Nein, ich bin das genaue Gegenteil. Ich bin von unserer Regierung trainiert worden, um das Risiko abzuwägen und die Konsequenzen zu eliminieren.‟

„Du fühlst dich zu mir hingezogen‟, flüsterte sie. „Du willst mich.‟

Er blieb stumm.

„Und ich will dich.‟

Fuck. Seine Hände bohrten sich in ihre Haut. Er

konnte das Risiko nicht eingehen, das sie darstellte. Was sie in ihm entfesseln konnte ...

Er mochte seine Welt so, wie sie war, aber Brynn Sullivan würde sie in Stücke reißen. Sie würde Dinge verlangen und Erinnerungen aufwühlen, die am besten verborgen blieben.

„Nein. Wir werden das hier nicht tun."

Ihre Augen funkelten. „Ich hätte dich nicht für einen Feigling gehalten."

So viele konkurrierende Bedürfnisse stiegen in Vander auf und drohten, ihn zu überwältigen.

„Norcross?" Die schroffe Stimme von Trucker.

Vander löste sich von Brynn und warf einen Blick über seine Schulter. Er entdeckte den Biker auf dem Bürgersteig.

„Trucker, wenn das Arschloch da drinnen sie noch einmal anfasst, bringe ich ihn um."

Trucker verschränkte seine tätowierten Arme. „Er liegt immer noch stöhnend auf dem Boden. Ich bin mir ziemlich sicher, dass er es sich zweimal überlegen wird, bevor er wieder in Brys Dunstkreis kommt. Wir werden uns darum kümmern."

„Gut."

Brynn blickte zu Vander auf und ging dann an ihm vorbei, wobei sie ihren Körper absichtlich gegen seinen drückte. Sie verschwand in der Werkstatt.

Es kostete ihn all seine Selbstbeherrschung, seinen Helm aufzusetzen, auf sein Bike zu steigen und loszufahren.

KAPITEL SIEBEN

Als sie sich am nächsten Morgen für die Arbeit fertig machte, murmelte Brynn wütend vor sich hin und stellte einen Becher energisch auf dem Küchentisch ab.

Verdammter Vander Norcross.

Er war in ihr Leben geschneit, hatte sie dazu gebracht, ihn mehr zu wollen, als sie jemals jemanden gewollt hatte, und dann machte er einen auf zurückhaltend.

„*Männer*." Sie schenkte sich einen Kaffee ein und starrte aufgewühlt ins Leere. Wie konnte er es wagen, sie zu küssen? Ihr die besten, sexiesten, gierigsten Küsse zu geben, die sie je bekommen hatte, und dann zu kneifen? Und ihr auch noch zu sagen, dass er die Probleme und Konsequenzen nicht wollte, die sie mit sich brachte?

Schwachsinn. Sich mit ihr einzulassen, wäre großartig.

„Wenn du deinen Kaffee weiter so anstarrst, könnte

er explodieren." Ihr Bruder kam herein. Er sah schläfrig aus und trug eine graue Jogginghose und kein Shirt.

„Ich hasse heute alle Männer, also pass bloß auf."

Bard hob seine Hände. „Hey, ich habe nichts getan."

„Du hast ein Y-Chromosom." Brynn nippte an ihrem Kaffee, verbrannte sich die Zunge und fluchte.

Ihr Bruder streichelte ihr über den Kopf. „Was ist los, Bee?"

Als er ihren Spitznamen aus Kindheitstagen verwendete, atmete sie tief aus. „Da ist dieser Kerl."

„Ist es Jack?"

Sie runzelte die Stirn. „Wer ist Jack?"

„Nays netter Lehrerkollege von der Arbeit."

„Gott, nein."

„Soll ich den, den du meinst, verprügeln?"

„Das könntest du nicht", sagte sie missmutig.

„Normalerweise vermöbelst du die Leute selbst. Das war schon so, als du klein warst."

„Er ist interessiert, aber er hält sich zurück. Er will sich nicht mit mir ‚einlassen'." Sie machte mit ihren Fingern unsichtbare Anführungszeichen in die Luft. „Er denkt, mit mir hätte er nur Ärger und Komplikationen."

Bard presste die Lippen aufeinander.

Sie zeigte mit dem Finger auf ihn. „Wage es nicht, dich auf seine Seite zu schlagen."

„Du bist nicht einfach, Brynn, bei Weitem nicht." Er zog sie an den Haaren. „Und das ist auch gut so." Er hielt inne. „Ist es der Kerl von neulich Abend?"

„Ja." Glücklicherweise hatte Bard nicht gesehen, wer es war.

„Wie heißt er? Ist er ein Cop?"

„Er ist kein Cop und mach jetzt nicht einen auf großer Bruder."

„Geht klar. Naomis Freund Jack ist also weg vom Fenster?"

Brynn warf ihm einen Blick zu.

Ihr Bruder grinste und schenkte sich Kaffee ein. Während er daran nippte, musterte er ihr Outfit. „Wie ich sehe, rockst du heute wieder den Biker-Babe-Look."

Sie trug mit Farbe besprühte Jeans und ein enges weißes Tanktop mit dem Harley-Davidson-Logo darauf. „Ja. Ich muss ein paar Teile abliefern. Ich schaue erst noch im Hauptquartier vorbei und melde mich bei Hunt."

Bard runzelte die Stirn. „Sei vorsichtig, Brynn."

„Mache ich." Sie küsste ihn auf die Wange. „Du auch."

„Und Bee, wenn der Kerl schlau ist, wird er seine Meinung noch ändern. Dann wird er es nicht schaffen, sich von dir fernzuhalten."

Wehmütig zog sich ihr Magen zusammen. Bard kannte Vander Norcross' eisernen Willen nicht.

Brynn schwang sich auf ihre Triumph und fuhr eine Weile durch die Gegend, bis sie sicher war, dass ihr niemand folgte, bevor sie sich in Richtung Präsidium aufmachte.

Ihr Handy vibrierte, als sie mit dem Aufzug nach oben fuhr. Es war eine Nachricht von Carrin.

Kleine Warnung. Naomi wird es wieder wegen Jack bei dir versuchen.

Ach, komm schon. Brynn tippte auf ihr Handy.

Seufz. Ich bin nicht interessiert.

Wegen deines neuen Mister Geheimnisvoll?

Brynn schnappte nach Luft. Gott, ihre Geschwister waren solche Plaudertaschen.

Unfassbar. Bard hat eine viel zu große Klappe.

So hat er dich noch nie gesehen. Normalerweise servierst du Jungs aalglatt ab. Teflon ist dein zweiter Vorname.

Das stimmt nicht. Ich war total verknallt in Brandon McGee.

Brynn, da warst du zwölf. Das zählt nicht.

Dieser Typ ... es ist noch so neu. Und er wehrt sich mit allen Mitteln.

Die guten Dinge fallen einem nie in den Schoß.

Brynn verdrehte die Augen.

Danke, Teddy Roosevelt.

Oh, stammt das Zitat von ihm?

Geh und verurteile einen Verbrecher.

Du geh und buchte einen ein.

Das würde ich ja, wenn meine neugierigen Geschwister
sich aus meinem Liebesleben raushielten.

Ihre Schwester verabschiedete sich mit einem Kuss-Emoji.

Als Brynn die Zentrale betrat, erntete sie für ihr Outfit und ihre Tätowierungen dumme Sprüche und Pfiffe. Mit einem Winken und einem Augenrollen steuerte sie auf ihr Büro zu.

„Nette Jeans, Sullivan!"

„Sullivan", rief Jankowski. „Meinen Motor darfst du jederzeit reparieren."

„Dein Motor ist zu rostig für mich, Jankowski", rief sie zurück.

Schallendes Gelächter folgte.

„Ich hoffe, meine besten Detectives verhalten sich so, wie es sich für die Polizei von San Francisco gehört", sagte eine tiefe Stimme.

Lieutenant William Cook betrat den Raum. Brynns Lippen zuckten. Alle Detectives um sie herum sahen plötzlich sehr beschäftigt aus.

„Sullivan", sagte der Lieutenant. „Wie läuft es mit den Wanderers?"

Lieutenant Cook war ein großer Mann mit der Statur eines Footballspielers. Er hatte dunkle Haut, schwarzes Haar und ein Kinn, das einen Superhelden stolz gemacht hätte. Er war die Art von aufrichtigem Cop, die auch ihr Vater gewesen war.

„Gut, Sir. Sie scheinen mich bisher zu akzeptieren. Der neue Dealer ist noch nicht identifiziert."

„Okay. Halten Sie mich auf dem Laufenden. Und halten Sie den Ball flach."

„Ja, Sir."

Hunt erschien. Der finstere Ausdruck auf seinem rauen Gesicht ließ sie innerlich zusammenzucken. Er winkte sie in sein Büro.

„Hey", sagte sie.

Er schloss die Tür. „Es gehen Gerüchte um, dass Vander vor den Bikern Anspruch auf dich erhoben hat."

„Ja. Er dachte, so könnte er erklären, warum er mich im Club empfohlen hat. Und mich schützen. Es war völlig unnötig."

Hunt verschränkte die Arme vor der Brust. „Das ist alles?"

„Ja." Genau genommen, war es keine Lüge.

„Du hast ihn also nicht auf einer Bikerparty geküsst?"

Brynn schnaubte. „Das war Teil der Tarnung. Tobin ,Grill' Brady hat mich belästigt."

Das Stirnrunzeln ihres Cousins vertiefte sich. „Grill ist ein Psychopath."

„Ich komme schon klar mit ihm. Ich habe zwar Vanders plumpe Höhlenmenschentaktik nicht gebraucht, aber ich werde damit arbeiten."

Hunt brummte. „Machst du Fortschritte?"

„Nicht so große, wie ich mir wünschen würde. Ich hatte ein paar Gespräche mit den neuen Mitgliedern, aber es hat sich noch nichts ergeben. Im Moment glaube ich, dass Shotgun, der ehemalige Türsteher aus Chicago, der Dealer sein könnte. Er ist hart im Nehmen, erfahren und clever. Bender kommt aus L.A. und ist, soweit ich es beurteilen kann, ein Biker durch und durch. Bei ihm dreht sich alles ums Biken und um seine Freiheit. Nomad aus Arizona ist ein Frauenheld. Er flirtet jedes Mal mit mir, wenn ich ihn sehe, und angeblich hat er schon die Hälfte der Single-Mädels im Club flachgelegt. Er wirkt viel zu entspannt und lässig, um ein Drogendealer zu sein."

„Wer auch immer er ist, er wird sich früher oder später zu erkennen geben."

Sie nickte. Sie hoffte auf früher. „Ich fahre jetzt rüber und bringe ein paar Teile in die Werkstatt. Ich habe auch ein paar für die neuen Jungs dabei. Vielleicht kann ich heute etwas in Erfahrung bringen."

„Okay. Brynn, halt dich von Vander fern."

Sie zog die Augenbrauen zusammen. „Du hast gesagt, du vertraust ihm."

„Was deine Sicherheit angeht, ja. Mit allem anderen absolut nicht."

Brynn lächelte und tätschelte ihrem Cousin die Wange. „Du bist süß, wenn du dich wie ein großer Bruder benimmst."

„Ab mit dir."

Sie wollte gerade zum Parkplatz gehen, als ihr Handy piepte. Es war eine Nachricht von Naomi.

Also, wegen Jack ...

Mein Gott. Ihre Schwester war wie ein Hund mit einem Knochen.

NEIN.

Am Eingang zum Sicherstellungsgelände holte sie

die benötigten Teile bei Manuel ab. Der Beamte war immer gut gelaunt, Mitte sechzig und arbeitete schon seit Jahren hier.

„Bitte sehr, Detective Sullivan. Alles, was Sie wollten."

„Danke, Manuel." Sie packte die Teile in die Satteltaschen ihres Bikes. „Sie und ich, wir könnten ein Nebengeschäft aufmachen. Wir könnten ein Vermögen mit dem Verkauf von Ersatzteilen machen."

Er lachte laut auf. „Das wär mal was."

Brynn stieg auf ihr Motorrad. Ihr Lächeln verblasste, als sie nach Oakland fuhr. Sie hielt vor der Werkstatt der Wanderers und sah Trucker und zwei der neuen Jungs – Bender und Nomad.

Trucker wirkte etwas aufgekratzter als sonst. War einer von den beiden der Dealer? Derjenige, der Trucker unter Druck setzte?

„Morgen." Sie schleppte die Teile hinein.

„Hey, Süße", sagte Trucker.

Bender nickte. Aus der Nähe sah sie, wie viele Tätowierungen der Mann hatte.

Nomad lächelte charmant. „Hi, Bry."

„Hier sind die Teile, die du haben wolltest." Sie legte sie auf die Werkbank.

„Verdammt genial." Nomads Lächeln wurde noch breiter. „Danke."

Sie nickte. „Ich bin dann mal nebenan und arbeite an der Harley Low Rider."

Sie schlenderte durch die Tür und als sie auf der anderen Seite der Wand stand, legte sie den Kopf schief und lauschte dem Gemurmel der

Männerstimmen, die sich wieder zu unterhalten begannen.

Als die Stimmen leiser wurden, schlich sie sich näher an die Tür, um etwas hören zu können.

„Wenn du dich mit mir anlegst, Trucker, wirst du es bereuen", murmelte jemand leise.

Verdammt, sie konnte nicht sagen, welcher der beiden Biker es gesagt hatte.

„Fick dich", knurrte Trucker.

„Du und ich werden uns mit Bones treffen. Er will dich dabei haben. Eine vereinte Front."

Trucker knurrte.

„Die Back Corner Bar. Wir werden –"

Sie versuchte, zu verstehen, was die Männer sagten, aber sie entfernten sich und verließen die Werkstatt

„... um drei."

„Fick dich", zischte Trucker wieder.

Sie spähte um die Ecke und sah Trucker und die anderen davonstapfen.

Brynn tippte sich mit dem Finger gegen die Lippen. Die Back Corner Bar. Drei Uhr nachmittags.

Ihr Puls raste. Das könnte es sein. Ein Treffen zwischen Trucker, dem Dealer und einem weiteren Beteiligten namens Bones.

Sie zwang sich, noch ein wenig an der Harley zu schrauben, aber in ihrem Kopf überschlugen sich die Gedanken. Sie musste für Verstärkung sorgen und einen verdeckten Ermittler in die Bar einschleusen.

Jankowski.

Sie würde früher dort sein und es wie einen Zufall aussehen lassen, dass sie spät dort zu Mittag aß.

Sie spürte, wie eine innere Aufregung sich in ihr breitmachte. *Das war ihre Chance.*

UM DREI UHR spielte sie Billard mit einem großen Afroamerikaner namens Billy. Neben ihr standen ein Teller mit einem halb gegessenen Burger und ein halb leeres Glas Bier. Ihre Ledertasche mit ihrer SIG lag in der Nähe.

Sie wartete darauf, dass die Ehrengäste ankamen und ließ ihren Blick über die Bar wandern, wobei sie durch Jankowski, der mit einem Bier in der Hand auf einem Hocker saß, geradewegs hindurchsah.

Er sah aus, als wäre er in Gedanken versunken.

Die Tür ging auf. Der Neuankömmling, der die Bar betrat, war unverschämt gut aussehend. Unter seinen Jeans zeichneten sich muskulöse Beine ab und sie war sich hundertprozentig sicher, dass er einen fantastischen Hintern hatte. Sein marineblaues T-Shirt saß so eng, dass die Ärmel in seinen muskulösen Bizeps schnitten. Interessante Tätowierungen zogen sich über seine Arme.

Er ging zu einem Tisch im hinteren Teil und eine eifrige Kellnerin wuselte ihm hinterher.

Moment. Da war etwas an der Art, wie er sich bewegte ...

Ihr Blick wanderte wieder nach oben zu seinem Gesicht und dem dunklen, ungebändigten Haar, das ihm in die Stirn fiel.

Es machte Klick in ihrem Kopf, als sich die Puzzleteile zusammenfügten. *Rhys Norcross.*

Vanders jüngerer Bruder und sein Top-Ermittler.

Verdammt noch mal.

Sie atmete ein paar Mal tief durch, brachte sich in Position und führte den Stoß aus.

„Hey, Süßer", sagte sie zu Billy. „Ich muss mal für kleine Biker-Babes. Bin gleich wieder da."

Billy machte eine bestätigende Handbewegung. Brynn schnappte sich ihre Tasche und schlenderte in Richtung Damentoilette, direkt an dem Tisch vorbei, an dem der jüngste Norcross-Bruder außer Sichtweite saß.

Sie blieb stehen. „Na, wen haben wir denn da." Jeder, der sie beobachtete, würde ihr kokettes Lächeln und ihre eindeutige Körpersprache wahrnehmen.

Nur Rhys kam in den Genuss des zornigen Funkelns in ihren Augen.

Er schenkte ihr ein Lächeln, das ihr den Atem raubte. Er war hinreißend und das wusste er. Der kräftige Kiefer und das dichte Haar, das eine Frau geradezu anflehte, mit den Händen hindurchzufahren. Ja, er hatte eindeutig die Norcross-Gene geerbt, die für unverschämt attraktives Aussehen sorgten.

Seltsam – sie fühlte sich nicht annähernd so zu ihm hingezogen wie zur dunklen, bedrohlichen Ausstrahlung seines Bruders.

„Was zum Teufel könnte Rhys Norcross nur hier wollen?", fragte sie leise.

Sein Lächeln wurde breiter. „Du musst Brynn sein." Sein Blick wanderte an ihrem Körper nach unten, kehrte aber schnell wieder zu ihrem Gesicht zurück. „Wir haben gehört, dass vielleicht ein Deal über die Bühne gehen soll."

„Und dein Bruder hat dich gebeten, vorbeizukommen?"

„Vielleicht. Vielleicht wollte ich aber auch nur einen Burger."

„Er hat dir aufgetragen, ein Auge auf mich zu haben."

„Vielleicht." Rhys schenkte ihr ein weiteres Rockstarlächeln. „Und mein Auge tut nicht weh bei diesem Auftrag."

Brynn beugte sich näher zu ihm und ihre verführerische Körpersprache täuschte. „Sag deinem Bruder, dass ich keinen Babysitter brauche. Und wenn du die Verdächtigen vergraulst, lege ich dir so schnell Handschellen an, dass dir schwindelig wird."

Es tat seinem Grinsen keinen Abbruch. „Heiße Vorstellung."

Sie verdrehte die Augen und richtete sich wieder auf. Bevor sie auf die Damentoilette zusteuerte, warf sie ihm einen anzüglichen Blick zu.

Als sie wieder herauskam, schlenderte sie an der Bar entlang.

„Ein Bud", sagte sie zum Barkeeper.

Jankowski drehte sich auf seinem Hocker zu ihr herum. „Baby, wo warst du mein ganzes Leben lang?" Er glotzte ihr mit offensichtlichem Interesse auf die Brüste.

Beinahe hätte sie aufgelacht. Stattdessen beugte sie sich zu ihm. „Cops haben immer die schlechtesten Anmachsprüche." Sie schnappte sich ihr kühles Bier, das sie nicht anrühren würde, und ging mit übertrieben schwingenden Hüften weiter.

Zurück am Billardtisch bei Billy, spürte sie, dass Rhys

sie beobachtete. Sie war gerade dabei, ihr Queue zu kreiden, als Trucker hereinkam.

Er entdeckte sie und runzelte die Stirn.

„Bry, was machst du denn hier?"

„Hey, Trucker." Sie warf einen Blick auf das Queue und nickte dann in Richtung ihres Spielpartners. „Ich leere Billys Taschen."

„Sie ist gut", sagte Billy.

„Ich mag diese Bar." Sie legte den Kopf schief. „Und was machst du hier?"

„Bier trinken. Ein paar Leute treffen." Er nickte ihr zu und ging.

Während sie spielte, beobachtete sie heimlich, wie Trucker sich an einen Tisch in einer Nische setzte und Chicken Wings und ein Bier bestellte.

Wo waren der Dealer und dieser neue Kontakt?

Sie wurde ungeduldig. *Komm schon. Komm schon.*

Sie versuchte, sich auf das Spiel zu konzentrieren und beugte sich gerade über den Tisch, als sie spürte, wie sich jemand hinter sie stellte.

„Hey, du." Eine Hand landete auf ihrem Po.

Brynn fuhr hoch und drehte sich um.

Der Mann war groß und stämmig, hatte einen buschigen Bart und glasige Augen, die ihr verrieten, dass er ein paar Bier zu viel getrunken hatte. Ein rot kariertes Hemd spannte über seinen breiten Schultern.

„Finger weg, Großer", warnte sie ihn.

„Aber dieser süße Arsch bettelt um meine Aufmerksamkeit."

Ekelhaft. Sie lächelte zuckersüß. „Fass mich noch einmal an und du wirst es bereuen."

„Ach ja?" Er baute sich vor ihr auf.

Brynn verlagerte ihren Griff um das Queue. „Ja."

Aus dem Augenwinkel bemerkte sie, wie jemand sich zu Trucker an den Tisch setzte. Sie konnte nur seinen Hinterkopf erkennen. Von hier aus sah er nicht nach Nomad oder Bender aus, aber sie war sich nicht ganz sicher.

Verdammt, dieser Idiot würde noch alles vermasseln.

„Zieh Leine", sagte sie.

Der bärige Typ machte einen Schritt auf sie zu.

Rhys tauchte neben ihr am Billardtisch auf. Er sagte nichts, lehnte sich nur gegen den Tisch und starrte den Berggorilla an.

„Gehört der Schönling zu dir?", fragte der Mann.

„Nein, aber ich bin sicher, er könnte den Boden mit dir aufwischen, Arschloch." Sie schnaubte. „Nicht, dass ich Hilfe dabei bräuchte. Das schaffe ich auch allein."

„Na, na, kein Grund, zu streiten. Gib mir einen kleinen Vorgeschmack und ich –"

Er kam näher und sie spürte, wie Rhys sich anspannte.

Aber Brynn holte bereits mit dem Billardqueue aus und traf Berggorilla unter dem Kinn. Sein Kopf schnappte zurück und er stöhnte.

Sie wirbelte das Queue herum und schlug ihm damit ins Gesicht.

Er heulte auf

„Bist du fertig?", fragte sie.

Er brüllte. „Ich bringe dich um!"

Sie seufzte. „Nicht fertig."

Berggorilla bewegte sich, aber Brynn schwang das

Queue wie eine Waffe. Zwei kräftige Hiebe mit ihrem behelfsmäßigen Schlagstock und er krümmte sich stöhnend. Bei ihrem nächsten Schlag in den Rücken zerbrach das Queue, aber der Kerl ging zu Boden.

Verhaltenes männliches Gelächter erfüllte die Luft.

Sie sah Rhys an.

„Erinnere mich daran, es mir nicht mit dir zu verscherzen, Xena, Kriegerprinzessin."

Sie sah sich um und stellte fest, dass alle in der Bar sie beobachteten.

Bis auf Trucker und den Mann, der ihm gegenübersaß.

Die beiden stritten sich und von dem dritten Gast war nichts zu sehen.

Verdammt.

Plötzlich stand der Mann an Truckers Tisch auf und zog eine Pistole aus seiner Jacke.

Brynns Brust krampfte sich zusammen. *Verdammt.*

Er schoss auf Trucker.

Die Leute begannen zu schreien und wild durcheinanderzurufen. Brynn zog ihre Waffe aus ihrer Handtasche und hörte Rhys fluchen. Im Bruchteil einer Sekunde war er neben ihr, eine Glock in der Hand.

Der Mann drehte sich zur Bar um und fuchtelte mit seiner Waffe durch die Luft. Brynn erkannte das harte, zerfurchte Gesicht nicht. Er war keiner der neuen Biker.

„Runter!", schrie sie.

Der Mann eröffnete das Feuer.

Weitere Schreie ertönten und dann zersplitterte Glas. Rhys zerrte sie hinter dem Billardtisch zu Boden.

„Halt! Polizei!" Jankowskis Stimme.

Brynn spähte um den Tisch herum. Der Detective hatte seine Waffe auf den Schützen gerichtet.

„Nehmen Sie die Waffe runter und –"

Der Bewaffnete drehte sich blitzschnell um und schoss auf Jankowski.

Nein!

Vom Adrenalin angetrieben, richtete Brynn sich auf. Eine Kugel zischt an ihr vorbei und sie erwiderte das Feuer. Der Schütze fiel nach hinten.

„Norcross!", schrie sie.

„Bin dran." Rhys stürmte auf den Mann zu.

Brynn sprang über einen umgestürzten Hocker. Von Jankowski war im ersten Moment nichts zu sehen.

Dann entdeckte sie ihn. Er lag auf dem schmutzigen Holzboden auf dem Rücken. Sein Hemd färbte sich blutrot.

„Nein. *Nein.*" Sie sank neben ihm auf die Knie. „Ruf den Notarzt", wies sie den Barkeeper an.

Der Mann nickte. „Schon erledigt."

„Ich brauche einen Lappen oder ein Handtuch. Sofort!"

Innerhalb von Sekunden drückte sie Jankowski ein Handtuch auf die Brust.

„Bleib bei mir, Mike." Er gab keinen Laut von sich. Seine Augen waren offen, aber er wirkte abwesend und stand sichtlich unter starken Schmerzen.

Sie sah hinüber, wo Rhys Trucker auf den Boden verlagert hatte.

„Rhys?"

„Er lebt. Noch. Die Kugel hat ihn am Hals erwischt."

„Der Schütze?"

„Tot. Du hast ihm ins Herz geschossen."

Ihr Magen zog sich zusammen. Darüber würde sie später nachdenken.

Blut sickerte durch ihre Finger. Jankowskis Blut.

„Halte durch, Mike."

Dann hörte sie das Heulen von Sirenen.

KAPITEL ACHT

Der Motor des X6 dröhnte tief, als Vander auf die schäbige Bar in Oakland zuraste.

Er stieg aufs Gas und brach ein paar Gesetze, um so schnell wie möglich anzukommen. Ihm war alles egal.

Seine Hände umklammerten das Lenkrad.

Schüsse waren abgefeuert worden.

Ein Officer hatte eine Kugel abbekommen.

Er wusste bereits, dass es Brynn gut ging. Rhys hatte ihn angerufen.

Aber Vander musste sich selbst davon überzeugen.

Mit quietschenden Reifen kam er vor der Bar zum Stehen. Mehrere Streifen- und Krankenwagen standen vor dem Eingang.

Er beobachtete, wie Sanitäter eine Trage in einen davon luden. Zwei uniformierte Polizisten und ein Detective sahen ihn und winkten ihn herein.

Die Bar war schmuddelig. Sein Blick fiel auf das Blut auf dem Boden und sein Magen zog sich zusammen.

Er nahm die Verwüstung in sich auf und entdeckte

Brynn. Sie saß mit hängenden Schultern auf einem Stuhl und starrte ins Leere. Rhys stand neben ihr, an die Wand gelehnt, die Arme verschränkt.

Vander durchquerte den Raum und sein Bruder sah ihn an und nickte.

Vander hockte sich vor sie. „Hey."

Mit von Elend geplagten, hellblauen Augen, sah sie ihn an. „Hey."

„Wie geht es dir?"

„Ziemlich beschissen." Sie schluckte. „Einer meiner Kollegen wurde niedergeschossen. Eine Kugel in die Brust. Er wird gerade operiert."

„Das ist wirklich beschissen." Vander wollte sie trösten und es machte ihn wütend, dass er es nicht konnte.

„Truckers Zustand ist auch kritisch. Und ich habe den Schützen getötet." Ihre Brust krampfte sich zusammen. „Ich weiß nicht einmal seinen Namen." Sie hielt seinem Blick stand. „Ich habe jemanden getötet."

Er legte ihr eine Hand aufs Knie. „Es tut mir leid, Baby."

„Du hast Menschen getötet."

„Ja." Und ihre Gesichter waren vor langer Zeit zu einem einzigen verschwommen.

„Hört es jemals auf ... wehzutun?"

„Nein. Aber du erinnerst dich daran, warum du es getan hast, und du akzeptierst, dass du nichts daran ändern kannst. Irgendwann wird der Schmerz schwächer."

Ihre Lippen bebten. „Der Dealer ist nicht gekommen."

Hmm. Vermutlich war Trucker in eine Falle gelockt worden. „Versuche, jetzt erst einmal nicht daran zu denken."

Sie starrte auf ihre Hände. Er sah, dass sie größtenteils sauber gewischt waren, aber unter ihren Fingernägeln klebten noch Blutreste, ebenso wie auf ihrem weißen Tank-Top.

„Ich sollte ins Krankenhaus fahren und nach Jankowski sehen –"

„Du kannst nichts für ihn tun."

Sie presste die Augen zusammen. „Ich hasse das."

Ja, hilflos zu sein, war das Schlimmste.

Vander konnte das Elend in ihrem Gesicht nicht länger ertragen. Er stand auf und zog sie in seine Arme. Dann ließ er sich auf den Stuhl sinken und zog sie in seinen Schoß.

Bei der Art, wie sie sich an ihn schmiegte, wurde ihm eng um die Brust. Sie vergrub ihr Gesicht unter seinem Kinn und griff nach seiner Hand.

Er sah auf. Rhys musterte ihn mit einer hochgezogenen Augenbraue.

Vander war es scheißegal, dass er sich später einem Verhör mit seinem Bruder würde stellen müssen. Alles, was zählte, war Brynn.

Vander hatte schon immer einen ausgeprägten Beschützerinstinkt gehabt. Er verspürte ein tiefes Bedürfnis, sich um diejenigen zu kümmern, die zu ihm gehörten. Aber diese Welle von ... verdammt, er wusste nicht einmal, was es war. Zärtlichkeit? Sie verunsicherte ihn ein wenig.

Er sah wieder zu Rhys. „Konntest du den Schützen identifizieren?"

Rhys nickte. „Ich habe ein Foto gemacht und es Ace geschickt. Der Mann heißt Duane Smith, auch bekannt als Bones. Ein Mitglied der Blades. Er wird schon länger verdächtigt, für die Gang zu töten. Er schießt gern Leuten in den Kopf, wenn sie schlafen."

Vander spürte, wie sich Brynns Finger um seine klammerten. Er wusste, dass es ihr helfen würde, zu wissen, dass der Mann, den sie erschossen hatte, Abschaum war, der Menschen verletzt und ermordet hatte.

„Und der Dealer ist nicht aufgetaucht", sagte Vander.

Brynn hob den Kopf. Ihre Wangen waren blass, aber er konnte sehen, wie es in ihrem Kopf ratterte. „Trucker wurde reingelegt."

Vander nickte. „Der Dealer hat wohl beschlossen, ihn ein für alle Mal auszuschalten."

„Verdammt", sagte sie.

Vander streichelte ihre Wange. „Du musst die Sache jetzt erst einmal ausblenden."

„Ich sollte ins Krankenhaus fahren und mich nach Mikes Zustand erkundigen." Ihre Stimme klang besorgt. „Er hat eine Freundin und zwei Kinder aus erster Ehe. Sie stehen sich ziemlich nahe."

„Es gibt nichts, was du tun kannst. Du musst dich ausruhen und beruhigen."

„Ich höre immer noch die Schüsse. Sehe den Kerl fallen. Mikes Blut an meinen Händen."

Ein Mann kam durch die Vordertür der Bar herein. Hunt entdeckte sie und Vander sah das Wechselbad der

Gefühle auf dem Gesicht des Mannes: Erleichterung, Überraschung, Schock, Wut.

Hunt stellte sich vor den Stuhl, auf dem sie saßen. „Brynn, geht es dir gut?"

„Hunt."

Sie versuchte aufzustehen, aber Vander zog sie fester an sich.

„Jankowski wurde angeschossen", sagte sie leise. „Ich habe den Schützen erschossen."

Ein Muskel in Hunts Kiefer begann, zu zucken. „Du hast getan, was du tun musstest. Ich habe mir die Zeugenaussagen schon angehört. Du hattest keine andere Wahl." Sein grüner Blick traf den von Vander. „Warum sitzt meine Cousine auf deinem Schoß?"

„Deshalb."

Da war er wieder, der zuckende Muskel.

„Komm, Brynn", sagte Hunt. „Ich bringe dich nach Hause."

Ihre Finger schlossen sich wieder um Vanders. Er überlegte nicht lange. „Sie kommt mit mir."

Hunt spannte sich an. „Nein, sie braucht –"

„Sie weiß, was sie braucht", sagte Vander.

Brynn sah in sein Gesicht. Er konnte bereits sehen, wie ihr Biss sich zurück an die Oberfläche kämpfte. Sie hielt seinem Blick stand.

Sie atmete tief ein und aus. „Ich gehe mit Vander."

Hunt stieß einen Fluch aus, dann warf er Vander einen scharfen Blick zu. „Du kümmerst dich um sie."

Vander hob das Kinn, dann stand er auf und hielt sie an sich gedrückt.

„Hunt", sagte sie. „Wenn du etwas von Mike hörst ..."

Ihr Cousin nickte. „Dann lasse ich es dich wissen."

„Und erzähl weder Mom noch Bard oder meinen Schwestern, was passiert ist."

Hunt starrte sie an.

„Bitte. Ich bin ... noch nicht bereit."

Hunt atmete tief durch. „Okay."

Vander hob zum Abschied eine Hand in Rhys' Richtung, dann ging er mit Brynn hinaus zu seinem X6. Sie ließ sich mit stumpfem Blick auf den Beifahrersitz sinken.

Mit unterdrückter Wut im Bauch fuhr er los. Er hasste es, sie so zu sehen. Ihm war klar, dass sie ein Cop war, aber er hätte ihr diese Erfahrung lieber erspart.

Er fuhr zur Norcross-Zentrale und parkte den Wagen. „Komm mit."

Im Eingangsbereich nahm er ihre Hand und führte sie zu dem privaten Aufzug, der sie in sein Apartment brachte. Als sie ihn verließen, sah sie sich um. „Deine Höhle. Wow, du lässt die Sonne hier rein?"

Der Klugscheißer in ihr war offensichtlich schon wieder putzmunter. Er warf ihr einen Blick zu.

Sie strich mit einer Hand über die Lehne seines schwarzen Ledersofas. „Schön hier, Vander."

Sein Loft hatte das gleiche industrielle Flair wie das Büro unten, mit Holzböden und Akzenten in schwarzem Eisen. Schlafzimmer und Bad waren abgetrennt, die Küche befand sich im hinteren Teil und eine Front aus Harmonikatüren ließ sich aufschieben, damit man die riesige Dachterrasse betreten konnte.

Sie ging zu den Fenstern. Draußen leuchtete die Abendsonne orange. Die Gebäude der Stadt ragten hoch auf und man hatte das Gefühl, dass seine Wohnung sich im Herzen davon befand.

Sie keuchte. „Diese Terrasse ist ja unglaublich."

„Danke."

Dann sah sie auf ihre Hände. „Ich habe immer noch Mikes Blut unter den Fingernägeln. Ich –" Sie schnappte nach Luft.

„Hey." Er legte einen Arm um sie. „Komm mit."

Er führte sie in sein Gästebad. Sie sah sich ausdruckslos um und er wusste, dass sie immer noch den Ereignissen nachhing.

„Hier." Er drehte den Wasserhahn am Waschbecken auf und hielt ihre Hände unter den Wasserstrahl. Dann spritzte er etwas Flüssigseife auf seine eigenen Hände und fuhr damit über ihre.

Sie starrte schweigend auf das Wasser. Er hasste es, sie so zu sehen.

Als er die Blutspuren auf ihrem Harley-Davidson-T-Shirt sah, beschloss er, ihr ein neues Oberteil zu holen. „Warte hier."

Sie nickte.

Vander ging zügig in sein Zimmer und holte ein T-Shirt aus einer Schublade. Als er zurückkam, schrubbte sie sich immer noch ihre längst sauberen Hände.

Er stellte das Wasser ab und zog ihr das Tank-Top über den Kopf. Dabei vermied er es ganz bewusst, seinen Blick zu ihrem weißen Spitzen-BH und dem, was sich darin verbarg, wandern zu lassen.

Sie zuckte zusammen. „Was tust –?"

„Ganz ruhig, Detective, ich habe ein sauberes Shirt für dich." Er half ihr, es überzuziehen.

Sie befühlte den weichen, abgetragenen, grauen Stoff. Vorn war das Wort *Army* aufgedruckt.

„Du warst bei der Delta Force", sagte sie leise.

„Ja. Ein paar Jahre lang, bevor sie mich für die Ghost-Ops rekrutierten."

„Die Besten der Besten."

Er nahm ihre Hand und zog sie zurück ins Wohnzimmer. Dann ging er zu seiner eingebauten Bar, nahm eine Karaffe in die Hand und schenkte zwei Gläser seines Lieblingsbourbons ein.

Sie nahm eines davon und rümpfte die Nase. „Ich hasse Bourbon. Mein Vater hat ihn immer getrunken."

„Das ist Eagle Rare. Siebzehn Jahre gelagert."

„Hört sich teuer an."

„Ist er auch. Trink aus, Sullivan."

Sie schluckte und verzog das Gesicht. Der gequälte Blick war wieder da.

„Ich kann nicht aufhören, die Dinge in meinem Kopf wieder und wieder durchzugehen. Jeden Schritt. Jankowski, der ihn warnt. Warum ist der Schütze nicht abgehauen? Dann Mike, wie er zu Boden geht. Verdammt, ich habe eine Kugel an mir vorbeifliegen gehört."

Vanders Hand schloss sich um sein Glas. Dieser Teil war ihm neu. Sie wäre fast erschossen worden.

„Es ging alles so schnell." Sie rieb sich die Schläfe.

„Es hat keinen Sinn, das alles noch einmal zu durchleben." Das wusste er besser als jeder andere. „Würdest du noch einmal abdrücken?"

Sie sah ihn einen Moment lang an. „Ja."

„Dann hast du alles richtig gemacht."

„Gott, ich hoffe Mike kommt durch."

Sie wirkte so niedergeschlagen und müde. Er nahm ihr Glas und stellte es mit seinem auf den Couchtisch. Dann zog er sie auf die Couch.

Er lehnte sich zurück und zog sie nach unten, so dass sie ausgestreckt auf ihm lag und ihren langen Körper an ihn drückte.

Sie lehnte sich gegen ihn und er hörte sie seufzen.

„In deinen Armen habe ich das Gefühl, dass mir nichts und niemand etwas anhaben kann."

Vander presste seine Wange gegen ihr Haar. Er würde verdammt noch mal dafür sorgen, dass sich daran nichts änderte.

BRYNN WACHTE auf und stellte fest, dass sie an einen harten männlichen Körper geschmiegt da lag, ihre Nase an die Haut an Vanders Hals gedrückt.

Mmmh. Schmetterlinge fingen in ihrem Bauch an zu flattern, und ihr wurde klar, dass sie gern öfter so aufwachen würde.

Sie spielte für ein paar Augenblicke mit dem Gedanken und lauschte seinem gleichmäßigen Atem und dem kräftigen Schlag seines Herzens unter ihrer Wange.

Vander war gefährlich und kompliziert. Und sie vermutete, dass seine Dämonen tief in seiner Seele vergraben waren.

Aber sie wollte ihn. Sie wollte mit der Finsternis tanzen.

Sie nahm das frühe Morgenlicht wahr, das durch die

Jalousien drang. Oh Mann, sie hatte neben Vander Norcross geschlafen, wenn auch nicht *mit* ihm, was viel spannender gewesen wäre. Ihr Unterleib begann zu kribbeln.

Sie wollte auch das erleben. Sie wollte sehen, ob er seine legendäre Kontrolle jemals abgab.

Ja, sie wollte alles von ihm sehen. Nicht nur das, was er der Welt zeigte.

„Wie geht es dir?"

Natürlich war er wach. Sie genoss das tiefe Vibrieren seiner Stimme. „Ziemlich gut, in Anbetracht der Tatsachen." Sie hob den Kopf und sah in seine dunkelblauen Augen. „Du gibst ein sehr bequemes Bett ab, Norcross."

Seine Hand glitt nach oben und legte sich um ihre Hüfte. „Freut mich zu hören."

Sie drückte ihre Nasenspitze an die Haut an seinem Hals und spürte, wie er sich anspannte. Und als sie hörte, wie sein gleichmäßiger Herzschlag sich beschleunigte, konnte sie sich ein Grinsen nur schwer verkneifen. „Ich wollte mich bei dir bedanken." Seine Haut war ein wenig salzig und sie wollte am liebsten daran knabbern.

„Das musst du nicht."

„Ich weiß, aber dass du da warst, hat mir geholfen. Ich habe noch nie jemanden erschossen, und zu wissen, dass du mich verstehst, hat mir geholfen."

Seine Hände legten sich fester um sie. „Ich habe vorhin mein Handy gecheckt. Hunt hat sich gemeldet. Jankowski hat die Operation überstanden."

Ihr Puls schoss in die Höhe. „Gott sei Dank."

Vander bewegte sich unter ihr und schob sie zur Seite, um sich aufzusetzen.

„Das Gästebad ist dort drüben." Er deutete auf einen Durchgang. „Ich mache dir einen Kaffee."

Er stand auf und ihr wurde klar, dass er ihr auswich. Eigentlich hätte sie gekränkt sein sollen, aber etwas sagte ihr, dass er sich nach Kräften bemühte, seinen Abstand zu ihr zu wahren.

„Danke."

Im Badezimmer – dem sie in der Nacht zuvor nicht viel Aufmerksamkeit geschenkt hatte – nahm sie nun die moderne und maskuline Einrichtung in Schiefergrau mit Akzenten in warmem Holz in Augenschein. Im Schrank fand sie eine Ersatzzahnbürste. Sie wusch sich das Gesicht und putzte sich die Zähne, dann kämmte sie ihr Haar mit den Fingern und band es hoch. Sie würde sich noch einmal Vanders T-Shirt ausleihen müssen, da sie gut und gerne darauf verzichten konnte, ihr blutverschmiertes Tank-Top wieder anzuziehen.

Als sie wieder nach draußen ging, war er in der Küche. Sie befand sich am Ende des langen, großen Raumes und war durch einen großen Esstisch vom Wohnbereich getrennt. Die Küche war genial, mit einer großen Insel aus schwarzem Marmor und teuren Geräten.

Trotzdem war die riesige Terrasse immer noch das Beste an seinem Haus.

Sie fragte sich, wie wohl sein Schlafzimmer aussah.

Es waren gefährliche Gedanken, aber Brynn hatte sich bereits entschieden. Sie wollte Vander Norcross und sie wusste, dass er sie auch wollte, auch wenn er sich zurückhielt.

Der gestrige Tag hatte klar und deutlich gezeigt, dass

das Leben erschreckend kurz sein konnte. Das hatte sie zum ersten Mal als junges Mädchen lernen müssen, als man ihr gesagt hatte, dass ihr Vater, ihr Held, nicht mehr nach Hause kommen würde.

Manchmal musste man das Leben bei den Hörnern packen.

Lieber bereute sie es, zu scheitern, als zu bereuen, dass sie es nicht versucht hatte.

Der Duft von Kaffee erfüllte die Luft. *Lecker.* „Gott, Koffein."

Er hatte sich umgezogen, während sie im Bad gewesen war, und trug jetzt Jeans und ein schwarzes T-Shirt, das seine muskulöse Brust umspielte. Und, der Himmel stehe ihr bei, seine Füße waren nackt. Sie unterdrückte ein Wimmern.

Er goss Kaffee in einen Becher. „Sahne, zwei Stück Zucker."

Genau so, wie sie ihn mochte. „Du bist gut."

„Ich bin privater Ermittler."

Sie sah den Becher an, griff aber nicht danach. Stattdessen ging sie um die Insel herum, bis sie ihren Körper gegen seinen drücken konnte.

Jepp, wie erwartet, spannte er sich wieder an.

„Dann sollte dir auch klar sein, dass ich mich zu dir hingezogen fühle", sagte sie.

„Brynn –"

Sie ließ ihre Hände über seine Brust gleiten. „Und du fühlst dich zu mir hingezogen."

„Wenn ich eine Frau will, nehme ich sie mir, nicht umgekehrt. Wir werden das hier *nicht* tun."

Ach, so war das ... sie vermutete, dass der kühle, desinteressierte Ton darauf abzielte, sie zu vergraulen.

Aber sie spürte die Anspannung in seinem zur Perfektion geformten Körper. Spürte, wie sein Herz ein wenig schneller schlug.

Ihretwegen.

Sie ließ eine Hand nach unten gleiten und legte sie auf seinen harten Bauch. So, so hart. Dann hob sie den Kopf und sah in seine dunklen, aufgewühlten Augen.

Sie starrten einander an.

„Verdammt, Brynn." Klirrend stellte er seinen Kaffeebecher ab, packte sie und hob sie hoch.

Sie keuchte und im nächsten Augenblick saß sie auf dem kühlen Stein der Kücheninsel.

Er schob ihre Beine auseinander, stellte sich dazwischen und zog Brynn an sich. Ihre Körper waren eng aneinander gepresst. Dann war sein hungriger Mund auf ihrem.

Ja. Alles in ihr erwachte zum Leben, elektrisierend und prickelnd heiß.

Sie schlang ihre Beine um seine schmalen Hüften und erwiderte seinen Kuss. Er drückte sich hart und fest gegen sie. Sein Kuss war rau und fordernd.

Sie rieb sich an ihm und spürte seinen harten Schwanz zwischen ihren Beinen. Sie stöhnte in seinen Mund.

Er vertiefte den Kuss und ließ seine Zunge einen wilden Tanz mit ihrer tanzen.

Junge, Junge, sie war hin und weg. Der Mann konnte *küssen*.

Er ließ eine Hand unter das T-Shirt gleiten, das er ihr geliehen hatte, und streichelte ihre Haut. Sie erschauderte unter seiner Berührung und zog ihn noch näher an sich.

Sie nahm alles wahr: das Gefühl seines Körpers, seinen Duft, seinen Geschmack, den harten Druck seiner Finger auf ihrer Haut.

Sie dachte nicht daran, wer er war, oder an seinen Ruf, sie dachte nur an den sexy Mann, der sie um den Verstand brachte.

Er löste seinen Mund von ihrem und wanderte mit seinen Lippen an ihrem Kiefer entlang. „Als ich dich das erste Mal in Hunts Büro gesehen habe ...“

Ihr Magen zog sich so fest zusammen, dass es fast weh tat. „Der Moment, als ich deinen muskulösen Körper gesehen habe.“

Er küsste sie wieder. Es war kein sanfter Kuss, nicht dazu gedacht, zu verführen. Nein, mit diesem Kuss wollte er sie erobern. Glücklicherweise hatte sie nichts dagegen, erobert zu werden.

„*Vander*.“ Sie rieb sich an ihm.

Zwischen ihren Beinen baute sich eine köstlich schmerzhafte Spannung auf.

„Gott, ich glaube, ich könnte allein von deinen Küssen kommen“, keuchte sie.

Die Muskeln in seinen Armen spannten sich an und plötzlich zog er sich zurück.

Brynn hätte fast aufgeschrien. Sie sah, wie er wieder die Mauern um sich herum hochzog.

Verdammt. Das kribbelnde Gefühl in ihrem Unterleib verflog.

„Ist es, weil ich deinen Namen gesagt habe, oder war es der Teil, dass ich kommen könnte?", fragte sie.

Vander holte tief Luft. „Weiter wird diese Sache nicht gehen."

„Das sagst du immer, und dann küsst du mich wieder." *Und eilst an meine Seite, um mich zu beschützen.*

Ein Muskel in seinem Kiefer zuckte und seine Finger gruben sich in ihr Fleisch.

Brynn lächelte. „Du willst mich so sehr, dass du nicht klar denken kannst."

Er hob den Blick an die Decke. „Mein Gott, du bedeutest wirklich Ärger."

Sie strich über die harte Linie seines Kiefers. „Ich glaube, du könntest ein bisschen Ärger in deinem Leben gut vertragen."

Plötzlich erstarrte er und hob ruckartig den Kopf. Er blickte an ihr vorbei. Sie hörte ein Geräusch und sah über ihre Schulter.

Eine kleine Menschenmenge starrte sie beide an, darunter Rhys, Easton und Gia Norcross, Saxon Buchanan, Ace Oliveira und Frauen, von denen Brynn annahm, dass sie die Partnerinnen der Männer waren.

Unter ihnen waren eine hübsche Brünette mit großen Augen, eine grinsende Blondine und eine wunderschöne, schwangere Frau mit kurzem, dunklem Haar.

Aber es war Gia Norcross – klein und kurvig – die einen Schritt auf sie zumachte. „So, so. Du solltest uns besser vorstellen, Vander."

Brynn bewegte sich, um von der Kücheninsel zu rutschen.

Vander packte sie. „Wage es nicht, dich zu bewegen." Er fixierte sie mit seinem Griff und sie spürte die harte Beule in seinen Jeans. Sie hatte sich begeistert daran gerieben. Ups.

Alles klar. Sie warf einen Blick zurück in die Menge und winkte. „Hallo zusammen."

Vander knurrte.

KAPITEL NEUN

„Wir kommen gleich nach unten." Vander warf seinen Geschwistern und seinem besten Freund einen Blick zu, den sie alle nur zu gut kannten.

Rhys und Easton schnappten sich ihre Frauen. Ace und Maggie grinsten. Gia sah aus, als wollte sie widersprechen, aber Saxon zog sie wieder die Treppe hinunter.

Verdammt, Vander hatte sie bis zur letzten Minute nicht einmal gehört. Für ein paar Augenblicke hatte es nur Brynn gegeben.

Er ließ sonst nie zu, dass sich jemand an ihn heranschlich.

Als er seinen widerspenstigen Schwanz endlich einigermaßen unter Kontrolle hatte, trat er einen Schritt zurück.

Brynn fuhr sich mit der Hand über den Pferdeschwanz und griff nach ihrem Kaffeebecher. Sie trank einen Schluck und stöhnte.

Nein, Schwanz nicht unter Kontrolle.

„Ich sollte wohl besser gehen", sagte sie.

Ausgezeichnete Idee. Er musste einen klaren Kopf bekommen.

Sie glitt von der Insel. Sie trug immer noch diese engen Jeans ...

Augen weg von ihrem Hintern, Norcross.

„Komm schon." Er steckte sich das T-Shirt in die Hose und holte ihre Schuhe. Duschen konnte er immer noch, wenn er mit der Gang fertig war.

Sie gingen die Treppe hinunter ins Büro.

Die Frauen hatten sich auf die Sofas gesetzt und steckten die Köpfe zusammen. Sogar die Hubschrauberpilotin, die normalerweise bei den Männern stand, war in den Kreis der Freundinnen aufgenommen worden. Maggie sah allerdings glücklich aus, also konnte sich Vander nicht beschweren.

„Also, ich bin Gia." Seine Schwester sprang auf und streckte Brynn die Hand entgegen. „Vanders Schwester."

„Ich weiß." Brynn lächelte und schüttelte Gia die Hand. „Ich bin Brynn. Detective Brynn Sullivan."

Die Frauen schnappten nach Luft. Vander hob den Blick zur Decke.

„Du bist ein Cop?", hauchte Gia. „Oh, wie genial!"

„Wir sind nicht zusammen", knurrte Vander.

„Wirklich nicht?", fragte Haven stirnrunzelnd und musterte das Army-T-Shirt, das Brynn trug.

„Sie hat die Nacht bei dir verbracht", sagte Harlow. „Du lässt kaum jemanden da hoch, schon gar keine Frauen."

Brynn legte den Kopf schief und begegnete Vanders Blick. „Wirklich?"

Grundgütiger. Vander steckte die Hände in die Taschen seiner Jeans.

„Und ihr habt auf deiner Kücheninsel rumgemacht." Maggie hatte einen Donut in der Hand und nahm einen großen Bissen. „Es war heiß."

„Ach, komm schon, du findest im Moment doch alles heiß", sagte Gia.

„Schwangerschaftshormone", murmelte Maggie mit vollem Mund.

„Wir sind nicht zusammen", wiederholte Vander.

„Noch nicht." Brynn zwinkerte ihm zu.

Die Frauen tauschten aufgeregte Blicke aus. Vander bemerkte, dass die Männer ihre Blicke abwandten und grinsten.

„Wollt ihr ein paar der Aufnahmen sehen, die ich von den Verdächtigen bei den Iron Wanderers habe?", fragte Ace.

In Brynns Kopf legte sich ein Schalter um und von einer Sekunde auf die andere war sie im Detective-Modus.

Vander fand es faszinierend. Er zwang sich, wieder Ace anzusehen. *Nein*. Er würde nicht denken, dass sie faszinierend, wunderschön, attraktiv oder klug war. Augenblicklich fielen ihm wieder die paar wilden Momente auf seiner Kücheninsel ein. Das Gefühl ihres Körpers, der Geschmack ihrer Lippen ...

Fuck. „Lass sehen."

Sie gingen zu Aces Büro. Brynn war einen Schritt hinter ihm, gefolgt von Rhys, Easton und Saxon.

„Tolle Hardware." Brynn betrachtete die vielen Bildschirme an der Wand.

Ace lächelte. „Danke. Ich bin Ace."

„Brynn."

„Ich weiß." Er setzte sich auf einen Bürostuhl. „Also gut. Ich habe ein wenig über unsere neuen Mitglieder im Club zum Zeitpunkt der Schießerei im Back Corner nachgeforscht."

Vander beobachtete, wie Brynn die Lippen zu einer flachen Linie zusammenpresste. Er wusste, dass sie an den Schützen dachte, den sie niedergestreckt hatte, und an ihren verletzten Kollegen.

Er wollte sie berühren, aber stattdessen ballte er seine Finger zur Faust.

Drei Fotos erschienen auf den Bildschirmen.

„Bender, Shotgun und Nomad", sagte Brynn.

„Ich bin mir nicht sicher, wo Shotgun zum Zeitpunkt der Schießerei war", sagte Ace. „Aber ich weiß, wo Bender war."

Auf dem Bildschirm tauchte ein Standbild des tätowierten Bikers mit einer vollbusigen Blondine mit hoch auftoupierten Haaren auf.

Sie war *wirklich* vollbusig.

„Junge", murmelte Easton.

„Ich weiß", murmelte Rhys. „Ich habe noch nie so große Brüste gesehen."

„Ihr Name ist Cindy. Sie arbeitet in einem Laufhaus, in dem Bender einige Stunden verbracht hat."

Sie beobachteten, wie der Biker die Frau an die Wand drückte und sein Gesicht in ihrem Dekolleté vergrub.

Brynn rümpfte die Nase. „Es ist unwahrscheinlich, dass er etwas damit zu tun hatte, Trucker in die Falle zu locken, wenn er zur selben Zeit damit beschäftigt war, eine Prostituierte flachzulegen."

„Es könnte ein ausgeklügeltes Alibi sein", sagte Vander, „aber ich glaube nicht, dass Bender so schlau ist. Damit bleiben uns Shotgun und Nomad."

Ace vergrößerte Standbilder der beiden Männer.

„Dem Gerede im Club zufolge verbringt Nomad auch viel Zeit mit den Damen." Brynn klammerte sich an die Rückenlehne eines Stuhls. „Aber es waren Nomad und Bender, die das Treffen mit Trucker im Back Corner vereinbart haben. Trotzdem kann ich Shotgun nicht hundertprozentig ausschließen. Es könnte jeder von ihnen sein. Von den paar Gesprächen mit ihnen kann ich sagen, dass Shotgun klüger und älter ist. Nomad wirkt wie der typische Biker und er ist charmant. Er will biken, an seiner Maschine schrauben, feiern, mit seinen Brüdern abhängen und vögeln. Er lächelt immer, aber dahinter verbirgt sich eine gewisse Intensität." Sie schüttelte den Kopf. „Damit allein kann ich allerdings noch nichts beweisen."

Ihr Handy klingelte.

„Ich muss da rangehen." Sie trat hinaus. „Sullivan."

Easton richtete sich auf. „Ich mag deine Frau, Vander. Knallhart, klug und schön."

„Sie ist nicht meine Frau", sagte Vander.

„Du siehst sie aber an, als wäre sie es", bemerkte Rhys. „Und direkt nach der Schießerei hast du sie auf deinen Schoß gezogen und innig mit ihr gekuschelt."

„Wirklich?", sagte Easton.

Saxon lächelte nur.

„Sie ... stellt meine Selbstbeherrschung auf die Probe", räumte Vander unglücklich ein.

Easton packte Vander an der Schulter. „Gut. Wir alle brauchen das manchmal. Du am allermeisten."

„Es ist gefährlich. Ich brauche es absolut nicht. Mein Leben ist genau so, wie ich es mag." Wie er es sich sorgfältig zurechtgelegt hatte.

Saxon lachte laut auf.

Vander starrte seinen besten Freund finster an.

„Vander, du hast miterlebt, wie unser aller Leben – die genau so waren, wie wir *dachten,* dass wir sie wollten – von unseren Frauen auf den Kopf gestellt wurden", sagte Saxon.

„Bis uns schwindlig wurde", sagte Easton.

„So heftig durchgeschüttelt, dass wir nicht mehr wussten, wo oben und unten ist", fügte Ace trocken hinzu.

„Es ist wichtig für mich, dass die Dinge so bleiben, wie sie sind." Vander warf einen Blick zur Tür. „Jemanden in mein Herz zu lassen ... ich mache mir Sorgen, was das in mir auslösen könnte."

Da. Er hatte seine größte Angst laut ausgesprochen.

Diese Männer kannten ihn. Sie wussten über alles Bescheid, was er gesehen, getan und durchgestanden hatte.

Er wusste, dass er dunkler, intensiver und gefährlicher war als jeder andere, den er kannte. Er brauchte seine kurze Leine.

Wenn er eine Frau liebte ... gäbe es nichts, was er nicht tun würde, um sie zu beschützen.

Er würde töten. Kämpfen. Die Welt in Schutt und Asche legen.

Er holte tief Luft. Das war ein Risiko, das ein Mann wie er nicht eingehen konnte.

„Du darfst dein Leben leben, Vander", sagte Easton. „Du hast es dir verdient, mehr als jeder andere, den ich kenne. Du musst nicht die ganze Zeit im Beschützermodus sein."

Vander zuckte mit den Schultern. „Das ist der einzige Modus, den ich habe."

„Wir wollen, dass du glücklich bist", sagte Saxon. „Wir haben unser eigenes Glück gefunden, und ich verspreche dir, es lohnt sich."

Vander biss die Zähne zusammen und spürte, wie sein Magen sich verkrampfte. Er wollte Dinge, von denen er wusste, dass er sie nicht haben konnte.

„Lassen wir das Thema einfach", knurrte er.

Er sah, wie die anderen Blicke austauschten.

„Okay", sagte Easton.

„Ich habe noch ein paar mehr Informationen über die Wanderers", sagte Ace nach einem langen Moment des Schweigens. „Im Club wird Chaos ausbrechen, jetzt, wo Trucker außer Gefecht gesetzt ist."

Arbeit. Das war es, was Vander brauchte. Es gab immer Arschlöcher und Bösewichte, die ihn auf Trab hielten.

Vander rückte näher an Ace heran. „Zeig her."

„JA, es geht mir gut. Danke, Lieutenant."

Brynn beendete ihr Gespräch mit Lieutenant Cook. Er hatte sich nach ihr erkundigt.

Sie hob den Blick und sah, dass die Gruppe umwerfend schöner Frauen sie ansah.

Dank ihrer Hintergrundinformationen über die Familie Norcross und ein paar Details von Hunt wusste sie, dass die große, schwangere Brünette mit den kurzen Haaren Maggie Lopez, die Hubschrauberpilotin, war. Die blonde Sexbombe war Harlow Carlson. Die hübsche, schlanke Brünette war Haven McKinney. Und die kleine, kurvige Frau mit der Hand auf einer Hüfte war Gia Norcross.

Brynn sah Gia eindeutig an, dass sie eine Norcross war. Der Name Norcross stand ihr in ihr attraktives Gesicht geschrieben.

„Ein Cop, also", sagte Gia. „Ich hätte nie gedacht, dass mein Bruder sich einen Cop angelt."

„Warum nicht?", fragte Brynn. „Weil er sich nicht an die Gesetze hält?"

Gia nickte. „Das ist es, was ich an ihm liebe. Dass er losstürmt und sich seinen eigenen Weg bahnt. Und es ist auch die Eigenschaft, die mir am meisten Angst macht."

„Oh, ich weiß, dass er die Regeln beugt, aber sollte er sie jemals brechen, werde ich davon erfahren."

„Vander in Handschellen." Harlow hob eine Hand. „Gebt mir eine Sekunde."

Verdammt, Brynn brauchte selbst eine Sekunde.

„Mir ist er viel zu furchteinflößend", sagte Haven.

Maggie stieß einen spöttischen Laut aus. „Als ob Rhys nicht furchteinflößend wäre."

„Ich weiß, aber er lächelt. Da ist auch Licht in seiner

Seele, nicht nur Dunkelheit." Haven legte den Kopf schief und sah Brynn an. „Aber du hast keine Angst vor Vander, oder?"

Brynn wippte auf ihren Fersen vor und zurück. Diese Frauen wären im Verhörraum eine große Hilfe. „Nein. Ich weiß, dass er gefährlich ist, aber ich habe keine Angst vor ihm."

Ein breites Lächeln wanderte über Gias Gesicht. „Ich glaube, du könntest gut für meinen viel zu dominanten Bruder sein. Er ist es gewohnt, dass ihm die Leute aus dem Weg gehen oder springen, wenn er pfeift."

„Beides habe ich nicht vor, zu tun." Brynn hatte ein paar gute Freundinnen – Kolleginnen bei der Polizei, eine Freundin, die jetzt DEA-Agentin war –, aber Mädels-Abende oder ein gemeinsames Mittagessen waren selten. Sie alle arbeiteten wie verrückt und widmeten sich ihren Karrieren. Sie sah sich die Frauen an, die vor ihr standen. Wenn es um den Mann ging, dem sie hoffnungslos verfallen war, brauchte sie jede Hilfe, die sie kriegen konnte. „Er fühlt sich zu mir hingezogen und ich mich zu ihm, aber etwas hält ihn zurück."

Die Frauen steckten fast gleichzeitig die Köpfe zusammen.

Gia nickte. „Das wundert mich nicht. Er war schon immer so heftig und verschlossen. Er kann mitten in einer Menschenmenge stehen und trotzdem allein sein. Und nach dem Militär ..." Ein trauriger Blick huschte über Gias Gesicht. „Diese Zeit hat ihn abgehärtet."

„Er hat noch nie eine Frau zu sich nach Hause gebracht", sagte Harlow.

Gia nickte. „Ja, das stimmt. Er ist mein Bruder –", sie

machte ein langes Gesicht, „und ich weiß, dass er immer wieder Frauen hat, aber nicht hier. Er bleibt nie die ganze Nacht und bringt auch nie jemanden mit in sein Loft."

„Wirklich?" Die Schmetterlinge in ihrem Bauch waren zurück. Was sie hörte, gefiel ihr. Zu sehr. „Wir haben nicht *miteinander* geschlafen. Ich meine, wir haben geschlafen, aber das war alles. Er ... hat sich um mich gekümmert, nach der Sache gestern. Wir haben gekuschelt und sind auf der Couch eingeschlafen."

Die Frauen blinzelten alle ungläubig.

„Gekuschelt?", sagte Gia. „Vander hat mit dir gekuschelt?"

„Und sich um dich gekümmert?" Maggie rieb sich ihren kleinen Babybauch. „Ich meine ... nicht nur die ‚ich erschieße jemanden für dich'-Variante, sondern er war so richtig für dich da?"

Brynn nickte.

„Gott, ich liebe es." Harlow klatschte begeistert in die Hände.

„Ich auch", stimmte Haven zu.

„Und ich erst", bekräftigte Gia.

„Er kämpft ziemlich hart dagegen an." Brynn lächelte. „Aber ich habe vor, ihn zu verführen."

„*Das* gefällt mir am allermeisten", sagte Maggie.

Gia fing Brynns Blick auf und nickte.

Plötzlich kam Vander aus Aces Büro gestürmt.

„Bei den Iron Wanderers herrscht das reinste Chaos", sagte er.

Brynn nickte und wechselte vom Frauengespräch in

den Arbeitsmodus. „Das habe ich erwartet. Ich weiß mehr, sobald ich die Lage im Club gecheckt habe."

Vanders dunkle Brauen zogen sich zusammen. „Du gehst dorthin zurück?"

„Ja. Ich muss meine Arbeit erledigen. Ich kann meinen Fall erst abschließen, wenn ich den neuen Dealer enttarnt und zur Strecke gebracht habe."

„Es ist zu gefährlich."

„Ich weiß, dass es gefährlich ist. Ich werde vorsichtig sein."

„Jemand hat dich vielleicht in der Bar identifiziert."

„Wir haben unser Bestes getan, die Dinge unter Verschluss zu halten. Es ist nachvollziehbar, dass ich von der Polizei befragt wurde. Meine Tarnung sollte halten."

„Sollte?" Er schüttelte den Kopf. „Das ist zu riskant. Der Dealer könnte wissen, dass du ein Cop bist."

„Es ist das Risiko wert."

„Nein. Es ist zu gefährlich und du kannst nicht dorthin zurückfahren."

Brynn trat näher an ihn heran. „Gefällt es dir in deiner kleinen Fantasiewelt?"

Sein finsterer Blick wurde noch düsterer. „Was?"

„Dort, wo du denkst, du kannst mir Befehle erteilen und ich befolge sie auch noch?"

„Brynn –" Seine Stimme war ein tiefes Knurren.

In ihrem Rücken hörte sie verhaltenes Lachen.

„Gott, sie ist perfekt für ihn", flüsterte jemand. Sie glaubte, es war Harlows Stimme.

„Absolut." Das war Gia.

„Vander, ich weiß es zu schätzen, dass du –" Brynns Handy klingelte. Sie zog es heraus. „Es ist Hunt."

Sie sah, wie Vander sich aufrichtete.

„Hunt", sagte sie.

„Wo bist du?"

„In der Zentrale von Norcross Security."

„Hör zu, deine Informantin hat angerufen. Sie ist panisch. Bei den Iron Wanderers ist die Hölle los. Und Trucker liegt immer noch bewusstlos im Krankenhaus. Die Biker wetteifern darum, das Kommando zu übernehmen. Grill und die neuen Mitglieder."

„Unser Dealer könnte sich outen", sagte sie.

„Ja. Tonya ist verängstigt. Sie sagt, die Gemüter sind erhitzt."

„Okay, ich muss nach Hause fahren, duschen und mich umziehen."

„Du warst noch nicht zu Hause?" Hunts Stimme klang nicht glücklich.

„Hunt, wir haben im Moment größere Probleme. Bist du im Präsidium?"

„Ja."

„Ich komme gleich zu dir. Dann schmieden wir einen Plan."

„Okay, Brynn."

Sie steckte das Handy zurück in ihre Tasche und sah Vander an.

„Du fährst ins Clubhaus", sagte er und seine Stimme war emotionslos.

„Dort gehen gerade die Wogen hoch. Das ist meine Chance, unseren Mann aus dem Weg zu räumen."

Vanders Ausdruck verfinsterte sich. „Ich verstehe."

Ihre Brust zog sich zusammen. Ihr wurde plötzlich klar, dass Vander es nicht mochte, wenn Menschen, die ihm etwas bedeuteten, in Gefahr waren. Mit der Angst konnte er umgehen, aber nicht mit der Tatsache, dass er die Situation nicht unter Kontrolle hatte.

Aber er musste akzeptieren, dass sie auf sich selbst aufpassen konnte.

„Ich gehe nicht unvorbereitet hinein", sagte sie. „Ich werde alles mit Hunt abstimmen." Sie lehnte sich näher heran, da sie sich ihres Publikums bewusst war. „Ich kriege das hin. Beim ersten Anzeichen, dass es schief geht, haue ich ab."

Er starrte sie weiter an.

„Ich habe deine Nummer. Wenn ich zusätzliche Unterstützung brauche, rufe ich dich an."

„Die Sache geht mich nichts an", sagte er steif.

Autsch. Das hatte weh getan. Er versuchte eindeutig, sie zu vergraulen.

Was zum Teufel musstest du durchmachen, Vander?

„Tja, dein Pech. Ich werde trotzdem anrufen." Sie winkte den anderen zu. „Bis dann."

„Machs gut, Brynn."

„Wir sehen uns."

Vanders Blick war kühl. „Auf Wiedersehen, Detective."

KAPITEL ZEHN

Vander aß die letzten Bissen seiner ausgezeichneten, gegrillten Seezunge mit Kapern und legte Messer und Gabel auf den Teller.

Geschäftsessen waren noch nie seine Lieblingsbeschäftigung gewesen, aber mit einem der größten Kunden von Norcross Security in dessen Penthouse im obersten Stockwerk des 181 Freemont-Gebäudes zu essen, tat nicht weh.

Er wünschte sich nur, er wäre in besserer Stimmung, um Oliver Ashbys Gesellschaft und den ungestörten Blick über die Bucht zu genießen.

Sein Blick schweifte über die Bay Bridge und weiter nach Oakland. War Brynn gerade im Clubhaus der Wanderers? Sein Magen krampfte sich so fest zusammen, wie er es seit seinem ersten Ghost-Ops-Einsatz nicht mehr getan hatte.

„Ich kann Ihnen nicht genug danken, Vander. Aces Arbeit mit meinem Systemsicherheitsteam war erstklassig."

Oliver war ein schlanker, zweiundsechzigjähriger Geschäftsmann. Sein fast durchgängig graues Haar fasste ein breites, gut aussehendes Gesicht ein. Er trug eine Rolex am Handgelenk und ein gebügeltes Hemd, das in seine maßgeschneiderte Hose gesteckt war.

Er war das, wonach er aussah – ein wohlhabender, erfolgreicher Geschäftsmann, der sein Unternehmen, Binary Tech, von null aufgebaut hatte.

„Es ist mir immer ein Vergnügen, Ihnen zu helfen, Oliver." Vander schenkte dem Mann ein schwaches Lächeln. „Norcross Security freut sich jederzeit, mit Ihnen zusammenzuarbeiten."

„Und mir eine saftige Rechnung zu schicken", sagte Oliver gutmütig.

„Das auch." Vander sah wieder aus dem Fenster. Ging es Brynn gut?

Oliver lachte, dann wurde sein Gesicht wieder ernst. „Und ich weiß Ihre persönliche Hilfe in dieser anderen Angelegenheit ebenfalls zu schätzen."

Diese etwas heiklere Angelegenheit war die Behauptung eines fünfundzwanzigjährigen Mannes, Olivers uneheliches Kind zu sein und daher Anspruch auf seine Millionen zu haben.

Vander hatte Nachforschungen angestellt. Der junge Mann war in Iowa in eine Bauernfamilie geboren worden und dort aufgewachsen. Es stellte sich heraus, dass er von Olivers verbitterter Ex-Frau angeheuert worden war, um ihm Kummer zu bereiten. Oliver war mittlerweile – glücklich – mit Ehefrau Nummer drei verheiratet. Ehefrau Nummer eins war seine Jugendliebe und die Mutter seiner erwachsenen Kinder gewesen. Sie war vor gut zehn Jahren an Krebs gestorben. Ehefrau Nummer zwei war das, was Oliver gern als seine unüberlegte Midlife-Crisis bezeichnete. Damals war sie ein wunderschönes, achtundzwanzigjähriges Supermodel gewesen. Nach ihrer kurzen Ehe und der Scheidung hatte sie ihre großzügige Abfindung verprasst und drangsalierte ihn immer noch.

„Wollen die Herren etwas trinken?" Olivers jetzige Frau, Alicia, betrat den Raum. Sie legte ihrem Mann einen Arm um die Schultern und setzte sich auf die Armlehne seines Stuhls. „Kaffee, Whiskey? Vander, ich weiß, dass Sie gern einen guten Bourbon trinken."

Vander schüttelte den Kopf. „Nicht für mich, Alicia. Ich danke Ihnen."

Die Frau war eine schöne, gepflegte Blondine in ihren Vierzigern. Sie führte eine erfolgreiche Therapiepraxis.

Sie legte den Kopf schief. „Sie scheinen heute ... mit dem Kopf nicht ganz bei der Sache zu sein, Vander."

Er unterdrückte den Drang, sein Gewicht in seinem Stuhl zu verlagern. „Ich habe viel um die Ohren."

„Sie müssen sich entspannen." Alicia lächelte. „Da ist diese reizende Dame, die für mich arbeitet. Attraktiv, herzlich. Vielleicht kann ich Ihnen ihre Nummer geben?"

„Nein, danke." Er lehnte ein wenig vehementer ab, als er beabsichtigt hatte.

Oliver lächelte und legte den Arm um seine Frau. „Irgendetwas sagt mir, dass Vander bereits ein Auge auf jemanden geworfen hat. Ich kenne diesen Blick."

Vander nippte an seinem Wasser und blieb stumm.

Alicia legte ihren Kopf schief und studierte Vanders Gesicht. „Aber sie macht es ihm nicht leicht."

„Gut", sagte Oliver. „Du hast es mir auch nicht leicht gemacht." Die beiden lächelten einander an. „Es war harte Arbeit und die beste Investition meines Lebens."

„Oh." Sie küsste ihn.

„Ich bin nicht der Beziehungstyp", sagte Vander.

„Blödsinn", widersprach Oliver. „Wir alle sind Beziehungstypen. Die Liebe zu einer guten Frau macht einen Mann."

Alicia nickte. „Es spielt keine Rolle, wo wir gewesen sind oder was wir durchgemacht haben, Vander, wir alle verdienen Liebe."

Herrgott, in letzter Zeit hatte wohl jeder einen Ratschlag in Sachen Liebe parat.

„Ich nicht." Er stand auf und legte seine Serviette auf den Tisch. „Wie ich schon sagte, es war mir wie immer ein Vergnügen."

Oliver nickte. Er und Alicia standen ebenfalls auf und der Geschäftsmann schüttelte Vander die Hand. „Wir sehen uns beim nächsten Mal."

Vander fuhr mit dem Aufzug nach unten und betrat die Lobby. Als er hinausging, fiel sein Blick auf eine große Blondine mit beeindruckendem Dekolleté in einem taillierten Rock und einer Bluse. Sie sah ihn und verlangsamte ihre Schritte.

Er ignorierte die Einladung in ihren Augen und ging zielstrebig an ihr vorbei.

Alles, was er sehen konnte, waren kristallblaue Augen und Sommersprossen, die ihn in den Wahnsinn trieben.

Vor dem Gebäude sah er auf sein Handy. Sie hatte gesagt, sie würde anrufen, wenn sie Hilfe brauchte.

Aber würde sie es wirklich tun? Brynn Sullivan müsste vermutlich erst in einem sinkenden Boot, das von Haien umkreist wurde, unter Beschuss geraten, bevor sie zugeben würde, dass sie Hilfe brauchen konnte.

Er atmete tief ein und aus. Nach der Schießerei hatte sie Hilfe gebraucht. Sie hatte ihn gebraucht.

Sie hatte sich von ihm umsorgen lassen und in seinen Armen geschlafen.

Verdammt.

Er ging die Straße hinunter, wo er sein Bike geparkt hatte. Er würde mit Ace reden und ihn herausfinden lassen, was im Clubhaus der Wanderers los war. Verdammt, er würde sogar Hunt anrufen und ihn fragen, wo genau Brynn war.

„Aber, hallo."

Das Schnurren einer weiblichen Stimme ließ ihn herumwirbeln. Es war die Blondine aus der Lobby. Sie spielte mit ihrer Halskette, zweifellos um die Aufmerksamkeit auf ihr Dekolleté zu lenken.

„Hallo." Er wollte sich abwenden, aber sie hielt ihn am Arm fest.

„Ich habe dich da hinten gesehen." Sie lächelte und knabberte gekonnt an ihrer Unterlippe. „Du gefällst mir. Du siehst richtig heiß aus in deinem Anzug."

„Hören Sie, ich –"

Sie trat näher heran und drückte ihre Brüste gegen ihn. „Ich habe eine Wohnung in diesem Gebäude. Ich würde wirklich gern deinen Schwanz reiten."

Seine Augenbrauen schossen in die Höhe. Seit er ein

Teenager gewesen war, hatte er schon viele aggressive Angebote für Sex bekommen, aber das hier schlug alles.

Sie drückte ihre Hand auf seinen Bauch und ließ sie abwärts wandern.

„Kann ich dir vielleicht zuerst einen blasen? Darin bin ich richtig gut. Und ich habe ein paar Seidenbänder, wenn du mich fesseln willst."

In seinem Kopf läuteten die Alarmglocken. Irgendetwas stimmte nicht. Ganz und gar nicht.

Er packte sie am Handgelenk und verdrehte ihre Hand. Sie keuchte.

„Wer hat Sie angeheuert?", fragte er.

Furcht erfüllte ihre Augen und bestätigte seinen Verdacht.

„Niemand, ich –"

Vander beugte sich vor und senkte seine Stimme. „Wer. Hat. Sie. Angeheuert?"

Der einladende Blick in ihren Augen verblasste. „Irgendein Biker. Er hat mir gesagt, wo du sein würdest und dass ich dich hinhalten und für ein paar Stunden beschäftigen soll." Ihr Blick wanderte über seinen Körper. „Hätte ich gewusst, wie du aussiehst, hätte ich ihm einen Rabatt gegeben."

„Sein Name?", fragte Vander nur knapp.

Sie hob ihr Kinn. „Den hat er mir nicht genannt."

Vander stieß sie von sich. *Fuck.* Das bedeutete Ärger.

Brynn steckte in Schwierigkeiten.

Noch bevor er sein Bike erreichte, klingelte sein Handy. „Norcross."

Eine Pause. „Ah, Norcross, ich bins, Badger."

Einer seiner Informanten. Badger lebte auf der

Straße und war ein einsamer Wolf. Er war ruhig und unscheinbar und kam nahe genug heran, um Dinge zu sehen, weil ihm niemand viel Aufmerksamkeit schenkte.

„Badger, ich bin gerade –"

„Es geht um deine Frau."

„Meine Frau?" Eine Anspannung breitete sich in Vanders Muskeln aus.

„Ja. Die hübsche Brünette mit den vielen Farben in den Haaren. Die für die Wanderers arbeitet."

Brynn. „Was ist mit ihr?"

Ein hörbares Schlucken. „Irgendetwas ist im Gange. Die Wanderer halten sie für einen Maulwurf. Sie ist in Gefahr, Mann."

Verdammte Scheiße.

„Danke, Badger."

Vander beendete das Gespräch und rannte zu seinem Bike.

BRYNN STAPELTE Teile in der Werkstatt der Wanderers und gelegentlich warf sie einen Blick hinüber zum Clubhaus.

In den letzten Stunden waren viele Leute gekommen und gegangen. Sie war Zeugin eines heftigen Streits zwischen Nomad und Grill geworden.

Jetzt tat sie so, als würde sie an einem halb zerlegten Bike arbeiten. Sie wollte dringend ins Clubhaus, aber sie würden sie bestimmt nicht hineinlassen.

Vorhin hatte sie ihre Informantin Tonya und einige

andere ältere Frauen gesehen, aber Tonya war mit einem nervösen Blick davongeeilt.

Brynn stieß einen Atemzug aus. Sie konnte die unterschwelligen Vibrationen von Gewalt spüren. Irgendetwas braute sich zusammen und es würde nicht lange dauern, bis die Aggressionen überschwappten.

Hunt und eine Truppe von Cops warteten darauf, einzugreifen ... sobald sie die Identität des Dealers kannte. Aber zum jetzigen Zeitpunkt hatte sie noch immer nichts.

Ein älteres Mitglied, Baz, schlenderte aus dem Clubhaus. Er trug eine Lederweste über seinem Jeanshemd und hatte einen dünnen, struppigen Bart. Er schüttelte den Kopf. Als er sie entdeckte, ging er in ihre Richtung.

„Hey, Baz." Er war eines der anständigen Mitglieder des Clubs.

„Mädchen, ich schlage vor, dass du dich vom Acker machst. Da drinnen braut sich ein Donnerwetter zusammen." Er schüttelte wieder den Kopf. „Wenn Trucker hier wäre, wäre er stinksauer."

„Wie geht es ihm?"

„Er liegt im Koma oder so." Baz strich sich über den Bart. Er wirkte beunruhigt. „Jemand hat gesagt, du wärst dabei gewesen."

Mist. Sie hatte gehofft, dass niemand sie bemerkt hatte. „Ich habe ein bisschen Billard gespielt. Dann fielen Schüsse und ich habe mich unter einem Tisch verkrochen."

„Du siehst nicht so aus, als hätte dich das Leben schon zermürbt. Dieses Leben hat seine guten Momente, aber ich bin mir nicht sicher, ob das hier noch der richtige Ort für dich ist."

„Was ist da drinnen los?" Sie neigte den Kopf in Richtung des Clubhauses.

Baz stieß einen lauten Atemzug aus. „Sie streiten sich alle um die Führung und Trucker liegt noch nicht einmal im Grab. Das ist nicht korrekt."

„Ist Grill nicht der Nächste in der Reihe?"

„Der Junge ist geisteskrank. Er wäre nie und nimmer imstande, den Club zu führen."

„Und die neuen Jungs?"

Baz machte ein langes Gesicht. „Die haben sich noch nicht bewährt. Manche von ihnen sind zu sehr von sich selbst überzeugt."

„Ach, ja?"

„Ja, ich –" Er unterbrach sich und schüttelte den Kopf. „Das ist eine Clubangelegenheit. Du solltest von hier verschwinden, Bry. Bis sich die Wogen geglättet haben."

„Ich bin fast fertig mit diesen Teilen hier und dann haue ich ab. Danke, Baz."

Er nickte ihr zu und schlenderte dann zu seiner Harley hinüber.

Der Motor heulte auf und er fuhr los.

Brynn beschloss, so lange zu warten, bis noch jemand zu ihr herauskam. Vielleicht konnte sie ein Gefühl dafür entwickeln, was da drinnen vor sich ging.

Sie wischte sich die Hände an einem Lappen ab. Heute trug sie wieder Jeans und ein süßes Top im Mechaniker-Stil mit einem Aufnäher, auf dem das Logo einer Ölmarke prangte. Carrin hatte es für sie besorgt.

Plötzlich öffnete sich die Tür zum Clubhaus. Eine Gruppe von Mitgliedern schlenderte heraus. Keiner der Kerle sah glücklich aus.

Sie sahen nicht einmal in ihre Richtung, bevor sie auf ihre Bikes kletterten und davonbrausten.

Verdammt. Ihr Bauchgefühl sagte ihr, dass sie heute nichts Brauchbares herausfinden würde. Sie könnte genauso gut ins Krankenhaus fahren, um nach Jankowski zu sehen. Sie würde ihm eine Schachtel der Krispy Kremes mitbringen, für die sie ihm immer die Hölle heiß gemacht hatte.

Die Tür zum Clubhaus öffnete sich erneut und Grill stapfte heraus – er schäumte praktisch vor Wut. Brynn wich in die Schatten zurück. Er sprang auf sein Motorrad, warf einen bösen Blick in Richtung Clubhaus und raste die Straße hinunter.

Es sah so aus, als ob Grill, was auch immer passiert war, nicht bekommen hatte, was er wollte.

Sie machte sich wieder daran, Teile zu stapeln. Sie würde abwarten, wer als Nächstes herauskam, und dann würde sie gehen.

Schließlich öffnete sich die Tür wieder und heraus kam Nomad, flankiert von zwei Muskelprotzen, die sie nicht kannte.

Die feinen Haare in ihrem Nacken stellten sich auf.

Das breite, charmante Lächeln war verschwunden. Sein hageres Gesicht wirkte härter und selbst von der anderen Seite der Einfahrt aus sah sie seinen nun stechenden Blick.

Brynn hatte eine starke Vermutung, wer der neue Dealer war.

Und er hatte ihnen allen die ganze Zeit über etwas vorgemacht.

Er hob seinen Blick und sah ihr direkt in die Augen.

Eine Sekunde lang starrte er sie an, dann begann er, auf sie zuzulaufen. Die beiden Biker folgten ihm.

Ihr Puls beschleunigte sich und sie achtete darauf, dass man es ihr nicht ansah. Ihre Finger legten sich enger um den Schraubenschlüssel in ihrer Hand.

„Bry", sagte Nomad.

Das Donnerwetter, das sich drinnen zusammengebraut hatte, war da.

„Nomad, alles klar? Wie geht es Trucker?"

„Das musst du doch am besten wissen, oder?"

Sie hob die Augenbrauen. „Baz sagte, er liegt im Koma."

„Oh, aber ich bin sicher, dass du von deinen Freunden in Blau auf dem Laufenden gehalten wirst."

Brynn zwang sich, zu blinzeln. „Von meinen Freunden in Blau?"

„Ja. Ich habe gehört, dass du mit den Cops befreundet bist. Nach der Schießerei im Back Corner hast du es dir angeblich so richtig gemütlich mit ein paar von ihnen gemacht."

„Ich habe mit ihnen geredet –"

„Ja. Ich glaube, du redest ziemlich oft mit ihnen."

Verflucht. Es klang nicht so, als wüsste er mit Sicherheit, dass sie ein Cop war, aber es war klar, dass er etwas vermutete.

„Hältst du mich für einen Spitzel?" Sie warf ihm einen herausfordernden Blick zu. „Du bist gerade erst nach San Francisco gekommen, was weißt du schon?"

„Ich bin vielleicht neu in der Stadt, aber mit Spitzeln kenne ich mich aus." Er nickte und die beiden Biker traten mit versteinerter Miene auf sie zu.

Keiner von ihnen sah so aus, als würde es ihm etwas ausmachen, eine Frau zu verprügeln. *Mist. Mist. Mist.*

„Und jetzt? Du übernimmst den Club und was du sagst, wird gemacht?" Sie ließ ihre Hand in ihre Gesäßtasche gleiten und fand ihr Handy. Sie hatte Vanders Nummer auf eine Schnellwahltaste gelegt und drückte sie.

„Ja", sagte Nomad.

Nomad war also der Dealer.

Er breitete seine Hände aus. „Wir erweitern den Geschäftsbereich der Iron Wanderers."

„Trucker wird nicht glücklich darüber sein", sagte sie.

„Trucker wird nicht mehr lange atmen. Und du wirst nicht singen. Schon gar nicht, wenn wir dir erst einen Knebel verpasst haben."

Verdammtes Arschloch. „Ich zittere."

„Erteilt ihr eine Lektion, Jungs."

Der erste Biker kam auf sie zu, träge und entspannt, als wäre sie eine Fliege, die er zerquetschen müsste.

Brynn bereitete sich mental vor und blies einen langsamen, kontrollierten Atemzug aus.

Dann holte sie aus und schwang ihren Schraubenschlüssel mit aller Kraft durch die Luft.

Er prallte gegen den Kiefer des Mannes und sie hörte ein Knirschen, bei dem sich ihr Innerstes zusammenzog.

Sie hörte nicht auf. Sie wirbelte erneut herum und schaffte es gerade noch, einem Schlag des zweiten Bikers auszuweichen.

„Fie hat meinen Kiefer gebroffen", heulte der Mann am Boden lispelnd.

Sie konzentrierte sich weiter auf ihren zweiten Angreifer. Er schlug wieder nach ihr und sie duckte sich und wich aus. Sie hatte eine Ausbildung im Nahkampf, aber er war größer und stärker und hatte Hände wie Ziegelsteine.

Sie schaffte es, ihm einen Tritt in den Bauch zu verpassen, und hörte ihn grunzen.

„Schlampe!" Fauchend griff er wieder an.

Sein nächster Schlag traf sie in die Rippen und sie wurde gegen eine Werkbank geschleudert. Der Schmerz breitete sich wie ein Lauffeuer in ihrem Körper aus. Sie streckte die Hand aus und griff nach einem Hammer, der auf der Werkbank lag. Sie holte weit aus und traf den Kerl im Gesicht. Er taumelte und fiel.

Brynn sprang auf ihn und drückte ihn auf den schmutzigen Betonboden. Sie packte seinen Kopf und knallte ihn mit aller Kraft auf die harte Oberfläche.

Seine Augen rollten in seinem Kopf zurück und sein Körper sackte zusammen. Er war bewusstlos.

Sie sah den Schlag ins Gesicht nicht kommen.

Die Schmerzen waren explosionsartig und sie spürte, wie Nomads Knöchel gegen ihre Lippen prallten. Sie verlor den Halt, flog zur Seite und schlug auf dem Boden auf.

„Ich werde dir eine Lektion erteilen, hübscher kleiner Spitzel." Er versetzte ihr einen fiesen Tritt in die Seite, genau dorthin, wo ihre Rippen bereits schmerzten. Sie stöhnte durch den Schmerz hindurch.

Steh auf. Wenn sie sich nicht bewegte, war sie tot.

Brynn kroch von ihm weg und schob ihre Hand in ihren Stiefel.

Sie zog ein Messer heraus, das sie dort versteckt hatte. Die schlanke, kleine Klinge hatte sie ein Vermögen gekostet.

Nomad griff immer wieder an.

Sie schlug nach ihm und hörte ihn fluchen. Blut lief seinen Unterarm hinunter.

Dann, als er abgelenkt war, stürzte sie sich wieder auf ihn und ließ das Messer ein zweites Mal durch die Luft schnellen.

Er wich im letzten Moment aus, aber die Klinge bohrte sich trotzdem in seine Schulter.

Er brüllte auf. „Das wirst du mir büßen, du Schlampe."

Dann griff er nach hinten und zog eine Handfeuer-waffe aus dem Bund seiner Jeans.

Heilige. *Scheiße.*

Die Zeit verging wie in Zeitlupe und ihr Gehirn bewertete die Situation wie in kleinen Einzelbildern.

Sie registrierte die Waffe. Die Tatsache, dass sie keine Zeit hatte, zu fliehen. Dass Vander zu weit weg war, um ihr zu helfen. Gedanken an ihre Mom und ihre Geschwister drangen in ihr Bewusstsein.

Gedanken an Vander.

An den Mann, mit dem ihr keine Chance vergönnt gewesen war.

Eine Chance, die sie sich wirklich gewünscht hatte.

Plötzlich holte das Aufheulen eines Motorradmotors sie in die Realität zurück.

Vanders schwarze BMW raste direkt in die Werkstatt.

Er sprang vom Sitz.

Das Bike geriet ins Schleudern und krachte gegen Nomad, der zu Boden ging.

Dann stürzte sich Vander auf Brynn und warf sie zu Boden.

KAPITEL ELF

Vander stemmte sich hoch und zog Brynn mit sich.

Er bemerkte die Schwellung und die dunkleren Stellen in ihrem Gesicht, an denen sich bereits Blutergüsse zu formen begannen. Er biss die Zähne zusammen.

Mit einer schnellen Bewegung zog er seine Glock und drehte sich um. Er hob die Waffe und näherte sich Nomad, wobei er über die reglosen Körper der beiden bewusstlosen Biker stieg.

Nomad fluchte immer noch und versuchte, sich aufzurappeln. Dabei entdeckte er Vander, riss die Augen auf und duckte sich unter eine Werkbank.

Vander schoss, konnte das Arschloch aber nicht sehen. „Brynn?"

„Hier. Alles okay."

Ihre Stimme war direkt hinter ihm. Sie blieb in seiner Nähe.

Eine Bewegung. Vander schwenkte seine Waffe und feuerte erneut.

Er hörte jemanden japsen. Eine flüchtige Bewegung hinter einer weiteren Werkbank. Dann, den Bruchteil einer Sekunde später, sprintete Nomad durch das Tor der Werkstatt in Richtung Clubhaus davon und schrie lautstark.

Die Türen des Clubhauses flogen auf und Biker strömten heraus.

Bewaffnete Biker.

Fuck. Vander drehte sich um. „Zeit zu gehen."

Ihr Auge schwoll bereits an. Bei ihrem Anblick kochte eine dunkle, tödliche Wut in ihm hoch, aber er schaffte es, sie zu unterdrücken.

„Hilf mir." Er drückte seinen Hintern gegen den Sitz des Bikes und winkelte dann seine Beine an. Er stemmte sich hoch und Brynn zerrte an der Lenkstange. Gemeinsam schafften sie es, das Motorrad aufzurichten. Er stieg auf und bedeutete ihr, dasselbe zu tun. Sie schwang ein Bein über den Sitz und setzte sich hinter ihn.

Vander startete den Motor und sie rasten aus der Werkstatt. Brynn drückte sich eng an seinen Rücken und schlang ihre Hände um seinen Bauch.

Als sie auf die Straße brausten, drehte sie sich erst um und schrie dann gegen den Wind.

„Wir haben Gesellschaft!"

Vander hörte das dröhnende Brummen vieler Motorräder. Er warf einen Blick zurück und sah die Gruppe von Harleys, die auf die Straße strömte, um sie zu verfolgen.

Scheiße.

„Waffe", rief sie.

Er griff nach unten, zog die Glock heraus und reichte sie ihr nach hinten.

Sie nahm sie und eine Sekunde später hielt sie sich mit einer Hand an seiner Schulter fest und drehte sich zu den Bikern um.

In gleichmäßigen Abständen feuerte sie Schüsse ab.

Vander sah wieder zurück, als erste Harleys zu schlenkern begannen. Eine krachte gegen ein geparktes Auto.

Zwei weitere gerieten ins Schleudern und stießen zusammen, so dass die Fahrer auf die Straße stürzten.

Aber es kamen immer mehr nach.

„Festhalten", brüllte er.

Brynn drehte sich wieder nach vorn um und schlang ihre Arme enger um seine Mitte. Er schoss um die Kurve und sie rasten auf die Brücke zu.

Ein ganzer Haufen Harleys näherte sich. Brynn feuerte erneut.

Der Verkehr wurde dichter. Vander schlängelte sich zwischen den Autos hindurch.

Plötzlich brauste eine Harley aus einer Seitenstraße vor ihnen.

Verdammt. Es war Grill.

Der Biker zog eine riesige Pistole.

„Brynn!", schrie Vander.

„Ich sehe ihn."

Grill schoss auf sie und Vander wich aus.

„Ich habe keine Munition mehr", rief sie.

„Linke Tasche."

Er spürte, wie sie in seine Tasche griff. Kurz darauf

hielt sie sich mit einer Hand an ihm fest und lehnte sich zur Seite.

„Halte das Bike ruhig", rief sie gegen den Fahrtwind.

Sie schoss auf Grill.

Der Biker duckte sich und verriss sein Motorrad. Mehrere Autos kamen mit quietschenden Reifen zum Stehen und Vander hatte alle Hände voll zu tun, ihnen auszuweichen.

Vor ihnen tauchte die Brücke auf.

Vanders BMW schaffte mindestens hundert Kilometer pro Stunde mehr als die Harley. Wenn sie es aus dem zähen Fließverkehr schafften, könnte er die Biker abhängen.

Er beschleunigte. Die BMW preschte vorwärts und zischte wie ein metallener Blitz über die Straße. Brynn schoss wieder auf Grill.

Der Biker wich zur Seite aus und konnte nur knapp einen Zusammenstoß mit einem Auto verhindern.

Sie feuerte erneut.

Grill sprang von seiner Harley. Er flog in eine Richtung und sein Motorrad in eine andere.

Eine Sekunde später krachte ein Lieferwagen in das Bike und ein lauter Knall ertönte, als Metall auf Metall traf. Der Lieferwagen legte eine Vollbremsung hin.

„Halte dich gut fest", rief Vander nach hinten.

Sie presste sich eng an seinen Rücken und klammerte sich fest.

Vander gab Gas. Er konzentrierte sich auf die Straße, als sie über die Brücke rasten.

Im geeigneten Moment riskierte er einen Blick zurück. Keiner der Biker verfolgte sie mehr und bei diesem Tempo konnte sie ohnehin niemand mehr einholen.

Aber das bedeutete nicht, dass Nomad – oder der Club– aufgeben würden. Die Iron Wanderers waren bekannt für eine Kultur der Rache und Vergeltung. Besonders Grill.

Sobald sie herausfanden, dass Brynn ein Cop war, würden sie auf Blutrache aus sein.

Vander lenkte seine Maschine nicht zur Norcross-Zentrale. Erst musste er sich einen Überblick verschaffen.

Nach ein paar Kilometern erreichten sie San Francisco. Er wurde langsamer und reihte sich in den Stadtverkehr ein.

Schließlich kamen sie nach Embarcadero, unten am Wasser. Er wurde langsamer und brachte das Bike schließlich zum Stehen. Als er sich umdrehte, stieg Brynn bereits ab und Vander tat dasselbe.

Er biss sich auf die Zunge, um nicht laut zu fluchen. Ihr Gesicht war völlig verunstaltet. Ihr Auge schwoll an und schon bald würde sie einen riesengroßen Bluterguss an der Stelle haben. *Arschlöcher*. Seine Finger krümmten sich, aber er hielt seine Wut unter Verschluss.

Sanft berührte er ihre Wange und drehte ihr Gesicht zu sich.

„Du brauchst Eis." Er drückte leicht auf ihren Wangenknochen und sie zuckte zusammen. „Ich glaube nicht, dass er gebrochen ist."

„Ich komme schon klar." Ihre großen, jetzt blassblauen Augen trafen auf seine. „Vander, ich danke dir. Du –"

Er zerrte sie an seine Brust. Sie schlang ihre Arme um seine Mitte.

„Ich habe dich sofort angerufen, als mir klar wurde, dass ich ein Problem habe." Sie sah zu ihm auf. „Aber wie bist du so schnell zur Werkstatt gekommen?"

„Ich war schon auf dem Weg." Er strich ihr mit dem Finger über die Wange. „Ein Informant rief an und sagte mir, dass meine Frau in Gefahr sei."

„Deine Frau?" Sie sahen einander tief in die Augen.

„Ich war schon fast da, als du mich angerufen hast. Ich bin gerast wie ein Verrückter, um zu dir zu kommen."

Eine Minute später und sie wäre tot gewesen. Seine Hände legten sich enger um sie. Nomad hätte sie erschossen.

„Dieses Mal bin ich froh, dass du die Regeln gebrochen hast." Sie lehnte sich näher heran. „Es geht mir gut, Vander."

Verdammt, diese Frau veränderte etwas in ihm. Er zwang sich, sie loszulassen, und holte sein Handy heraus, um Saxon anzurufen.

„Geht es dir gut?", fragte sein bester Freund.

„Ja. Ich nehme an, es ist überall in den Nachrichten?"

„Schüsse im Clubhaus der Iron Wanderers. Verfolgungsjagd mit einem Motorrad quer durch Oakland. Ja. Wie geht es Brynn?"

„Sie ist bei mir. Sie ist ein bisschen angeschlagen, aber im Großen und Ganzen okay."

„Es geht mir gut", sagte sie.

Vander ignorierte sie.

„Braucht sie ärztliche Versorgung?", fragte Saxon. „Ich kann Ryder anrufen."

„Muss ich mir erst ansehen. Wenn ihre Verletzungen zu schlimm sind, dann rufen wir Ryder an."

Brynn schnappte nach Luft. „Ruf bloß nicht meinen Cousin an. Er wird ausrasten."

„Warte kurz", sagte Saxon. „Ace hat etwas. Ich stelle dich auf Lautsprecher."

„Vander." Die Stimme von Ace. „Es ist überall. Die Wanderers wollen dich und Brynn, tot oder lebendig. Sie haben ein Kopfgeld auf euch beide ausgesetzt."

„Ist Nomad geisteskrank?", fragte Brynn. „Ein Kopfgeld auf Vander Norcross und einen Cop auszusetzen?"

„Nomad will sich einen Namen machen." Vander kniff die Augen zu gefährlichen Schlitzen zusammen. „Das wird er noch bereuen."

„Vander, er trommelt alle Kontakte der Wanderers zusammen", sagte Ace. „Verbündete Bikerclubs, Gangs wie die Blades. Er flutet San Francisco mit Arschlöchern, die nach euch beiden suchen."

Verdammte Scheiße. „Riegle das Büro ab, Saxon. Sprich dich mit Hunt ab."

Brynn wurde blass. „Meine Familie. Meine Mom ..."

Verdammt, sie hatte recht. „Sag Hunt, er soll Personenschutz und Überwachung für Brynns Familie anordnen. Dasselbe gilt für meine. Rome soll zu meinen Eltern fahren. Sperrt Gia und die Frauen ein."

„Okay, ich kümmere mich darum." Saxons Stimme klang ernst. „Vander, du und Brynn, ihr müsst abtauchen, bis wir einen Plan haben, wie wir die Sache angehen."

Verdammt noch mal. „Ich kümmere mich darum." Er

begegnete Brynns Blick. Er würde sie beschützen. *Niemand* würde ihr wehtun. „Ich melde mich wieder."

„Sei vorsichtig, Vander", sagte Saxon.

BRYNN HIELT SICH AN VANDER FEST, als er mit ihr zu einem Lagerhaus im Embarcadero fuhr.

Ihr Gesicht begann zu schmerzen. Es pochte und ihre Haut fühlte sich plötzlich viel zu eng an. Auch ihre Rippen taten weh.

Das kleine Lagerhaus war aus Backstein gebaut und stand Mauer an Mauer zwischen zwei größeren. Ihr wurde schlecht bei dem Gedanken, dass auf sie und Vander ein Kopfgeld ausgesetzt war.

Oh Gott. Hunt würde fuchsteufelswild sein.

Brynn plagten Gewissensbisse. Sie hatte Vander in diesen Schlamassel hineingezogen.

Sie sah, wie er nach unten griff und den Bildschirm seines Handys berührte. Die große Schiebetür des Lagerhauses öffnete sich und er fuhr hinein.

Das Licht ging an und Brynn schnappte nach Luft.

Die Tür glitt hinter ihnen zu.

Das Lagerhaus hatte einen Boden aus poliertem Beton. Glänzende Autos und Motorräder säumten beide Seiten der großzügigen Fläche. Einige sahen modern und neu aus, andere wie Sammlerstücke. In der Mitte des Raums war eine große Drehscheibe in den Boden eingelassen, so dass man nicht umständlich reversieren musste.

Andere Fahrzeuge wurden auf Hebebühnen unter dem Dach gelagert.

Vander stellte den Motor der BMW ab und klappte den Ständer herunter.

„*Wow* wird diesem Ort nicht gerecht", sagte sie. „Gehört das alles dir?"

„Ja. Die Garage ist nicht unter meinem Namen registriert, also kann uns hier niemand so leicht aufspüren."

Sie sah sich um. „Jungs und ihr Spielzeug."

Starke Finger legten sich um ihr Kinn. „Du brauchst einen Eisbeutel." Er tastete erneut ihre Wange ab und sie zuckte zusammen. „Und ein paar Schmerztabletten, nehme ich an."

„Dazu würde ich nicht nein sagen."

Da war wieder die Dunkelheit in seinem Blick. Er streichelte ihr sanft über die Wange. „Nomad wird für das bezahlen."

Sie griff nach Vanders Handgelenk. „Hey, vergiss nicht, dass es mir gut geht."

„Er hat dich geschlagen."

„Und ich habe ihn mit meinem Messer erwischt."

„Das ist mir egal. Nomad wird es trotzdem bereuen." Vander ließ seine Hand sinken und nahm ihre. „Komm mit."

Er führte sie in den hinteren Teil des Lagerhauses. Ferrari. Aston Martin. Lamborghini. Maserati. Kaum vorzustellen, was diese nette Sammlung wert war.

Im hinteren Teil befanden sich eine kleine Werkstatt und ein Büro. Er deutete auf einen Stuhl, dann kramte er in einem Minikühlschrank und einer Kommode. Er kam mit einem gefrorenen Coolpack, einem Handtuch und einem Erste-Hilfe-Kasten zurück und wickelte ein Handtuch um das Coolpack.

Er drückte das Bündel an ihre Wange. „Halte das."

„Ich hasse es, mir kalte Dinge auf die Haut zu drücken."

Er warf ihr einen Blick zu und holte dann verschiedene Utensilien aus dem Erste-Hilfe-Kasten. „Es ist zu riskant, Ryder anzurufen. Jemand könnte ihn hierher verfolgen. Du wirst mit mir vorliebnehmen müssen." Vander reichte ihr ein paar Tabletten und eine Wasserflasche. „Nimm die."

Sie gehorchte. Er war wild entschlossen, sich um sie zu kümmern, und sein Gesichtsausdruck war eine Warnung an sie, ihm nicht zu widersprechen.

„Dann bleiben wir hier?", fragte sie.

„Nein. Die Garage ist nicht darauf ausgerichtet, dass jemand hier übernachtet, und ich will nicht riskieren, dass irgendein Arschloch uns reinfahren gesehen hat."

Paranoid. Sie war nicht überrascht. „Was ist dann der Plan?"

„Wir müssen aus der Stadt verschwinden, bis sich die Lage etwas beruhigt hat. Vielleicht für ein paar Tage. Dann kann ich mich mit meinem Team und Hunt abstimmen und überlegen, wie wir Nomad ausschalten."

Oh, Nomad unschädlich zu machen, war ein Plan, bei dem sie nur zu gern mithelfen würde.

„Also gut. Wo wollen wir hin? Wir könnten irgendwo ein Zimmer in einem billigen Motel nehmen."

Dunkelblaue Augen trafen die ihren. „Ich habe eine Hütte. Sie liegt auf dem Weg nach Tahoe, ein paar Stunden Fahrt von hier. Dort können wir bleiben."

Er hatte eine Lagerhalle voller Autos, also sollte sie nicht überrascht sein, dass er auch eine Hütte in den

Bergen besaß. Sie sah aus der Tür des Büros und ihr Blick fiel auf einen sexy, roten Ferrari, der davor stand. Sein Lagerhaus in South Beach musste ihn auch ein hübsches Sümmchen gekostet haben.

„Wie reich bist du eigentlich?"

Er lächelte ihr flüchtig zu. „Ich komme gut zurecht. Easton investiert für uns."

„Muss schön sein, einen Milliardär zum Bruder zu haben. Mein Bruder ist Feuerwehrmann." Sie knabberte an ihrer Lippe. „Ich werde meine Mom und Bard anrufen und ihnen alles erklären müssen. Sie werden sich Sorgen machen."

Vander zeigte auf ein Handy, das auf einer Werkbank lag. „Nimm das da. Es ist verschlüsselt. Ich bezweifle, dass die Wanderers technisch versierte Mitglieder haben, aber nur für den Fall, dass sie dein Handy orten können ... Rede auch mit Hunt. Ich bringe das Motorrad weg."

„Fahren wir nicht damit zur Hütte?"

„Die Wanderers wissen, wie es aussieht. Wir tauschen es gegen ein anderes."

Er ging hinaus und Brynn nahm sich einen Moment Zeit, um seinen Körper von hinten zu bewundern.

Sie wollte ihn *wirklich* gern nackt sehen.

Bald.

Dieser Mann hatte sein Leben riskiert, um sie zu retten. Sie hatte es satt, dass er sich zurückhielt.

Sie rief zuerst Hunt an. Es überraschte sie nicht, dass er stinksauer war.

„Es geht mir gut. Ich bin bei Vander."

Sie hörte den rauen Atem ihres Cousins. „Du bist nicht verletzt?"

„Schlag ins Gesicht und in die Rippen, nichts gebrochen. Vander hat mir einen Eisbeutel und Schmerzmittel gegeben. Wir werden für ein paar Tage untertauchen."

„Ich rede mit ihm. Wenn dir etwas zustößt ..."

„Kannst du dir einen sichereren Ort für mich vorstellen?"

Eine Pause. „Nein. Vander würde sterben, um dich zu beschützen."

Ihr Magen zog sich zusammen. Sie wollte nicht, dass Vander verletzt wurde oder starb. Dabei wurde ihr klar, wie tief ihre Gefühle für ihn mittlerweile gingen.

Er würde kämpfen, um sie zu beschützen. Nun, sie würde auch kämpfen, um ihn zu beschützen.

„Ich rufe jetzt Mom an", sagte sie.

„Ich schicke einen Officer zu ihrem Haus."

„Carrin, Naomi, Bard –?"

„Ich kümmere mich darum."

Erleichterung erfüllte Brynn. „Danke, Hunt. Kannst du nach Mom sehen und ihr versichern, dass es mir gut geht?"

„Du weißt, dass ich das tun werde."

„Und kannst du auch Bard anrufen und es ihm erklären? Er wird es hassen, einen Bodyguard zu haben."

„Feigling."

„Schuldig im Sinne der Anklage." Ihr Bruder würde ausrasten.

„Ich werde mit ihm, Naomi und Carrin reden. Du konzentrierst dich nur auf dich und auf deine Sicherheit."

„Bis dann, Hunt. Hab dich lieb."

„Ich hab dich auch lieb, Bee."

Brynn sprach schnell mit ihrer Mom und versuchte, die Situation herunterzuspielen. Aber Ellen Sullivan war die Frau und Witwe eines Cops.

„Brynn Celine Sullivan, ich weiß ganz genau, dass du mir nicht die ganze Wahrheit sagst."

„Mom, ich verspreche, dass ich in Sicherheit bin."

„Ich hasse es, dass du allein bist."

„Äh ... das bin ich nicht." Sie warf einen Blick in die Halle. Vander telefonierte mit seinem Handy, eine Hand in die Hüfte gestemmt. Zweifellos mit Hunt. Er hatte seine Jacke ausgezogen und sich wieder die Ärmel hochgekrempelt. Hatte er eine Ahnung, was das in ihr auslöste?

„Die Stimme, mit der du das sagst, habe ich ja bei dir noch nie gehört", sagte ihre Mutter.

„Ich bin bei einem Mann. Einem gut aussehenden, gefährlichen, aufrichtigen, komplizierten Mann."

„So, so." Ihre Mutter schniefte.

„Mom, weinst du?"

„Nein, natürlich nicht. Wird er dich beschützen?"

„Ja. Und ich werde ihn beschützen."

„Gut. Sag ihm, dass ich ihn zum Abendessen erwarte, wenn das alles vorbei ist."

„Okay, Mom." Sofern Brynn Vander überzeugen konnte, sich endlich aus den Fesseln zu befreien, die ihn zurückhielten. „Ich liebe dich, Mom."

„Ich dich auch, mein kleines Mädchen. Pass auf dich auf."

Die Schmerztabletten begannen, zu wirken. Sie

tastete gerade ihre Rippen ab, als Vander wieder herein-kam. Seine Augenbrauen zogen sich zusammen.

„Warum hast du mir nicht gesagt, dass du noch andere Verletzungen hast?"

„Na ja, ich –"

Er zog ihr Top nach oben.

„Hey!"

„Halt still. Verdammt noch mal, Brynn."

Sie sah an sich herunter. Ah, die blauen Flecken waren schon da. Das würde noch richtig bunt werden. „Es ist nichts gebrochen."

Sein finsterer Blick vertiefte sich. Seine Hand strich über ihre Rippen.

Das Gefühl seiner Haut auf ihrer war überwältigend und sie saugte zischend Luft in ihre Lungen.

Er hob seinen Blick.

Scheiß drauf. Sie hatte gerade eine Schießerei und eine Verfolgungsjagd überlebt. Sie hatte sich eindeutig eine kleine Belohnung verdient.

Also stellte sie sich auf die Zehenspitzen und küsste ihn.

Einen Moment lang blieb er reglos, dann öffnete er seinen Mund und erwiderte ihren Kuss.

Mmmh. Es war ein inniger Kuss, sexy und süchtig machend. Es war ihrer beider Art, sich zu vergewissern, dass es dem anderen gut ging.

Dann wurden seine Hände starr und er zog sich zurück. Sie konnte förmlich dabei zusehen, wie sich die steinerne Maske wieder auf sein Gesicht legte.

„Ich bleibe dabei, dass nichts zwischen uns sein kann", sagte er.

Frustration machte sich in ihr breit. „Vander –"

„Hör zu." Er fixierte sie mit seinem dunklen, intensiven Blick. In den Tiefen dieser Augen tobte ein Sturm ungeahnten Ausmaßes. „Ich sorge für meine Freunde, meine Familie und die Leute, die für mich arbeiten. Ich tue alles, was ich kann, um für ihre Sicherheit zu sorgen."

Das wusste sie. Der Mann war ein geborener Beschützer. Er konnte es nicht abstellen. Es war wie ein Zwang.

„Das ist der Grund, warum ich meinen Teil zur Sicherheit von San Francisco beitrage. Ich tue es nicht aus reiner Herzensgüte, sondern für sie. Für die Menschen, die mir etwas bedeuten."

Sie nickte. Sie verstand vollkommen.

Er beugte sich vor und ließ seinen Blick über ihr Gesicht gleiten. „Wenn ich zulasse, dass mir jemand zu viel bedeutet, dass ich mich verliebe ..."

Ihr Herz setzte einen Schlag aus.

„Es gibt *nichts*, was ich nicht tun würde, um die Frau, die ich liebe, zu beschützen. Keine Grenze, die ich nicht überschreiten würde. Kein Gesetz, das ich nicht brechen würde."

Ihre Kehle war wie zugeschnürt. Sie konnte nicht sprechen, konnte kaum atmen.

„Das ist ein Risiko, das ich nicht eingehen kann. Für einen Mann wie mich ist es zu gefährlich, sich zu verlieben."

Stille legte sich zwischen sie und er trat einen Schritt zurück.

„Mach dich fertig. Wir brechen gleich auf. Je eher wir aus der Stadt raus sind, desto besser."

Dann drehte er sich um und ging hinaus.

In diesem Moment fiel es Brynn wie Schuppen von den Augen: Sie war nicht die Einzige, deren Gefühle bereits tiefer gingen.

Eine Million Schmetterlinge flatterten wie verrückt in ihrem Bauch.

KAPITEL ZWÖLF

Vander raste auf der Ducati Super Sport nach Osten in Richtung Lake Tahoe.

Brynn drückte sich an ihn und er war sich jedes Zentimeters ihres Körpers an seinem schmerzlich bewusst.

Sie passte wie angegossen.

Er hatte sich für ein anderes Motorrad entschieden, anstatt ein Auto zu nehmen. So hatten sie mehr Möglichkeiten, wenn sie die Straße verlassen und ins offene Gelände fahren mussten. Außerdem war es knallrot, so dass es niemand mit seiner schwarzen BMW verwechseln konnte. Außerdem trugen sie beide jetzt schwarze Lederjacken und schwarze Helme.

Er war während der ganzen Zeit, als sie durch die Stadt gefahren waren, angespannt gewesen, weil er wusste, dass man nach ihnen suchte. Er hatte sich ein klein wenig entspannt, als sie das Stadtgebiet verlassen hatten. Alles, worauf er sich jetzt konzentrierte, war,

Brynn in Sicherheit in seiner Hütte zu bringen. Erst dann könnte er sich völlig entspannen.

Sie fuhren auf kleineren, ruhigeren Straßen weiter und überraschenderweise konnte er die Fahrt sogar genießen. Sie hielt sich gut an ihm fest und legte sich geschmeidig mit ihm in die Kurven. Sie fuhr, als ob sie schon ihr ganzes Leben lang auf einem Bike gesessen hätte und passte sich seinen Bewegungen an, war völlig synchron mit ihm. So hatte es sich noch nie mit einer Frau angefühlt.

Er schüttelte den Kopf. Daran durfte er nicht denken.

Sie fuhren durch die kleine Stadt West Grove, die nicht weit von seiner Hütte lag. Sobald sie sich dort eingerichtet hatten, würde er zurückkommen und Essen und Vorräte holen.

Schließlich wurde er langsamer und bog in eine kleinere Straße ein. Er fuhr tiefer in den Wald hinein.

Vander dachte an Nomad und die Wanderers. Er biss die Zähne zusammen. Nomad hatte sich die falsche Stadt ausgesucht, um darin sein Unwesen zu treiben. Vander würde dafür sorgen, dass er seine Entscheidung bereute.

Er würde den Biker entweder zurück nach Arizona schicken oder ihn umbringen. Wenn er an Brynns Gesicht dachte, erschien ihm letztere Variante viel attraktiver.

Vander bog erneut ab und lenkte das Bike zwischen Steinsäulen hindurch. Die Schotterstraße war uneben und er wurde langsamer, bevor er schließlich vor seiner Hütte zum Stehen kam.

Brynn glitt vom Sitz und zog ihren Helm herunter. Ihre Haare fielen ihr über die Schultern.

Sie gab einen erstickten Laut von sich. „Vander, das ist *keine* Hütte."

„Es ist ein Holzhaus im Wald."

Sie schnaubte. „Es ist ein architektonisch herausragendes, atemberaubend schönes Bauwerk. Ich meine, sieh es dir an."

Das Gebäude war lang und modern, mit einer skandinavischen Note. Viel Holz, Glas und Naturstein. Die Fenster waren raumhohe Fronten aus massivem Glas. An der Seite befand sich eine frei stehende Garage, in der seine Mercedes G-Klasse stand.

Er deaktivierte mit seinem Handy das Sicherheitssystem, schloss die Haustür auf und ließ sie eintreten.

Die Einrichtung war aus Echtholz und alles war schlicht und minimalistisch gehalten. Er war nicht oft hier und hatte es nicht so mit dem Dekorieren.

„Im Wesentlichen ist es unauffindbar und autonom. Es gibt eine Solaranlage und eine kleine Windturbine. Es gehört mir, aber offiziell ist es das Eigentum mehrerer verschachtelter Unternehmen, so dass es nicht zu mir zurückverfolgt werden kann. Ich habe einen Hausmeister, der die Straße hinunter wohnt und es sauber hält."

Brynn streifte durch den Raum. „Vander, es ist einfach unglaublich hier."

Große Schiebetüren führten auf eine breite Terrasse hinaus. Auf der einen Seite befand sich eine in den Boden eingelassene Feuerstelle und am Ende der Terrasse lag ein nicht gerade kleiner Teich. Die ruhige Oberfläche glänzte und er war umgeben von Bäumen.

„Kann man da drin schwimmen?", fragte sie.

Er nickte. „Und fischen." Er hatte eine Angelausrüstung in einer kleinen hölzernen Truhe. Auf der Terrasse standen Gartenmöbel – ein Holztisch und Stühle sowie breite Liegestühle mit cremefarbenen Auflagen.

„Es ist wirklich wunderschön. Friedlich."

Er zuckte mit den Schultern. „Ich bin nicht oft hier. Meine Familie nutzt die Hütte manchmal, aber Easton hat ein großes Haus direkt am Lake Tahoe. Normalerweise fahren wir für Familienfeiern dorthin."

Das hier war also sein ganz persönlicher Ort. Seine Familie verstand sein Bedürfnis nach Einsamkeit.

„Es gibt drei Gästeschlafzimmer, also such dir eins aus. Und jeder hat im Laufe der Zeit ein paar Sachen hier gelassen, also solltest du in den Schränken ein paar passende Klamotten finden."

Sie nickte und schlang ihre Arme um sich.

„Alles in Ordnung?", fragte er.

„Ich schätze, langsam wird mir bewusst, was da vorhin passiert ist." Sie hob ihr Kinn. „Ich komme schon klar."

Natürlich würde sie das. Brynn Sullivan war aus hartem Holz geschnitzt.

„Lass mich noch einmal dein Gesicht untersuchen." Er führte sie in die Küche und sie setzte sich auf einen Hocker. „Brauchst du mehr Schmerzmittel?"

Sie nickte. „Das wird wohl das Beste sein."

Die blauen Flecken würden noch schlimmer werden. Er strich ihr sanft über den Wangenknochen und gab ihr dann ein paar Tabletten.

„Ich kann es kaum erwarten, meine falschen Tattoos abzuwaschen", sagte sie.

„Magst du keine Tattoos?"

Sie schluckte die Pillen und lächelte. „Ich habe nur ein echtes."

„Wo?" Er hatte keines gesehen.

Sie schenkte ihm ein keckes Lächeln, das er bis in seinen Schwanz spürte. „Das ist ein Geheimnis. Ich habe es nicht einmal meiner Mom erzählt."

„Meine Mutter verzweifelt daran, dass alle ihre Söhne tätowiert sind. Es ändert nichts daran, wie sie über uns denkt, aber sie ist kein großer Freund davon. Rhys hat die meisten und sogar Easton hat ein paar."

Sie legte den Kopf schief. „Und du? Mir ist keines an dir aufgefallen."

Er lächelte. „Das ist ein Geheimnis."

Sie sahen einander in die Augen und er war plötzlich sehr neugierig darauf, wo sie tätowiert war.

Fuck. Er sah weg. „Ich werde in die Stadt fahren und etwas zu essen holen. Vielleicht finde ich noch ein paar neue Sachen für dich."

Sie hob die Augenbrauen. „Mit dem Motorrad?"

Er lächelte. „Nein, ich habe hier einen Geländewagen."

„Okay. Ich werde jedenfalls definitiv hier rumschnüffeln, während du weg bist."

„Ich habe auch nichts anderes erwartet, Detective."

„Bring bitte Schokolade mit. Ich glaube, die habe ich mir verdient."

„Geht klar."

Er machte sich auf den Weg nach draußen, hielt aber

an der Haustür inne und blickte zurück. Sie stand an einem der großen Fenster und sah auf den Teich hinaus, und es war wie ein Schlag in den Magen. Sie sah so richtig aus, hier, in seinem Haus.

Vander verdrängte den Gedanken schnell. Das alles würde bald vorbei sein und sie würde zu ihrem Polizistenleben zurückkehren und er in seine Welt der Schatten.

Er zückte sein Handy und schickte Saxon und Hunt eine Nachricht, um sie wissen zu lassen, dass sie in Sicherheit waren.

Sein Handy vibrierte.

Pass auf meine Cousine auf, Vander, oder du wirst es bereuen.

Wie immer nahm Hunt kein Blatt vor den Mund.

Saxon schrieb ihm, dass Ace und Rhys alle Informationen über die Wanderers und Tony „Nomad" Garcia sammelten, die sie finden konnten.

Ich werde dir alles heute Abend per E-Mail weiterleiten. Ihr beide ruht euch heute aus. Morgen machen wir einen Schlachtplan.

Danke, Saxon.

Vander öffnete das Tor zur Garage und enthüllte seine robuste G-Klasse in mattem Schwarz. Er stieg ein, fuhr rückwärts hinaus und machte sich auf den Weg ins Dorf.

Er verspürte einen überraschenden und ungewohnten Schmerz in seiner Brust. Ihm wurde klar, dass er Brynn nicht gern allein ließ. Er schüttelte den Kopf.

Sie ist ein Cop. Sie würde dir in den Arsch treten, wenn sie wüsste, dass du das denkst.

Seine Hände legten sich fester ums Lenkrad. Er *musste* aufhören, an sie zu denken.

Alles, was er in den nächsten Tagen tun würde, war, sie mit Essen zu versorgen, ihre Wunden zu pflegen und ihre Sicherheit gewährleisten.

Das war alles.

Sonst nichts.

Er fuhr auf den Highway und weiter nach West Grove.

BRYNN SAH SICH ALLES GENAU AN.

Am Ende des Flurs fand sie das Hauptschlafzimmer. Auch dieser Raum war mit wunderschönem, warmem Holz ausgekleidet und in der Mitte stand ein elegantes Bett mit grauer Bettwäsche. Die Fenster boten einen perfekten Blick auf das Wasser und die Bäume.

Sie spürte förmlich, wie sich ihr Blutdruck senkte, als sie den Anblick in sich aufnahm.

Vanders Handschrift konnte sie in seinem Schlafzimmer nicht erkennen, aber sie wusste, dass er ein Mann war, der nicht viel preisgab, selbst wenn es um seinen persönlichen Rückzugsort ging. Das Badezimmer war atemberaubend, mit einer riesigen, offenen Dusche und einem langen Waschtisch aus Holz. Das Pièce de résistance war eine große, frei stehende Steinwanne, die perfekt für Schaumbäder wäre.

Zurück im Schlafzimmer entdeckte sie einen kleinen

Bilderrahmen auf einem Hängeregal. Sie nahm es herunter und ihre Brust zog sich zusammen.

Es war Vander mit einer Gruppe von Männern. Sie trugen keine Uniformen, aber sie wusste, dass es sich um sein Ghost-Ops-Team handeln musste. Er stand in der Mitte, den Arm um Rhys gelegt, der viel kürzere Haare hatte. Sie alle trugen Cargo-Shorts und T-Shirts, waren muskulös und sahen knallhart aus. Vander hatte ein schwaches Lächeln auf den Lippen und einer der Männer kniete ganz vorn, um für die Kamera zu posieren.

Diese Männer waren wie seine Brüder. Männer, auf die er sich in der Hölle verlassen hatte. Allerdings war Vander ihr Kommandant gewesen und sie wusste, dass er sich ein wenig distanziert hätte. Er hatte sich für sie verantwortlich gefühlt.

Hatten sie es alle zurückgeschafft? Und wenn ja, hielten sie ihre Gefühle auch so streng unter Verschluss? Konnten ihr Leben auch nicht in vollen Zügen genießen?

Sie ging zurück in den Wohnbereich. Die Schmerztabletten hatten ihre volle Wirkung entfaltet und sie spürte keine Schmerzen. Sie öffnete die Schiebetür und trat auf die Terrasse.

Toll. Sie atmete tief durch und konnte spüren, wie der ganze Stress von ihr abfiel ... bis auf das alles vereinnahmende Bedürfnis nach jenem Mann, den sie mehr als alles andere wollte.

Hier waren es nur sie beide und im Moment waren sie sicher.

Brynn wusste, dass Vanders Warnung ernst gemeint war. Wenn sie weiter mit ihm ging, wenn sie sich Hals über Kopf in ihn verliebte, würde er überfürsorglich, herrisch und unerträglich sein.

Aber sie wusste auch, tief in ihrem Herzen, dass er sie so furchtlos lieben würde. Seine Liebe wäre mit nichts vergleichbar, was sie je zuvor gespürt hatte.

Wie würde es sich anfühlen, das Zentrum von Vander Norcross' Universum zu sein?

Eine köstliche Hitze regte sich in ihr. Ihr wurde klar, dass sie keine Wahl hatte. Sie wollte ihn und sie würde ihm klarmachen, dass das, was sie hatten, zu mächtig war, um es zu ignorieren.

Sie wollte ihn lieben. Er verdiente es so sehr.

Aber zuerst wollte sie, dass er diese starren Ketten sprengte, in die er sich selbst gelegt hatte. Sie wollte, dass er fühlte. Lebte.

Sie betrachtete die glatte Oberfläche des Teiches. Sie erinnerte sie an ihn – ruhig, kühl und kontrolliert an der Oberfläche.

Aber sie wollte unbedingt sehen, was sich darunter befand.

Sie hörte, wie sich eine Tür öffnete und drehte sich um. Sie beobachtete, wie er hereinkam und ein paar Tüten auf der Kücheninsel abstellte.

„Alles bekommen?", fragte sie.

Er betrat die Terrasse. „Ja."

„Ich liebe diesen Ort. Es ist so friedlich hier."

„Wenn ich herkomme, sitze ich stundenlang hier draußen. Werfe die Angel aus."

„Du kommst allein hierher?"

Er begegnete ihrem Blick. „So ist es mir lieber."

Sie sah zurück zum Teich. „Ich denke, ich werde das Wasser ausprobieren."

„Drinnen gibt es ein paar funktionierende Duschen."

Sie lächelte ihn über ihre Schulter hinweg an. „Ich weiß, aber es ist ein schöner Tag und ich habe Lust, zu schwimmen."

„Du hast keinen Badeanzug."

Sie grinste. „Ist doch egal." Sie knöpfte ihre Jeans auf und streifte sie ab. Er fluchte und drehte sich um.

„Ich hätte dich nicht für schüchtern gehalten, Norcross."

Sie zog ihr Top aus und entledigte sich ihrer Unterwäsche.

Er sagte nichts. Sie starrte auf seinen breiten Rücken und spürte die Spannung, die von ihm ausging.

Immerhin war er nicht gegangen.

Brynn stieg ins Wasser. Es war angenehm – nicht kalt, aber erfrischend und wohltuend kühl auf ihrer Haut. Sie glitt hinein, stieß sich ab und schwamm in die Mitte des Teichs.

„Das Wasser ist fantastisch." Sie drehte sich um und sah ihn nun auf einem hölzernen Gartensessel sitzen. Er lehnte sich nach vorn, die Hände zwischen den Knien verschränkt.

Brynn tauchte unter und schwamm ein paar Längen. Sie schwamm gern und bekam nicht oft genug Gelegenheit dazu. Sie schwamm noch ein paar Längen.

„Schwimmst du gern, Norcross?", rief sie.

„Ja."

Sie drehte sich zu ihm um. „Du solltest reinkommen."

Keine Antwort.

Nein, er saß nur da und beobachtete sie. Und grübelte.

Gott, sie wollte ihm etwas geben, wollte seinen Schmerz lindern, die Last, die er trug, von seinen Schultern heben. Ihn Freude empfinden lassen, ihm ein Gefühl der Freiheit schenken.

Sie hatten heute eine Schießerei mit Bikern überlebt und sie fühlte sich sehr, sehr lebendig.

Brynn schwamm zurück zur Terrasse. Sie strich sich die nassen Haare zurück.

Dann holte sie tief Luft, sprang über ihren Schatten und stemmte sich aus dem Teich.

Sie stellte sich auf die Terrasse und das Wasser perlte von ihr ab. Eine Sekunde lang genoss sie seinen intensiven Blick, der über ihren Körper glitt.

Dann ging sie auf ihn zu.

„Was zum Teufel machst du da?", knurrte er.

„Ich verführe dich." Sie blieb vor ihm stehen.

„Ich habe dir bereits gesagt, dass das nicht passieren wird. Ich bin nicht interessiert und du machst dich nur lächerlich."

Oh, dieser kalte Ton. Präzise darauf abgestimmt, sie zu verletzen.

Aber sie sah, wie er sich an die Armlehnen der Sonnenliege klammerte. Sie sah auch, wie sein Puls in seiner Kehle pochte.

Ein Gefühl der Macht erfüllte sie. Dieser Mann wollte sie. So sehr. Und genauso sehr versuchte er, sie wegzustoßen.

„Ich mache mich nicht lächerlich", sagte sie.

„Viele Frauen haben sich mir schon an den Hals geworfen."

Brynn lächelte. Sie streckte die Hand aus und drückte eine Handfläche auf seine Brust.

Er spannte sich schlagartig an.

„Ich kann spüren, wie dein Herz rast", murmelte sie.

Er blieb reglos sitzen. Er kämpfte so sehr dagegen an, aber sie wusste, wie gut es sich anfühlen würde, wenn er losließ.

„Gott, wie schön du bist. Dieses dunkle, attraktive Gesicht. Diese sexy Lippen, die so gar nicht zu der Härte passen, die du ausstrahlst. Das bringt mich auf alle möglichen Ideen."

Sein Blick glitt über ihren nackten Körper und sie vermutete, dass er nicht realisierte, mit welcher Gier in seinen Augen er sie anstarrte. Am Ende musste er selbst die Entscheidung treffen. Sie wollte ihn nicht überreden, sie wollte, dass er sie auf halbem Weg traf.

„Du weckst eine solche Lust in mir, Vander. Auf alles."

Länger konnte er ihr nicht widerstehen.

Sie hörte praktisch das Klirren der aufbrechenden Fesseln, als er ruckartig von der Liege aufstand.

Er schlang einen Arm um sie und hob sie mit einer solchen Leichtigkeit von den Füßen, dass ihr bewusst wurde, wie stark er eigentlich war.

Mit einem erregten Keuchen schlang Brynn ihre Beine um seine schlanken Hüften.

„Jetzt gibt es kein Zurück mehr", knurrte er, ließ eine Hand in ihr nasses Haar gleiten und zog ihren Kopf daran zurück.

Ihr Puls beschleunigte sich.

„Du gehörst jetzt mir, Brynn. Ich habe versucht, dich zu warnen, aber du wolltest nicht hören." Seine Lippen glitten an ihrem Kiefer entlang. „*Mir*. Ich werde dich niemals im Stich lassen. Ich werde niemals zulassen, dass dich jemand mir wegnimmt. Und ich werde auch nicht zulassen, dass du mich verlässt."

Ihr Unterleib krampfte sich zusammen und eine elektrisierende Hitze durchströmte sie bei dem besitzergreifenden Ton in seiner Stimme.

„Du wirst mir alles geben, was ich will. Und danach nehme ich mir noch mehr."

Sie begegnete seinem aufgewühlten Blick. „Ich gehöre dir. Es ist kein Nehmen, wenn ich es dir bereitwillig gebe."

Mit einem tiefen, wilden Grollen tief in seinem Brustkorb fiel er über ihre Lippen her.

KAPITEL DREIZEHN

Die Energie, die ihn durchströmte, fühlte sich wie ein Lauffeuer in seiner Blutbahn an. Vander brauchte diese Frau dringender als die Luft zum Atmen.

Er brauchte sie mehr als alles andere.

Er eroberte ihre Lippen in einem Ansturm der Leidenschaft. *Das. Genau das.* Es war exakt das, was er brauchte. Ihre sexy Lippen. Ihren straffen, heißen Körper.

Vander trug sie quer über die Terrasse und legte sie auf eine Sonnenliege. Sie war nass und warm – eine nackte Schönheit von Kopf bis Fuß, die er für sich beanspruchen musste.

Ihre Hand umklammerte seinen Hinterkopf, ihre Zunge spielte mit seiner. Es war keine Überraschung, dass Brynn ihn mit allem küsste, was sie zu geben hatte. Sie rieb sich an ihm, als bräuchte sie das hier genauso sehr wie er.

Als hätte sie dieselben inneren Wunden wie er.

Fuck. Noch nie hatte er etwas so sehr gewollt oder gebraucht.

Vander strich mit seinen Händen über ihren Körper und sie bäumte sich unter seinen Fingern auf. Er umschloss ihre Brust mit einer Hand und streichelte über ihre Brustwarze. Sie stöhnte auf. Sanft fuhr er mit den Fingerspitzen über den Bluterguss entlang ihrer Rippen.

Er sah hoch und sein Blick fiel auf sinnlich geschwollene Lippen von ihren leidenschaftlichen Küssen und halb geöffnete Augen, als sie sich ihrer Lust hingab. Die blauen Flecken änderten nichts an dem, was er sah.

„Verdammt, du bist wunderschön, Brynn."

„*Vander.*"

Das leuchtende Verlangen in ihren Augen war wie Benzin für das Feuer, das in seinen Adern loderte.

Er spreizte ihre Schenkel und kniete sich neben die Liege, um mit den Zähnen an ihrem Oberschenkel entlangzufahren.

Sie erschauderte. „*Warte.*"

„Nein", knurrte er. Er nahm sich einen Moment, um ihren Anblick zu bewundern, wie sie offen vor ihm lag. „Sieh dich an." Da war nur ein schmaler Streifen karamellfarbener Locken über einer hübschen, prallen Pussy. Die Lust in seinen Lenden durchzuckte ihn. Sie war wie ein verdammter Lichtblick in all der Dunkelheit.

Vander senkte seinen Kopf. Er fuhr mit seiner Zunge über sie.

„Oh, Gott." Sie schob sich ihm entgegen. „Verdammt, natürlich bist du gut mit der Zunge."

Wie ein Besessener leckte und saugte er an ihr. Er legte einen Arm unter ihre Hüften, um sie näher an seinen Mund drücken zu können. Er wollte jede sensible Stelle entdecken, jedes ihrer Geheimnisse lüften.

Sie drehte durch unter seinem Mund.

„Gott, Vander –" Die nächsten paar Laute wurden von einem erstickten Stöhnen verschluckt.

Er schob zwei Finger in ihre enge, heiße Nässe. Verdammt, sie würde seinen Schwanz verdammt fest umschließen. Er konnte es kaum erwarten, ihn in sie zu stoßen. Er fand ihre Klitoris und bearbeitete sie mit seiner Zunge.

„Ja." Sie wand sich verzweifelt unter ihm, wild und sexy, mit Sehnsucht und Verlangen in ihren Augen. „Ich komme. Ich werde gleich –"

Er schob seine Finger tiefer.

Ihre Muskeln spannten sich an, ihre Hüften hoben sich. Sie schrie auf und er sah zu, wie ein heftiger Orgasmus sie mitriss. Befriedigung über sein gestilltes Verlangen erfüllte ihn, als er ihr Gesicht betrachtete und jedes Detail in sich aufnahm.

Sie ließ sich keuchend nach hinten fallen, ihr benommener Blick auf seinen gerichtet.

Dann griff sie nach oben und zerrte an seinem Hemd. Knöpfe flogen in alle Richtungen und mit einem gierigen Wimmern richtete sie ihren Oberkörper auf und biss ihm in den Brustmuskel.

Fuck.

Ein wohliger Schauer lief ihm über den Rücken. Als ihr Mund über seine Haut glitt, zog er sein zerfetztes Hemd aus.

„Jetzt", flüsterte sie und ihre Stimme war voller Verlangen.

„Jetzt." Er drückte sie zurück auf die Liege und öffnete seine Hose. Sein Schwanz sprang heraus und ihr Blick blieb daran haften.

Er legte einen Arm um sie und zog sie an den Rand der Liege. Sie atmeten beide schwer und schnell.

In einer köstlich nervenaufreibenden Bewegung ließ er die Krone seines Schwanzes durch ihre feuchten Falten gleiten.

Sie stöhnten beide auf.

„Kein Kondom", stieß er hervor. Er wollte nichts zwischen ihnen haben.

„Kein Kondom", stimmte sie zu.

Er würde nie genug von ihr bekommen. Er nahm alles von ihr in sich auf – den willensstarken Ausdruck in ihrem Gesicht, das vor Verlangen gerötet war, diese intelligenten Augen, die unwiderstehliche Rundung ihrer Brüste, ihren flachen Bauch und diese endlos langen Beine, die er um seine Hüften spüren wollte.

Nicht in der Lage, sich länger zurückzuhalten, drang er mit einem kräftigen Stoß in sie ein. Nahm sie wild und ungestüm in Besitz.

Brynn schrie auf, klammerte sich an seine Oberarme und bohrte ihre Nägel in seine Haut.

Eine verheerende Welle der Lust brach über ihn herein. Er verharrte eine bebende Sekunde lang in ihr und nahm das enge, heiße Gefühl von ihr in sich auf.

Da war es. Alles, was er jemals gebraucht hatte.

Ein Teil von ihm hatte es schon immer gewusst, von dem Moment an, als er sie zum ersten Mal gesehen hatte. Es war der Grund, warum er so hart gekämpft hatte.

Er zog sich aus ihr zurück und stieß sich wieder in

sie. Seine Stöße waren hart und besitzergreifend, aber langsamer zu machen, war keine Option. Sanftheit stand gerade nicht auf dem Programm.

Doch Brynn erwiderte jeden einzelnen seiner Stöße, bei denen sie leise wimmerte.

Sein Herz dröhnte lautstark in seinen Ohren und er senkte seinen Blick auf die Stelle, an der sein Schwanz in ihren Körper eindrang und ihn wieder verließ.

An der sie ihn wieder und wieder in sich aufnahm.

„Gott, Vander." Ihre Nägel kratzten fester über seine Haut.

Er beugte sich hinunter und küsste sie – hart und gierig.

Er spürte, wie das Vibrieren der Lust in ihm anschwoll und sich zu etwas Gigantischem aufbaute. Seine Hüften bewegten sich schneller und ihre Schreie wurden lauter, als er in sie stieß.

Alles geriet ins Schleudern, zerbröckelte, zerfiel.

Er spannte seine Muskeln bis zum Bersten an.

Sie biss ihm auf die Lippe. „Lass los."

Ihr kristallklarer Blick traf seinen und sie sah ihn durchdringend an.

Bei seinem nächsten Stoß schrie sie auf und bohrte ihre Faust in seine Schulter. Er spürte, wie ein heftiger Orgasmus sie überkam und ihre Pussy sich um seinen Schwanz herum eng zusammenzog.

Bei seinem nächsten Stoß blieb er tief in ihr, verweilte dort.

Er hatte sich noch nie einer Frau ganz und gar hingegeben, aber hier und jetzt tat er es. Tat es mit ihr. Brynn.

Sein Körper zuckte wild, als er seinen Samen in sie

pumpte. Er stöhnte und vergrub dann sein Gesicht in ihrem dichten Haar. Sein Atem ging genauso schnell wie ihrer.

Verdammt. Als sein Körper sich langsam beruhigte, verspürte er einen Anflug von ungewohnter Panik.

Sie war die Eine für ihn.

Sie hatte sein Leben der sorgfältig aufgebauten, alles umfassenden Kontrolle ruiniert. Sie hätte die Macht, ihn in Stücke zu reißen, ihn in die Knie zwingen.

Vander hatte noch nie jemandem diese Art von Macht verliehen.

Er versuchte, sich aus ihr zurückzuziehen. Er brauchte etwas Zeit und Freiraum, um über alles nachzudenken.

Aber sie umschlang ihn enger und gab ein glückseliges, verträumtes Seufzen von sich.

„Ich wusste, dass es gut sein würde", murmelte sie. „Aber das hat all meine Erwartungen übertroffen."

„Schön, das zu hören." *Na, bitte.* Seine Stimme war ruhig und gleichmäßig.

Er spürte ihren Blick auf seinem Gesicht.

Irgendetwas sagte ihm, dass sie zu viel sah.

Sie strich mit einer Hand über seine Brust und er kämpfte gegen die Empfindungen an, die die Berührung in ihm auslöste.

„Wir haben uns nicht geschützt", sagte sie. „Aber ich habe vorgesorgt."

„Ich weiß. Depo-Provera. Du bekommst die Spritze regelmäßig. Und du hattest vor drei Wochen einen Check-up, bei dem du auch auf Geschlechtskrankheiten getestet wurdest."

Ihre Augenbrauen flogen zu ihrem Haaransatz. „Mann, ihr privaten Ermittler lasst wirklich keinen Stein auf dem anderen."

„Ich bin auch sauber. Ich würde dich nicht in Gefahr bringen, Brynn." Er konnte sich nicht zurückhalten und strich mit dem Daumen über ihre Unterlippe. „Ich lasse mich regelmäßig testen und habe bisher immer Kondome benutzt."

Dieses dunkle, besitzergreifende Verlangen war in jede Zelle seines Körpers eingedrungen. Es ließ ihn Dinge tun, die er nie zuvor getan hatte.

Verflucht.

Er löste sich von ihr und setzte sich auf. Er musste diese Sache in den Griff bekommen.

BRYNN STUDIERTE die bronzefarbene Haut an Vanders Rücken und ihr Atem stockte.

Er hatte eine Tätowierung mit schwarzer Tinte auf dem Rücken, mittig entlang seiner Wirbelsäule. Einen Krieger. Der Mann sah vage japanisch aus, aber es war schwer zu sagen, da man nur seinen Rücken sehen konnte. Er hatte dichtes, dunkles Haar, trug kein Hemd, und seine Arme waren erhoben und hielten ein Schwert.

Ein Krieger auf dem Körper eines Kriegers.

Sie streckte die Hand aus und berührte es, spürte, wie er sich versteifte.

Sie fühlte sich zu gut, um sich das, was zwischen ihnen war, von ihm kaputt machen zu lassen. Sie sah, wie er versuchte, seine Distanz zu wahren und auf Abstand zu ihr zu gehen. Ein Teil von ihr machte sich Sorgen, dass er sie nicht genug wollte, um seine inneren Mauern niederzureißen.

Sie zeichnete die schwarzen Linien nach. „Es steht dir."

Er warf einen Blick über seine Schulter.

Sein dunkelblauer Blick wanderte an ihrem Körper hinunter und kehrte dann zu ihren Lippen zurück.

Oh, er wollte sie sogar sehr.

Er kämpfte nur immer noch dagegen an.

Sie strich mit der Hand über seinen Rücken und spürte, wie er leicht zitterte und seine Muskeln sich anspannten.

Brynn hielt inne. Sie war ein Detective und darauf trainiert, zwischen den Zeilen zu lesen, die Beweise zu evaluieren und die Hinweise zusammenzufügen.

Vander war ein sehr kontrollierter und beherrschter Mann. Sie wusste, dass er keine Beziehungen einging. In seinem Leben gab es keine beiläufigen Berührungen, keine gemächlichen Streicheleinheiten oder spontane Umarmungen.

Sie schob sich hinter ihn.

„Hast du Hunger?", fragte er.

„Mhm." Sie drückte ihre Lippen auf seine Schulter, ließ sich Zeit damit, ihn zu küssen, den Geschmack seiner Haut zu erkunden. Mit der anderen Hand strich sie an seiner starken Wirbelsäule hinauf und hinunter, über das Bild des Kriegers.

Sie drückte sich an seinen Rücken und knabberte an seinem Ohr. „Ich mag deinen Körper wirklich, wirklich sehr, Norcross."

„Deiner ist auch schön."

Sie biss ihm in den Nacken und hörte, wie er ein Stöhnen unterdrückte. Das war ihr viel lieber als der gleichmäßige, kühle Ton.

Macht erfüllte sie von Neuem. Sie hatte eine Wirkung auf diesen starken Mann. Sie konnte ihm Freude oder Schmerz bescheren, Kummer oder Trost.

Für einen Mann mit Kontrollzwang ... Ja, sie wusste, dass das hier schwer für ihn war.

Sie wollte ihn noch einmal verführen. Ihn nur Vergnügen empfinden lassen.

Seine Hände griffen nach ihrem Oberschenkel. „Ich habe dich gerade gefickt und bin hart gekommen. Ich sollte dich nicht schon wieder wollen."

Brynn schlängelte sich um ihn herum und setzte sich mit gespreizten Beinen auf seinen Schoß. Seine Hände umfassten ihre Hüften, seine Finger bohrten sich in ihre Haut.

„Du magst es nicht", sagte sie. „Mich so sehr zu wollen."

„Nein."

Sie hob ihr Kinn. „Ich zwinge dich nicht. Du kannst jederzeit aufstehen und gehen."

„Nein", brummte er. „Kann ich nicht."

Ein Hochgefühl durchströmte sie. „Dieses Mal werde ich dich verwöhnen. Du wirst dich zurücklehnen und mir die Führung überlassen."

Seine Mundwinkel zuckten und sie liebte diese kleine Bewegung.

Sie drückte ihn zurück auf die Sonnenliege. Ihr Herz spielte ein wenig verrückt. Der Mann war umwerfend, pure männliche Perfektion, und er gehörte ihr ganz allein.

Sie rutschte ein Stück an seinen muskulösen Oberschenkeln nach hinten und ließ ihre Hände über seine definierten Bauchmuskeln wandern. Sein Körper bestand von oben bis unten aus Muskeln. Er war gebaut für Stärke und Geschwindigkeit. Ausdauer.

Er hatte ein zweites Tattoo auf einem Brustmuskel. Sie las die Worte laut. „Freiheit hat ihren Preis."

„Damit ich es nie vergesse", sagte er.

Sie zeichnete die Buchstaben nach.

Er packte ihr Kinn. „Sag meinen Namen."

„Vander", hauchte sie.

Er zog sie für einen innigen, besitzergreifenden Kuss an sich, bei dem ihr Körper zu beben begann.

„Sag mir, wie sehr du mich willst", verlangte er.

Sie richtete sich ein wenig auf, angezogen von dem dunklen Schimmer in seinen Augen. Ein Funkeln, das sie warnte, dass er sie nie wieder loslassen würde. Ihr wurde warm ums Herz. Sie sah aber auch den inneren Kampf. Den Kampf eines Mannes, dem es nicht leicht fiel, jemanden so sehr zu brauchen.

Sie breitete ihre Hände wie Fächer über seine Brust aus. „Ich habe noch nie jemanden so gewollt, wie ich dich will. Ich werde nie wieder jemanden so sehr wollen."

Er knurrte. „Zeig es mir."

Sein Schwanz war wieder hart und sie griff nach seiner von dicken Venen überzogenen Länge und rieb sie.

Sein Verlangen stand ihm ins Gesicht geschrieben. Sie ließ sich Zeit damit, seinen Körper zu erforschen. Sie hatte vor, noch viel mehr Zeit mit seinem Schwanz zu verbringen, aber im Moment brauchte sie ihn in sich.

Sie hob ihre Hüften und begegnete Vanders Blick.

Brynn ließ sich langsam nach unten sinken und nahm ihn Zentimeter für quälend köstlichen Zentimeter in sich auf. Sie stöhnte, als sie spürte, wie er sie dehnte. Spürte die schlüpfrige Hitze ihrer Vereinigung.

Eins. Nichts zwischen ihnen.

„Fuck. *Brynn.*" Seine Hände legten sich um ihren Hintern.

Gott, der Blick in seinem schönen Gesicht. Das Bedürfnis, das Verlangen, seine dunkle Besessenheit. Ihre Pussy zog sich um ihn zusammen und er bäumte die Hüften auf.

„Gott, bist du eng", stöhnte er. „Reite mich. Spreiz deine schönen Schenkel weiter auf und nimm mich."

Brynn gehorchte mit einem heiseren Schrei.

Sie legte ihre Hände auf seine Brust und ritt ihn, glitt an seinem Schwanz auf und ab.

Seine Hände gruben sich in ihre Pobacken und trieben sie an.

Sie versuchte, sich nicht zu beeilen oder zu hetzen. Sie ließ ihre Hände zu seinen hinuntergleiten und zog sie von ihrem Körper, um ihre Finger mit seinen zu verschränken.

Ihre Blicke trafen sich.

„Spürst du, wie sehr ich dich will, Vander?"

„Ja." Seine Stimme war tief und rau.

Sie bewegte ihre Hüften weiter. „Jedes Mal, wenn ich dich ansehe, dich reden höre oder sehe, wie du etwas Mutiges tust, bin ich feucht."

Ein Knurren dröhnte durch seine Brust. Er zuckte unter ihr und füllte sie tiefer aus.

„Du hast gesagt, dass du mich niemals im Stich lassen wirst, dass du nicht zulässt, dass mir jemand etwas antut, oder dass ich dich verlasse." Sie neigte ihr Becken und nahm ihn tiefer in sich auf, aber sie ließ ihn nicht aus den Augen. „Dasselbe gilt auch für dich, Vander Niccolo Norcross. Ich werde dich niemals im Stich lassen oder zulassen, dass dir jemand etwas antut, und ich werde dich auch nicht mehr gehen lassen." Sie spürte, wie sich ihr Orgasmus langsam aufbaute und drohte, sie mitzureißen. Sie beschleunigte ihr Tempo und Fleisch klatschte gegen Fleisch.

„*Brynn.*" Er sagte ihren Namen wie ein Gebet.

Sie schrie auf und ritt ganz oben auf einer Welle von Lust und Schmerz, die sich immer nur dann in ihr aufbaute, wenn ihr ein überwältigender Orgasmus bevorstand.

Er stieß nach oben und drang noch tiefer in sie ein. „Komm, denn ich werde jetzt in meiner engen, sexy Frau kommen."

Sie stöhnte.

„*Komm.*" Sein Finger fand ihre Klitoris und rieb sie.

Brynn konnte nicht antworten, ihr blieb keine Zeit. Ihr Orgasmus überkam sie heftig, ihr Körper kippte nach vorn und sie wurde von der Intensität ihres Höhepunkts gebeutelt. Ihre Lust war überwältigend.

Vander stieß sich ein letztes Mal in sie und hatte Mühe, die Worte hervorzupressen: „Mein Gott, Brynn." Seine Finger krampften sich um sie.

Sein Gesicht verzerrte sich vor Lust und selbst durch

den Schleier ihrer eigenen Erlösung hindurch wusste sie, dass sie noch nie etwas so Schönes gesehen hatte.

„*Gehörst ... mir*", murmelte er.

Sie sank auf ihm zusammen und streichelte seine Arme. Sie verspürte das Bedürfnis, sie beide zu trösten und zu beruhigen. „Ich dir. Und du mir." Junge, Junge, keiner von ihnen brachte einen vollständigen Satz heraus.

Er strich mit einer Hand über ihren Rücken und sie küsste ihn ohne jede Hast.

Sie blieb, wo sie war, mit ihm immer noch in ihr, und genoss das simple Vergnügen davon, mit ihrem Mann so eng verbunden zu sein.

Seine Lippen liebkosten ihren Hals und schließlich zog er ihren schlaffen Körper an sich.

„Jetzt habe ich Hunger", murmelte sie.

Sie hörte sein leises Lachen. „Das wundert mich nicht. Ich bin mir ziemlich sicher, dass du ein paar Kalorien verbrannt hast, Detective." Er drückte ihren Hintern. „Komm schon. Lass uns essen."

KAPITEL VIERZEHN

„Mir geht es gut, Hunt. Uns beiden geht es gut."
Vander lehnte sich in seinem Stuhl zurück
und hörte zu, wie Brynn mit Hunt sprach.

Sie hatte bereits mit ihrer Mutter, ihrem Bruder und
ihren beiden Schwestern telefoniert. Vander hatte Nachrichten von seinen eigenen Eltern und Geschwistern
erhalten.

„Aha." Sie nahm einen Schluck von ihrem Bier, fing
seinen Blick auf und verdrehte die Augen.

Sie saßen wieder draußen am Teich. Das goldene
Licht der Nachmittagssonne fiel durch die Bäume.
Brynn hatte eines seiner T-Shirts gefunden, in dem sie
unfassbar attraktiv aussah. Er hatte ihr etwas Öl
gegeben und sie hatte die falschen Tattoos von ihrem
Arm entfernt. Ihre nackten Beine hatte sie auf der
Sonnenliege angewinkelt, sodass ihre Füße ihren
Hintern fast berührten. Er fragte sich, was sie drunter
trug.

Er krümmte die Finger seiner rechten Hand. Es gab

nichts, was ihn davon abhielt, unter die Baumwolle zu greifen, um es herauszufinden.

Er wusste, dass sie ihm bereitwillig alles geben würde, was er wollte.

Sein Schwanz pochte. *Verdammt.*

Er griff nach dem Teller, der auf dem niedrigen Tisch zwischen ihnen stand. Sie hatten eine Platte mit Käse, Crackern, Dips, Salami, Trauben und Oliven angerichtet. Er griff nach einer Olive und nippte an seinem Bier.

„Ja, ja, er kümmert sich gut um mich." Ein schelmischer Blick legte sich in ihre Augen.

Sie bedeutete Ärger. Sie wussten beide, dass Hunt einen Herzinfarkt bekommen würde, wenn er erfuhr, *wie* gut Vander sich um sie kümmerte.

„Okay, halte mich auf dem Laufenden." Sie ließ ihr Handy auf die Sonnenliege fallen und zog die Nase kraus. „Wie es aussieht, ist Nomad untergetaucht. Hunt hat das Clubhaus durchsucht, aber er war weg. Niemand will ihm sagen, wo er ist."

„Sie haben Angst vor ihm."

Sie lehnte sich zurück. „Ja." Sie nahm noch einen Schluck von ihrem Bier. „Offenbar ist Nomad gut darin, Informationen über Menschen zu sammeln. Informationen, die sie lieber für sich behalten würden."

„Er hatte etwas gegen Trucker in der Hand."

„Ja. Hunt sagt, es hat etwas mit einem Mord an einem rivalisierenden Biker zu tun. Es ist Ewigkeiten her, als Trucker jünger war. Mehr weiß er nicht. Hunts Informanten überhäufen ihn mit Hinweisen." Sie runzelte die Stirn. „Weitere Drogenlieferungen sollen schon bald in San Francisco ankommen."

Nomad verlor keine Zeit. „Das sagen meine Informanten auch."

Sie richtete sich auf und ihr Blick wurde schärfer. „Hattest du vor, mir das zu erzählen?"

„Ja."

„Wann?"

Gott, dieser zweifelnde Tonfall. Er hielt sein Handy hoch. „Ace hat gerade die Informationen durchgeschickt, während du telefoniert hast."

„Oh."

„Du bist nicht gerade vertrauensselig, was, Detective?"

Sie streckte ein langes Bein aus und trat ihm gegen das Schienbein. „Du bist eben ein zwielichtiger Typ, Norcross."

Er knurrte und fragte sich wieder, was sie unter seinem Shirt trug.

„Wir müssen die Transporte stoppen und den Stein finden, unter dem sich Nomad versteckt hat", sagte sie.

„Ich habe Ace darauf angesetzt. Wir werden die Drogenlieferungen abfangen und Nomad finden." Vander würde nicht zulassen, dass dieses Arschloch seine Stadt infiltrierte und zu seinem eigenen kleinen Drogenspielplatz machte.

Oder seine Frau angriff.

Seine Brust zog sich zusammen, aber er ließ das Gefühl zu. Ließ seine Gefühle für sie zu.

„Ich werde nicht zusehen, wie das Leben eines weiteren Teenagers vorzeitig beendet wird." Ihre hellblauen Augen leuchteten auf. „Wenn so junge Menschen verletzt oder getötet werden, das ist für mich das Schlimmste."

Er sah die Dunkelheit in ihren Augen. Diese vertraute Dunkelheit, die er jeden Tag im Spiegel sah.

Er streckte die Hand aus und nahm ihre. „Denke an die, die du gerettet hast."

Sie schluckte und musterte ihn. Ja, er wusste, dass sie seine eigene Dunkelheit sehen würde.

Verdammt, die Dinge, die er gesehen hatte. Die er getan hatte.

„Diese Überdosen setzen mir zu", sagte sie leise. „Kinder an der Schwelle zum Erwachsenwerden, kurz davor, in die Blüte ihres Lebens einzutauchen. So viel Potenzial. Aber der schlimmste Vorfall ist ein paar Wochen her." Sie strich mit dem Finger über das Kondenswasser auf ihrer Flasche. „Ich kam zu spät, um irgendein Arschloch von Stiefvater davon abzuhalten, seine kleine Tochter totzuschlagen. Das Mädchen war keine zwei Jahre alt. Er stand im Stardust-Rausch und drehte durch. Scheiße." Sie atmete tief durch.

„Ich weiß." Vander verstand sie. Er kannte das Gefühl der Hilflosigkeit. Das Gefühl des Versagens und der Verzweiflung, dass die Welt verloren war.

Sie nickte. „Du hast recht. Ich muss mich auf das Gute konzentrieren. Auf die Kinder, denen ich geholfen habe. Auf die Frauen, die ich gerettet habe. Auf die Männer, für die ich etwas tun konnte."

Ja, aber Vander wusste, dass es nicht immer so einfach war.

Er richtete seinen Blick nach innen. Er sah die

Gesichter jedes einzelnen der Männer, die er verloren hatte, jedes Feindes, den er getötet hatte, jedes Zivilisten, den er nicht hatte retten können.

„Hey." Brynn kroch auf seinen Schoß und streichelte seine Wange. „Bleib hier, bei mir."

Als er sie ansah, lächelte sie. Lächelte, als hätte er es verdient.

Sie strahlte von innen. Sie mochte die Dunkelheit gesehen haben, aber sie ließ ihr Licht nicht davon schwächen.

Sie stand auf. „Ich möchte noch einmal schwimmen gehen."

Sie zog sich das T-Shirt über den Kopf und endlich sah er, was sie darunter anhatte.

Sein Schwanz wurde sofort hart. Es war ein winziger Bikini, den wohl Gia dagelassen hatte. Er war rot und sehr knapp, mit Bändern an den Seiten und kleinen Dreiecken, die kaum Brynns Brüste bedeckten.

Sie drehte sich um und sprang gekonnt in den Teich.

Er sah ihr beim Schwimmen zu. Verdammt, er wäre schon glücklich, wenn er ihr beim Atmen zusehen könnte.

„Komm zu mir rein", rief sie.

Ihr Haar hatte sie nach hinten gestrichen und ihr Lächeln war eines, dem er nicht widerstehen konnte.

Verdammt. Er durfte in ihrer Nähe nicht den letzten Rest seiner Kontrolle verlieren. Es war zu gefährlich.

Er schüttelte den Kopf.

Sie schwamm auf ihn zu und lächelte immer noch.

Dann spritzte sie ihn nass.

Das kalte Wasser drang an seine Haut. Vander stand auf und sah zu, wie sie lachend davonschwamm.

Er verengte die Augen, dann zog er sein durchnässtes Shirt aus. Das erregte ihre Aufmerksamkeit.

Und als er sich seiner nassen Jeans und Boxershorts entledigte, starrte sie ihn an.

Er sprang in den Teich.

„Das schreit nach Rache", warnte er sie.

„Es war doch nur Wasser", sagte sie atemlos.

Als er neben ihr ins Wasser sprang, ergriff sie die Flucht. Sie jagten einander quer durch den Teich. Der Klang ihres Lachens drang in jede Faser seines Seins ein. Er erwischte sie am Knöchel, aber sie wand sich aus seinem Griff, schnell und geschmeidig.

„Komm schon, Norcross. Du wirst doch wohl ein bisschen schneller sein."

Sie schoss an ihm vorbei und ihr nasser Körper streifte seinen. Dann spritzte sie ihn wieder nass.

Er lächelte. *Die Zeit für Spielchen war vorbei.*

Vander stürzte sich auf sie.

In zwei Zügen war er hinter ihr, packte ihre Taille und zog sie mit dem Rücken an sich. Ihr Körper passte perfekt zu seinem.

Sie keuchte und lachte wieder. Sein harter Schwanz presste sich gegen ihren Hintern und ihr Lachen wich einem leisen Stöhnen.

„Was hast du jetzt vor?", flüsterte er in ihr Ohr und ließ eine Hand über ihren Bauch gleiten.

„Nichts." Sie wandte den Kopf und sah ihn an. „Ich bin genau da, wo ich sein will." Dann blinzelte sie und verträumte Bewunderung legte sich in ihre Züge. „Meine Güte, Vander. Ich liebe es, wenn du lächelst."

Erst jetzt bemerkte er, dass er sie anlächelte.

Er wollte sie.

Sie war wie ein Glühwürmchen, hell und schön, aber er wollte sie fangen und ganz für sich allein behalten.

Er drehte sie um und zog sie nach oben.

Eifrig schlang sie ihre Arme und Beine um ihn.

Vander verlor keine Zeit. Er brachte sie in Position und löste die Bänder ihres Bikinihöschens. Sein pochender Schwanz drang in einer geschmeidigen Bewegung in sie ein.

Er fing ihren überraschten Schrei mit seinem Mund auf und schob eine Hand in ihr nasses Haar. „Jetzt habe ich dich genau da, wo ich dich haben will."

Er stand breitbeinig da und hielt sie fest, als sie sich auf ihm zu bewegen begann. Wasser spritzte um sie herum.

„Halte dich gut fest, Detective."

„Ich lasse dich nicht los, Vander."

Dann trieb er sie beide in den Wahnsinn.

Die Realität würde sie schon bald wieder einholen, aber hier und jetzt gehörte sie ganz allein ihm.

ALS BRYNN am nächsten Morgen aufwachte, war sie von einem harten männlichen Körper schützend umschlungen.

Vander war wie ein Heizkörper an ihrem Rücken

und hatte einen Arm um sie geschlungen. Eine Hand umfasste ihre Brust.

So hatten sie die ganze Nacht geschlafen. Vander hielt sie fest an sich gedrückt, sein Körper schirmte ihren ab. Zumindest, wenn sie nicht gerade haufenweise heißen Sex hatten. Er hatte sie mehr als einmal geweckt.

Gott, das hier fühlte sich gut an.

So aufzuwachen, eng umschlungen mit diesem Mann ... ihr Herz machte Luftsprünge.

Jetzt musste sie nur noch Vander davon überzeugen, dass es richtig war.

Sie atmete seinen Duft ein. Sie zweifelte nicht daran, dass er Gefühle für sie hatte. Das Problem war vielmehr, dass er mit diesen Gefühlen und der Verletzlichkeit, die sie mit sich brachten, umgehen musste.

Einem Mann wie Vander, der darauf trainiert war, Risiken zu erkennen und zu eliminieren, würde es nicht gefallen, eine Schwachstelle zu haben.

Er musste darauf vertrauen, dass sie auf sich selbst aufpassen würde.

Langsam und vorsichtig drehte sie sich in seinen Armen, um sein unverschämt attraktives Gesicht zu betrachten. Es war zu schroff, um klassisch schön zu sein, aber der Mann war einfach unverschämt heiß. Die dunklen Bartstoppeln am Kinn ließen ihn noch gefährlicher wirken.

Eine träge Hitze durchströmte sie. An einigen empfindlichen Stellen hatten seine Bartstoppeln sie wund gescheuert und auch ein paar andere interessante Schmerzen plagten sie. Es hatte sie nicht überrascht, welch beeindruckendes Durchhaltevermögen Vander Norcross besaß.

Brynn war klar, dass es in ihrer Welt immer ein gewisses Risiko geben würde. Sie hatten beide Jobs, die Risiken mit sich brachten. Sie musste ihm die Vorteile zeigen. Es musste nicht immer nur Gefahr, böse Jungs und Stress in ihrem Leben geben.

Sanft presste sie ihren Mund auf seine Brust. Sie verteilte Küsse auf seiner gebräunten Haut, dann wanderte sie tiefer.

Der Mann war ein einziges Muskelpaket mit null Prozent Körperfett. Sie spürte, wie er sich bewegte und sich mit einer Hand durch die Haare fuhr.

„Guten Morgen." Seine Stimme war noch heiser vom Schlaf.

Sie sah zu ihm hoch und lächelte. „Guten Morgen. Gleich verwandle ich ihn von gut in großartig."

Das brachte ihr eines dieser seltenen Lächeln ein. „Wirklich?"

Sie schlang die Finger um seinen Schwanz und streichelte ihn. „Wirklich."

Sie glitt tiefer und kratzte mit den Zähnen über seinen Hüftknochen. Gott, diese *Bauchmuskeln*.

Vander bewegte sich und stemmte sich auf seine Ellbogen hoch. Sein Blick blieb an ihr hängen.

Brynn pumpte seinen steifen Schwanz und nahm ihn dann in den Mund.

Sein Stöhnen war leise und tief.

Sie ließ sich Zeit, wollte nichts übereilen. In diesem Moment, in diesem Bett, in seinem Haus im Wald, waren sie in einem kleinen, sicheren Kokon. Die Realität war weit weg.

Aber sie war sich schmerzlich bewusst, dass sie die Idylle stören würde, bevor sie beide bereit dafür waren.

Sie setzte Zunge und Lippen ein. Saugte fester an ihm.

„Verdammt, Brynn." Sein Körper spannte sich unter ihr an. „*Fuck.*"

Er bewegte sich, als wollte er sich aufrichten und versuchen, die Kontrolle zu übernehmen.

„Nein!" Sie löste ihren Mund von ihm und drückte seine Hände aufs Bett. Dieser Mann mochte es viel zu sehr, die Kontrolle zu haben. Besonders im Bett. Er ließ sie auf Erkundungstour gehen, aber es endete fast immer damit, dass er sie unter sich fixierte, bis sie kam. Er war gut darin, also würde sie sich nicht beschweren.

Aber dieses Mal würde sie *ihn* dazu bringen, loszulassen.

Sie klopfte ihm auf die Handgelenke. „Lass sie da liegen."

Seine dunkelblauen Augen blitzten auf, aber er sank wieder in die Kissen zurück.

Sie verspürte einen Anflug von Befriedigung.

Dann senkte sie den Kopf und nahm seinen schönen Schwanz noch einmal in den Mund.

„*Brynn.*"

Sein großer Körper bebte, aber er übernahm nicht die Führung. Stattdessen schlang er eine Hand um ihre, an der Basis seines harten Schwanzes. Sie bearbeiteten ihn gemeinsam und als sie zu ihm aufblickte, sah sie Feuer und so viel mehr in seinen ozeanblauen Augen.

„Ich bin nah dran", stöhnte er.

Sie beschleunigte das Tempo und saugte noch fester. Sein kräftiger Körper bäumte sich auf, sein Schwanz glitt tiefer und dann kam er in ihrer Kehle.

Als er wieder auf dem Bett zusammensackte, leckte sie ihn langsam sauber und arbeitete sich dann an seinem Körper hoch.

Es schockierte sie, wie sehr sie es genoss, ihn zu befriedigen. Sie schmiegte sich an ihn, erfüllt von Zufriedenheit.

„Es ist tatsächlich ein großartiger Morgen", sagte er.

Sie lächelte.

Er zog sie an sich und küsste sie wild.

„Ich werde Kekse backen", verkündete Brynn.

Er hob eine dunkle Augenbraue. „Zum Frühstück?"

Sie setzte sich auf. „Ja. Ich habe nicht oft Lust darauf, aber all diese Orgasmen dürften mich inspiriert haben."

Das brachte ihr ein weiteres Lächeln ein. Ihr Herz zog sich zusammen.

Jedes einzelne davon gab ihr das Gefühl, einen Preis gewonnen zu haben. „Ich habe vorhin Mehl und Zucker im Schrank entdeckt, als ich mich umgesehen habe. Was ist deine Lieblingssorte?" Ihr Blick wanderte zu seinem Bauch. „Oder isst du keine Kekse?"

„Chocolate Chip", sagte er.

„Dann Chocolate Chip."

Nach einer schnellen Dusche kramte sie eines von Vanders Hemden heraus und krempelte die Ärmel hoch. Sie fand auch Jeansshorts, die zwar ein klein bisschen zu eng waren, aber machbar.

Dann machte sie sich in der Küche an die Arbeit.

Kurze Zeit später schlenderte Vander herein. Er trug ein Paar marineblaue Cargoshorts und ein blaues Polohemd.

„Gibt es Neuigkeiten aus San Francisco?", fragte sie.

Er schüttelte den Kopf. „Ace arbeitet daran." Er setzte sich auf einen Hocker.

Sie schenkte ihm Kaffee ein. Schwarz, mit einem Stück Zucker.

Er sah sie an. „Du bist gut, Detective."

„Das bin ich."

Sie holte alle Zutaten heraus, die sie für die Kekse brauchte. Er hatte eine große Tafel Schokolade gekauft und sie brach sie in Stücke.

Er sah zu, wie sie die Zutaten zu einem Teig vermengte.

„Die Bruins haben übrigens die Sharks geschlagen", sagte er.

„Schade."

„Das heißt, dass ich unsere kleine Wette gewonnen habe."

Sie begann, den Teig zu Kugeln zu rollen und sie auf einem Backblech flachzudrücken. „Das heißt es wohl. Was schulde ich dir?"

Er beugte sich vor. „Exotische sexuelle Gefälligkeiten."

Sie grinste. „Du bist ein harter Verhandlungspartner, Norcross. Ich schätze, ich werde zahlen müssen."

„Ich komme darauf zurück." Er sah ihr zu, wie sie noch mehr Plätzchen formte. „Backst du gern?"

„Nur wenn ich mich inspiriert fühle. Ich habe nicht viel Zeit, um in der Küche zu experimentieren. Meine Mutter hat mir das Backen beigebracht. Meine

Schwester Naomi kann es am besten. Meine Kochkünste sind allerdings nichts Besonderes."

„Ich kann kochen", sagte er.

Brynn erstarrte. „Wie bitte?"

Seine Mundwinkel hoben sich. „Du weißt doch bestimmt, dass meine Mutter Italo-Amerikanerin ist. Sie schwor damals, dass alle ihre Kinder kochen lernen würden."

„Du kannst italienische Gerichte kochen?", hauchte Brynn.

Er lächelte. „Ja. Meine Spezialität ist selbst gemachter Pizzateig."

„Das wars, jetzt müssen wir definitiv heiraten."

Sein Blick wanderte zu ihr, ließ nicht von ihr ab.

Mit klopfendem Herzen bemühte sie sich, den Ausdruck auf ihrem Gesicht ruhig und zwanglos zu halten. Schließlich zwinkerte sie und drehte sich um, um das Blech mit Keksen in den Ofen zu schieben.

Sie stellte den Alarm ein und lehnte sich dann gegen die unaufgeräumte Insel. „Also, ich habe über einen Weg nachgedacht, wie wir Nomad finden können."

Vanders Gesicht wurde ernst. „Irgendwann finden wir ihn schon."

„Aber wie viele Menschen sollen bis dahin noch verletzt werden? Wie viele Teenager nehmen noch eine Überdosis?"

„Brynn –"

Sie schüttelte den Kopf. „Ich habe eine Idee. Wir locken ihn aus seinem Versteck."

Vander betrachtete sie mit dem für ihn typischen, intensiven Blick.

„Er ist auf mich fixiert", sagte sie. „Er denkt, ich bin ein Spitzel."

Vander zog die Augenbrauen zusammen.

„Er will Rache. Das ist eine große Sache bei den Wanderers. Also ... benutzt du mich als Köder, um ihn herauszulocken."

Eine Sekunde lang war Vander wie erstarrt.

Dann sprang er auf. „*Nein*."

KAPITEL FÜNFZEHN

Brynn rüstete sich für den Sturm. „Vander, wir –"
Er schüttelte vehement den Kopf. „Auf keinen Fall."

Sie kämpfte um die Kontrolle über ihre eigene Wut. „Ich bin ein Cop. Das ist alles, was ich jemals sein wollte. Ich wollte den Menschen helfen, so wie mein Dad es getan hat."

Ein Muskel in Vanders Kiefer zuckte.

„Mein Vater liebte es, Polizist zu sein. Die Kinder malten ihm Bilder, die Leute brachten ihm Kekse und Kuchen, um sich zu bedanken. Ich vergötterte ihn." Sie schluckte. „Jeden Tag versuche ich, seinem Andenken gerecht zu werden und ihn stolz zu machen."

Vander schwieg einen Moment lang. „Sagst du mir, was mit ihm passiert ist?"

„Das weißt du doch längst. Das Wichtigste habe ich dir gesagt und der Rest steht doch sicher in irgendeiner Akte, die du über mich zusammengestellt hast." Ihr Magen zog sich zusammen.

„Aber ich habe es nicht aus deinem Mund gehört."

Sie sog Luft in ihre Lungen. Der Schmerz war schon lange da, aber er tat immer noch so weh. „Sein Partner fing an, Bestechungsgelder anzunehmen. Ein bisschen hier, ein bisschen da. Um die Rechnungen zu bezahlen. Damit seine Kinder aufs College gehen könnten." Sie schloss für einen Moment die Augen. „Ein Deal ging schief und mein Vater erwischte ihn. Dad wurde erschossen. Drei Kugeln in die Brust. In der einen Minute war er noch da, so groß und so lebendig, und in der nächsten war er weg."

„Ich weiß, wie sich das anfühlt."

Ja, Vander hatte Männer verloren, an deren Seite er gekämpft hatte. Er kannte diesen Schmerz.

„Ich kann nicht danebenstehen und zusehen, wie böse Menschen mit schrecklichen Taten davonkommen. Mein Vater hat es auch nicht getan. Ich kann mich nicht verstecken." Sie ging auf Vander zu. Sein Körper war steif, sein Kiefer hart wie Stein. „Nicht einmal dir zuliebe."

„Es muss einen anderen Weg geben." Sein Ton war rasiermesserscharf.

„Ich werde der Köder sein, aber wir werden alles planen. Hunt, du und ich. Wir werden keine unnötigen Risiken eingehen." Sie drückte ihre Hände auf seine Brust. „Wir können Tony Garcia ausfindig machen und zur Strecke bringen. Es ist jedes Risiko wert."

„Nicht für mich."

Sein Körper war angespannt und sie sah, wie fest er die Zähne zusammenbiss. „Vander –"

Er bewegte sich blitzschnell und eine große Hand umschloss ihre Kehle. Sie erstarrte und er lehnte sich vor.

„Weißt du, was er mit dir machen wird?"

„Er wird mich nicht kriegen."

Vander schüttelte den Kopf und in seinen Augen kochten schreckliche Emotionen hoch. „Ich weiß, dass du bei deiner Arbeit schreckliche Dinge gesehen hast, aber du kannst dir nicht einmal annähernd vorstellen, was Menschen einander, geschweige denn ihrem Feind, in einem Kriegsgebiet antun."

„Denk nicht daran", flüsterte sie. „Ich bin hier, Vander."

Er zog sie an sich. „Und du sollst auch hier bleiben. Du sollst leben."

Gott. Ihr Mann. Sie schlang ihre Arme um ihn.

„Ich muss Nomad zur Strecke bringen. Das ist mein Job. Dazu wurde ich geboren. Wenn du versuchst, mich einzusperren, wird es mich umbringen. Ich brauche dich an meiner Seite, Vander, nicht in meinem Weg." Sie sah zu ihm auf, sah, wie er grübelte. „Wenn ich diese Sache dir überlassen und die Jungfrau in Nöten spielen würde, würdest du nicht dasselbe für mich empfinden."

„Du würdest dich selbst hassen", sagte er leise. *„Verflucht."* Er holte tief Luft. „Ich *hasse* das. Dich wie einen saftigen Köder in der Luft baumeln zu lassen."

„Glaubst du, ich kriege es nicht hin?" Sie hielt den Atem an.

Er zog sich von ihr zurück und seine dunklen Augen funkelten. „Oh, ich weiß, dass du es hinkriegst, aber das bedeutet nicht, dass es mir gefallen muss."

Sie spürte, wie ihr warm wurde, und empfand noch

ein weiteres Gefühl, für das sie noch nicht wirklich bereit war.

Sein Blick wanderte über ihr Gesicht, dann gab er einen leisen Laut von sich. Er zog sie zu einem harten, heftigen Kuss heran.

Oh. *Gott.*

Sie klammerte sich an ihn. Der Kuss war wie ein Sturm, der ohne jede Vorwarnung über sie hereinbrach, sie von den Beinen fegte und mit sich riss. Er schob sie vor sich her.

Brynn erwiderte seinen Kuss und der tiefe, hungrige Laut, den er von sich gab, bescherte ihr eine wohlige Gänsehaut.

Entfachte tiefe, dunkle Sehnsüchte.

„Ich brauche dich", sagte er.

„Dann nimm mich."

Sein Mund war wieder auf ihrem, seine Hände überall. Er umfasste ihre Brüste und sie stöhnte in seinen Mund.

Mit seinen kräftigen Armen drehte er sie ruckartig herum und im nächsten Moment fand sie sich über den Esstisch gebeugt wieder.

Sie keuchte und spürte, wie er ihre Shorts mit einem Ruck nach unten zog.

Ja. *Ja.* Eine wilde Welle der Erregung durchfuhr sie. Sie spannte ihre Schenkel an, ihr Höschen war bereits feucht.

Empfindungen überfluteten sie – ihr Atem ging schnell, ihre Haut fühlte sich heiß an. Vanders Mund war an ihrem Ohr, an ihrem Hals. Er biss sie und sie drückte sich an ihn.

Er zog ihr die Shorts bis zu den Knien hinunter und schob dann das Hemd hoch, das sie trug. Er legte seine Hände auf ihren nackten Hintern und gab einen tiefen, gequälten Laut von sich.

Dann packte er ihre Arme und zerrte sie hinter ihren Rücken. Ihr Oberkörper wurde auf den Tisch gepresst, ihre Wange an das Holz.

Er fixierte ihre beiden Handgelenke mit einer Hand an ihrem unteren Rücken. Sie testete seinen Halt und sein Griff wurde fester. Er würde nicht loslassen. Sie spürte, wie er seine Shorts öffnete.

Brynn schnappte nach Luft und biss sich auf die Lippe.

„Fuck. *Fuck*." Er befreite seinen Schwanz und dann war er mit einem einzigen Stoß tief in ihr.

„Oh ... *Vander*."

Er zog sich zurück und stieß sich erneut in sie. Sowohl Brynns Körper als auch der Tisch bebten. Mit gleichmäßigen, kraftvollen Stößen nahm er sie in Besitz.

Und sie liebte es.

Sie neigte ihr Becken und versuchte, mehr von ihm aufzunehmen.

Seine Stöße waren unerbittlich und jeder einzelne davon schickte köstliche, elektrisierende Schockwellen durch ihren Körper. Sie spürte, wie sich der Druck aufbaute. Wie sich ihr Innerstes immer mehr anspannte.

Er behielt sein Tempo bei und ihr Höhepunkt überwältigte sie – schnell und heftig.

Als sie sich ihrer Lust hingab, schrie sie seinen Namen. Sie bebte unter ihm und ihre Pussy klammerte sich um seinen Schwanz.

Er knurrte und stieß tief zu. Sein Körper bedeckte den ihren. Sie hörte, wie er durch seinen eigenen Orgasmus stöhnte.

Dann ließ er ihre Hände los und beugte sich über sie. Seine Lippen berührten ihren Hals.

Seine Brust hob sich schwer. Noch immer berauscht von den letzten Wellen ihrer Erlösung, lächelte sie. Sie war so verdammt glücklich, dass sie so viel aus diesem Mann herausholen konnte.

Aus ihrem Mann.

Sie stieß einen glücklichen Seufzer aus.

„Tut mir leid", sagte er.

„Muss es nicht."

„Ich war grob."

„Ich weiß. Es war sensationell."

Das entlockte ihm ein überraschtes Lachen. Er zog sich aus ihr zurück und sie biss sich auf die Lippe. Seine Hände strichen über ihren Rücken.

„Ich habe dir nie gesagt, dass mir dein Tattoo gefällt." Er berührte die Wölbung ihrer rechten Pobacke.

„Danke." Sie hatte dort ein kleines Herz mit einer blauen Linie hindurch. Ein Symbol für den Job, den sie liebte. Sie war zu wacklig auf den Beinen, um sich zu bewegen. „Ich denke, ich werde hier ein kleines Nickerchen machen."

Er drehte sie um und hob sie hoch, als wäre sie leicht wie eine Feder. Sie quietschte erschrocken auf.

Als er sich auf die Couch fallen ließ und sich dann mit ihr darauf ausstreckte, schmiegte sie sich an ihn.

„Geht es dir jetzt besser?", fragte sie.

Er seufzte. „Wir planen diese Operation bis ins kleinste Detail."

Sie nickte.

„Wenn ich das Gefühl habe, dass die Sache schief-läuft, bist du raus. Punkt."

Sie sah die Angst in seinen Augen. Normalerweise verbarg er sie so gut, aber sie war eine Expertin darin geworden, Vander Norcross zu lesen.

„Okay", stimmte sie zu.

Sie spürte, wie sich sein Körper entspannte.

„Und du schuldest mir jetzt zusätzliche sexuelle Gefälligkeiten", fügte er hinzu.

Sie biss sich auf die Lippe, um nicht zu grinsen. „Abgemacht."

„Ich wollte wirklich nicht so grob sein." Er strich ihr über den Kiefer.

„Doch, wolltest du. Und es hat mir gefallen." Sie rieb ihre Nase an seiner. „Da ist allerdings noch eine Sache, die ich brauche."

„Welche denn?"

„Einen Keks."

Der Ofen piepte.

Er schüttelte den Kopf. „Du tust nie, was ich erwarte."

Sie grinste ihn an. „Das wird sich nie ändern, Norcross, also gewöhn dich daran. Und jetzt, Kekse."

VANDER SASS am Tisch und blickte abwechselnd auf das Tablet, den Laptop und die vor ihnen ausgebreiteten Notizblöcke.

Brynn saß neben ihm, hatte einen Fuß auf dem Stuhl angewinkelt und ihr Kinn ruhte auf ihrem Knie, während sie auf dem Ende eines Stiftes kaute.

Vander wurde mit einem Problem konfrontiert, das er noch nie zuvor gehabt hatte: Konzentrationsschwierigkeiten.

Er dachte immer wieder daran, wie er Brynn auf diesem Tisch gefickt hatte. Es störte seine Konzentration. Alles, was er sehen konnte, waren ihr nackter Hintern und ihr heißer Körper, der seinen Schwanz nahm.

Sie machte ein Geräusch und kritzelte etwas auf einen Notizblock. „Aces Informationen über Nomad sind gut. Er hat in seinem alten Club in Arizona zu viel Druck und Probleme gemacht."

„Also hat sein Boss ihn losgeschickt, um anderswo Ärger zu machen." Nur hatte er sich die falsche Stadt ausgesucht.

Sie machte sich eine weitere Notiz. „Der ideale Ort, um ihn herauszulocken, darf nicht einsehbar sein. Ich muss allein reingehen, aber du und die Jungs und ein paar Undercover-Cops müssen in der Nähe warten."

Vander hatte gelernt, dass Brynn es liebte, Dinge aufzuschreiben, obwohl sie kein Problem mit der Technik hatte.

Er hasste diesen Plan immer noch.

Sie als Köder für Nomad zu benutzen, ging ihm schwer gegen den Strich.

„Du trägst einen Peilsender", sagte er.

Sie sah auf. „Ich –"

„Das ist nicht verhandelbar. Ace hat mikroskopisch kleine. Die kann niemand finden."

„Ich –"

„Keine Widerrede", sagte er und seine Stimme war ein drohendes Knurren.

Sie beugte sich vor und drückte ihm die Hand auf den Mund. „Ich wollte gerade sagen, dass ich einverstanden bin."

Er hob eine Augenbraue und sie ließ ihre Hand sinken.

„Du willst mich doch aufziehen", sagte er.

„Nein, Vander, ich tue etwas, damit sich mein Mann ein bisschen wohler bei der Sache fühlt."

Verdammt, er hatte das Gefühl, dass sie direkt in ihn hineinsehen konnte. Das gefiel ihm gar nicht. Er hatte es fast sein ganzes Leben lang vermieden, anderen seine Gedanken und Gefühle zu offenbaren.

„Dein Mann?", fragte er.

Sie stand auf und setzte sich auf seinen Schoß. „Nun, wenn ich deine Frau bin, dann bist du automatisch mein Mann. Freund klingt *viel* zu wenig erwachsen."

Er war noch nie jemandes Freund gewesen, nicht einmal in Schulzeiten. Er ließ eine Hand über ihren Schenkel gleiten.

Sie grinste. „Soll ich mir auf die Brust schlagen? Ich Brynn, du Vander. Du –"

Er küsste sie fest auf ihre große Klappe. „Du bist eine Unruhestifterin."

Sie wirkte ein wenig verträumt und atemlos. Es war

seine neue Lieblingsbeschäftigung, den kompetenten Detective ein wenig durcheinander zu bringen.

„Ja", sagte sie. „Aber ich gehöre ganz dir."

Er spürte, wie ihn diese Worte mitten in die Brust trafen. „Das tust du."

Und jetzt musste er einen Weg finden, für ihre Sicherheit zu sorgen. Vor allem, nachdem sie mit Anlauf und Hals über Kopf in Schwierigkeiten geraten war.

Er fasste ihr Kinn und küsste sie erneut. Ohne zu zögern. Sie schmiegte sich an ihn und erwiderte seinen Kuss. Er schob eine Hand unter ihr Hemd – sein Hemd, genau genommen.

Plötzlich erfüllte leises, männliches Glucksen, gefolgt von einem erstickten Laut, den Raum.

Vander drehte seinen Kopf ruckartig zu dem Laptop auf dem Tisch.

Ein lachender Ace, ein höchst amüsierter Saxon und ein ziemlich angepisster Hunt blickten ihnen vom Bildschirm aus entgegen.

„Ups." Brynn küsste Vander ein letztes Mal und kletterte dann zurück auf ihren Stuhl.

„Wie ich sehe, ist es wirklich hart für euch, dass ein Kopfgeld auf euch ausgesetzt wurde und ihr euch verstecken müsst", sagte Saxon trocken.

Vander zeigte seinem Freund den Stinkefinger, dann richtete er seinen Blick auf Hunt.

Das Gesicht des Detectives war wie versteinert, als er sie anfunkelte.

Brynn lehnte sich vor. „Bitte, ihr könnt euch nicht über den Computer prügeln." Sie zeigte auf ihren Cousin. „Und das hier geht dich nichts an."

„Das werden wir noch sehen." Hunt fixierte Vander mit einem harten Blick. „Du solltest sie beschützen."

„Das tue ich."

„Du und ich werden uns noch unterhalten."

Vander nickte.

„Nein, werdet ihr nicht", sagte Brynn mit einem wütenden Funkeln in den Augen.

„Doch, werden wir", knurrte Hunt.

Sie kniff die Augen zu engen Schlitzen zusammen.

„Das ist eine Männersache", sagte Vander ihr. „Du hast nicht die richtigen Körperteile, um es zu verstehen."

Sie verdrehte die Augen. „Nein, tatsächlich habe ich ein Gehirn, das ich benutze."

Außerhalb der Sichtweite der Kamera kniff er ihr in den Hintern. Dann sah er wieder auf den Bildschirm. „Ich nehme an, ihr habt etwas für uns."

„Sofern du es schaffst, dich von der schönen Polizistin loszureißen", sagte Ace mit einem reuelosen Grinsen im Gesicht.

Hunt drehte sich zur Seite und starrte Vanders Technik-Guru an.

„Was habt ihr?", fragte Vander.

„Heute Abend kommt eine Drogenlieferung an. Eine große."

Brynn beugte sich vor. „Wo?"

„Ein Nachtclub wird neu eröffnet", sagte Saxon. „Die *Kathedrale*. Er war wegen einer kompletten Renovierung geschlossen. Es ist ein mehrstöckiger Club. Viele Lichter und viele Menschen."

Für Vander klang es wie die Hölle. „Und?"

„Er gehört zwei jungen Kerlen. Brownlee und Lindsey. Sie haben einen Haufen privater Investoren aufgetrieben, um den Umbau zu finanzieren. Nicht alle der Investoren sind aufrechte Bürger."

Vander beugte sich vor. „Einer von ihnen könnte einen Deal gemacht haben. Damit einer ihrer Privatinvestoren im Club mit Drogen handeln kann."

Brynn tippte mit den Fingern auf den Tisch und legte die Stirn in Falten. „Es ist die Art von Ort, die eine gehobene Klientel anzieht, mit einer Menge Bargeld. Das man ihnen nur aus der Tasche ziehen muss."

„Sie werden also heute Abend liefern?", sagte Vander.

Saxon nickte.

„Wir können nicht zulassen, dass das Zeug den Club überschwemmt oder auf die Straße gelangt", sagte Hunt. „Und es besteht die Möglichkeit, dass der Fahrer weiß, wo Nomad ist."

„Wir brauchen einen Plan", sagte Saxon.

„Ich kann ein paar verdeckte Ermittler einschleusen", sagte Hunt.

„Sie müssen sich gut tarnen", warnte Vander. „Nomad wird diese Übergabe mit Argusaugen überwachen."

„Habt ihr eine Ahnung, wie der Stoff geliefert werden soll?", fragte Brynn.

Die drei Männer schüttelten die Köpfe.

„Vermutlich mit einem Lieferwagen." Vander runzelte die Stirn. „Und fertig für eine einfache Lieferung verpackt."

Zur Hölle. Wenn sie es vermasselten, gelangte all das

Stardust direkt in die Hände junger Leute und zweifellos auch in die von Minderjährigen.

„In Ordnung", sagte Vander. „Wir müssen unsere Leute in den Club einschleusen. Haltet Ausschau nach allem. Hunt hat das Kommando."

Der Detective nickte. „Wir wollen die Drogen beschlagnahmen, den Fahrer verhaften und dann kann ich Brownlee und Lindsey zum Verhör ins Präsidium bringen."

„Ace", sagte Vander. „Sieh zu, was du sonst noch herausfinden kannst."

Brynn lehnte sich näher an den Bildschirm. „Ich will dabei sein."

Vander runzelte die Stirn. „Nomad sucht nach dir."

„Nach uns. Und es ist mir egal. Das hier ist *mein* Fall und ich werde nicht zulassen, dass diese Drogen in Umlauf geraten." Sie begegnete seinem Blick. „Ich werde nicht zulassen, dass Nomad uns zwingt, uns für immer zu verstecken."

„Es ist zu gefährlich."

Sie lächelte. „Nicht, wenn wir verdeckt arbeiten." Sie legte den Kopf schief. „Spielst du gern Verkleiden, Norcross?"

Er verschränkte die Arme vor der Brust. „Nein."

„Mach dir keine Sorgen. Wenn ich fertig bin, wird uns niemand mehr erkennen."

Ach, verdammt. Wenn er versuchte, sie aufzuhalten, würde sie nur einen Weg finden, trotzdem in den Club zu gelangen.

Und wo auch immer Brynn war, er blieb in ihrer Nähe. Außerdem wollte er selbst auch dabei sein.

„Wir wollten sowieso zurückkommen", fuhr sie fort. „Wir haben einen Plan, um Nomad aus seinem Versteck zu locken."

Hunt runzelte die Stirn. „Und wie wollt ihr das anstellen?"

„Mit mir als Köder."

„Nein!" Ihr Cousin warf Vander einen bohrenden Blick zu. „Hast du der Sache zugestimmt?"

„Nein. Aber hast du schon mal versucht, mit ihr zu diskutieren?"

Brynn hob ihr Kinn an. „Als erwachsene Frau, die zufällig der für diesen Fall zuständige Detective ist, treffe ich meine eigenen Entscheidungen." Sie schenkte ihm ein kleines Lächeln. „Und möglicherweise waren sexuelle Gefälligkeiten im Spiel."

Ace und Saxon grinsten und Hunt gab einen gequälten Laut von sich.

„Wir sehen uns im Büro", sagte Vander.

Hunt runzelte die Stirn. „Die Wanderers werden dein Büro bewachen lassen."

„Es gibt einen Nebeneingang. Sie werden uns nicht sehen."

„Bist du dir da sicher?", fragte Hunt.

„Ich bin mir sicher. Wir sehen uns in ein paar Stunden und dann crashen wir eine Nachtclub-Eröffnung."

KAPITEL SECHZEHN

Brynn saß auf dem Beifahrersitz des robusten Mercedes Geländewagens, als Vander sie zurück in die Stadt fuhr.

Es gefiel ihr nicht, das Haus im Wald verlassen zu müssen, aber sie hatte sich geschworen, mit ihm wiederzukommen. Sie konnte ein wenig mehr Ruhe vertragen und Vander zweifellos auch.

In einem überfüllten Ferienresort würde er sich nie ganz entspannen, aber ruhige Wochenenden am Teich ... ja, damit konnte sie leben.

Sie blickte in seine Richtung und seufzte leise. Sie könnte diesem Mann den ganzen Tag beim Fahren zusehen. Obwohl – sie starrte auf seine starken Hände am Lenkrad – jetzt, wo sie wusste, was er mit diesen Händen anstellen konnte, wie sein Körper nackt aussah und wie fantastisch seine Ausdauer war, fielen ihr auch andere Dinge ein, mit denen sie sich die Zeit vertreiben könnten.

Sie war fest entschlossen, diesen Mann so sehr zu

verzaubern, dass er jeden Ärger und jede Komplikation wollte, in die sie zusammen geraten konnten.

„Brynn, sieh mich nicht so an, sonst muss ich rechts ranfahren."

Er starrte geradeaus, ohne sie auch nur anzusehen.

„Tut mir leid", sagte sie. „Wenn wir mehr Zeit hätten, würde ich das Angebot definitiv annehmen."

Seine Lippen verzogen sich zu einem Lächeln. „Hier drin ist nicht viel Platz."

„Nein, aber ich bin gelenkig."

Sie sah, wie sich seine Finger enger um das Lenkrad schlossen. Er blickte in ihre Richtung. Er trug eine verspiegelte Sonnenbrille, die ihn noch heißer machte.

„Leider muss ich meine Gelenkigkeit später unter Beweis stellen", sagte sie. „Wenn wir nicht gerade eine Drogenlieferung abfangen müssen."

„Ja." Die tiefe Stimme hatte diese tödliche Schärfe, die sie so sehr liebte.

Als sie in die Stadt fuhren, spürte sie eine kaum wahrnehmbare Spannung in ihrem Körper. Auf sie beide war ein Kopfgeld ausgesetzt. Jeder Verbrecher in der Stadt würde nach ihnen suchen und vom großen Zahltag träumen.

Endlich erreichten sie South Beach. Vander hielt vor einem Bürogebäude in der Nähe der Zentrale von Norcross Security. Er tippte auf einen Knopf auf seinem Armaturenbrett und das Tor zu einer Parkgarage öffnete sich. Er fuhr die Rampe hinunter.

Brynn sah ihn an und zog eine Augenbraue hoch.

„Ich habe in diesem Gebäude ein Büro gemietet." Er fuhr auf einen reservierten Parkplatz und stellte den

Motor ab. „Komm schon." Er schulterte einen kleinen Rucksack und stieg aus.

Sie stieg aus und folgte ihm durch die Garage. Mehrere Autos waren darin geparkt und ihre Schritte hallten auf dem Betonboden wider. Er ging an den Aufzügen vorbei und führte sie zu einer unscheinbaren Tür mit der Aufschrift „Technikraum". Er tippte einen Code in das Touchpad eines elektronischen Türschlosses, das daraufhin piepte.

Er öffnete die Tür und winkte sie hinein.

Es war ein kahler, leerer Korridor, mit ein paar Rohren an der Decke. Er führte sie zu einer weiteren Tür und schloss sie mit einem schweren, großen Schlüssel auf.

Dahinter war nichts als undurchdringliche Finsternis.

„Ich hoffe, du hast nicht vor, das Kopfgeld auf mich zu kassieren, Norcross."

„Ich kann mir schönere Dinge vorstellen, die ich mit dir anstellen will, Detective." Er holte etwas aus seinem Rucksack und knipste eine große, robust wirkende Taschenlampe an. Der starke Lichtkegel durchbrach die Dunkelheit.

Brynn erkannte einen kahlen Tunnel mit einer gewölbten Decke. Vander marschierte los.

„Was ist das hier?", fragte sie.

„Ein alter Abwasserkanal. San Francisco hat viele alte Tunnel, von Abwasserkanälen bis zu alten Bunkern aus dem Zweiten Weltkrieg." Der Tunnel machte eine leichte Biegung. „Keine Sorge. Dieser hier ist jetzt vom aktiven Abwassersystem abgeschnitten."

Sie gingen weiter. Der Tunnel machte noch ein paar Kurven, bevor er vor einer stabilen Metalltür endete. Er entriegelte ein Vorhängeschloss und stieß die Tür auf, die lautstark quietschte.

Sie betraten eine andere Parkgarage. Diese war mit einer Reihe sexy schwarzer Geländewagen gefüllt.

Sie drehte sich um und sah ihn an. „Du hast einen geheimen, unterirdischen Tunnel zu deinem Büro."

Vander knipste die Taschenlampe aus. „Ja."

„Du bist ein paranoider, verschlossener Mann."

„Ich bin ein vorsichtiger, gut vorbereiteter Mann."

„Sicher, glaub das nur, Norcross."

Sie gingen nach oben, wo bereits das gesamte Norcross-Team zusammen mit Hunt auf sie wartete.

„Brynn." Ihr Cousin umarmte sie und warf dann Vander einen tödlichen Blick zu.

Vander hob nur eine Augenbraue.

Hunt berührte sanft die Blutergüsse in ihrem Gesicht.

„Es tut nicht weh." Sie hatte noch ein paar Schmerztabletten genommen, bevor sie aufgebrochen waren. „Ich muss das stark deckende Make-up verwenden, um die blauen Flecken abzudecken."

„Hattet ihr Probleme während der Fahrt?", fragte Saxon.

„Nein", antwortete Vander. „Lasst uns diese Mission planen."

„Ich habe den Grundriss des Clubs aufgetrieben", sagte Ace.

Sie gingen in sein Büro.

„Die *Kathedrale* hat vier Stockwerke. Jedes bietet eine andere Atmosphäre."

Brynn betrachtete die PR-Fotos des Clubs. Überall waren bunte Lichter zu sehen.

„Junge", sagte Vander.

„Wer will trinken, während er geblendet wird?", fragte Saxon.

„Junge Leute", sagte Brynn trocken.

Vander runzelte die Stirn, während er die Fotos betrachtete. „Waren werden im untersten Stockwerk angeliefert."

„Ja. Ich habe mich bereits in die Überwachungskameras gehackt und überwache die Rampen." Ace lehnte sich zurück. „Es wurden bereits eine Menge Lebensmittel und Alkohol angeliefert."

Brynn nickte. „Dann konzentrieren wir uns auf die untere Etage."

„Es ist zu gefährlich für dich, da reinzugehen", sagte Hunt.

Sie stützte eine Hand auf ihre Hüfte. „Ich ermittle seit mehreren Jahren verdeckt, Hunt. Niemand wird wissen, dass ich es bin." Sie warf Vander einen Blick zu. „Und Vander kriegt das zweifellos genauso hin."

Hunt sah nicht glücklich aus.

„Wen bringst du vom Team rein?", fragte sie.

„Wilson und Patel."

„Gute Wahl." Mit beiden hatte sie schon zusammengearbeitet.

„Und Saxon, Rhys und ich werden uns auch unter die Leute mischen", sagte Vander. „Ace wird die Kommunikation von hier aus übernehmen."

„Es wird zu laut für unsere Kopfhörer sein", sagte ihr Technik-Ass. „Also stellt eure Handys auf Vibration."

Hunt blickte auf seine Füße und atmete tief durch.

„Sie erhält von allen Seiten Rückendeckung", sagte Vander.

Brynn schnappte empört nach Luft. „*Sie* ist eine gut ausgebildete, erfahrene Polizistin. Sie kann auf sich selbst aufpassen." Sie stieß Vander in die Brust. „Erinnerst du dich an unser Gespräch? An meiner Seite, nicht in meinem Weg."

Sein Blick blieb an ihren Lippen hängen. „Ich erinnere mich."

„Gut." Sie verspürte einen Anflug von Erregung, zeigte es aber nicht.

Dann tat er etwas für ihn sehr Untypisches. Er packte sie und küsste sie vor all den Männern. Es war kein langer Kuss, aber er war fest.

Hunt murrte etwas.

Sie kämpfte gegen eine äußerst unangebrachte Welle der Lust an – nicht gut, solange sie von den Freunden und Angestellten ihres heißen Kerls und ihrem eigenen Cousin, der fast wie ein Bruder war, umringt war – und wandte sich an Hunt.

Er starrte Vander an.

„Du und ich, wir müssen reden", sagte Hunt.

Diesmal stieß sie ihren Cousin an. „Wegen des Jobs im Club?"

„Nein."

„Du sprichst nicht mit ihm über mein Sexleben."

Hunt zuckte zusammen.

„Selbst wenn ich mit jedem Mann in diesem Raum Sex haben wollte, ginge es dich noch immer nichts an."

Saxons verhaltenes Lachen war sehr ansprechend. Ace und Rhys grinsten. Vander machte ein finsteres Gesicht und sah nicht gerade begeistert aus.

„Ist schon gut, Vander", sagte sie. „Ich will es nur mit dir tun."

Diesmal lachte Saxon herzhaft auf und Rhys stimmte mit ein. An Hunts Schläfe pochte eine Ader.

„Sollen wir jetzt über die Arbeit reden?", fragte sie dann zuckersüß.

Hunt sah Vander an. „Sie hat schon immer Ärger gemacht."

„Ist mir aufgefallen", sagte Vander und ein langsames Lächeln breitete sich auf seinem Gesicht aus. „Ich mag Ärger."

Oh Gott, sie war vor ihrem eigenen Cousin scharf auf ihn.

Sie räusperte sich. „Hast du meine Tasche?"

Hunt nickte in Richtung des großen Seesacks, der an der Wand hing.

„Hast du alles eingepackt, worum ich dich gebeten habe?"

„Ja", sagte ihr Cousin.

„Danke. Dann werde ich mich mal für den Club fertig machen."

„Wir müssen hier noch ein paar Details klären", sagte Vander. „Geh nach oben."

Brynn nahm den Seesack und machte sich auf den Weg nach oben zu Vanders Loft. Sie musste sich auf den Job konzentrieren. Mit diesem Problem war sie noch nie konfrontiert gewesen, aber es fiel ihr schwer, nicht an Vander zu denken.

Sie stellte ihre Tasche im Gästebad ab und zog den Reißverschluss auf.

Schnell öffnete sie eine Innentasche und holte ein Foto von sich und ihrem Dad heraus. Sie war mitten in ihren verwirrenden Teenagerjahren. Als sie das Bild betrachtete, lächelte sie und verspürte einen Hauch von wehmütigem Schmerz. Gott, er fehlte ihr.

„Ich hoffe, du bist stolz auf mich, Dad." Die letzten Jahre waren für sie harte Arbeit gewesen. Sie hatte es sich zum Ziel gemacht, zum Detective befördert zu werden, und jetzt musste sie beweisen, dass sie noch dazu ein verdammt guter war. Sie nahm sich nur selten Zeit, zur Ruhe zu kommen oder einfach nur zu atmen.

Sie dachte daran zurück, wie sie mit Vander im Teich geschwommen war und sie sich im kühlen Wasser geliebt hatten. Dabei hatte sie sich entspannt.

„Du würdest ihn mögen, Dad. Oh, du wärst stinksauer, dass er dein kleines Mädchen anfasst, aber ich fasse ihn auch an. Ich bin jetzt erwachsen."

Sie hoffte, dass er zusah, wo immer er war. Nun, nicht beim Sex. *Igitt.*

Brynn steckte das Bild zurück in die kleine Innentasche. Okay, Zeit für ihre Verwandlung.

Sie hatte eine Menge Tricks gelernt, seit sie undercover zu arbeiten begonnen hatte. Weniger ist mehr. Es kam mehr auf die Körpersprache und die Körperhaltung an als auf das, was man tatsächlich trug. Die Leute neigten dazu, das zu sehen, was sie sehen wollten.

Sie schlüpfte in ein sehr kurzes, sehr glitzerndes

Kleid in einer Farbe, die blau, grau oder ein dunkles Silber hätte sein können. Sie zappelte, bis die Mädels in dem sehr tiefen Ausschnitt richtig saßen.

„Bitte fallt nicht raus", flüsterte sie, während sie ein Stück Klebeband einsetzte.

Sie holte ihre Perücke heraus und setzte sie auf. Dann begann sie damit, sich zu schminken. Sie benutzte eine Menge Camouflage-Make-up, um ihre blauen Flecken zu verdecken, und sparte nicht an Lidschatten und Kajal. Knallrote Lippen vervollständigten den Look. Sie steckte sich ein paar lange, baumelnde, silberne Ohrringe in die Ohren – sie reichten ihr fast bis zu den Schultern. Dann setzte sie sich auf den Toilettensitz und zog die Riemen ihrer sexy High Heels fest. Sie waren schwarz, mit glänzendem Silber um die Knöchel.

Sie wünschte, sie könnte die Stöckelschuhe vermeiden, aber bei einer schicken Club-Eröffnung war das keine Option. Sie richtete sich auf, betrachtete sich im Spiegel und schnitt eine lustige Grimasse.

Ihre Mutter würde an ihr vorbeigehen, ohne sie zu erkennen. *Ausgezeichnet.* Zeit, loszulegen.

Sie öffnete die Tür.

Vander stand im Wohnzimmer und schloss die Manschette seines marineblauen Hemdes, das leicht transparent war. Es steckte in einer taillierten, grauen Hose. Sehr modisch und ganz und gar *nicht* Vander. Oh, er kleidete sich gut, aber normalerweise trug er viel klassischere Outfits.

Er drehte sich um, entdeckte sie und erstarrte.

Oh, Gott. Er hatte sein Haar gestylt und ... etwas

hineingetan, um es aufzuhellen. Die Strähnen schimmerten golden.

Und er trug eine Brille mit dunklem Rahmen, eine Lederkette, die sich fantastisch von seiner bronzefarbenen Haut abhob, und einen großen schwarzen Ring an einer Hand.

Ihr Inneres krampfte sich zusammen. *Mini-Orgasmus.*

Er sah nicht wie Vander Norcross aus. Er sah aus wie ein reicher, europäischer Playboy, der sich gerade einen Monat lang in Südfrankreich gesonnt hatte.

Vander runzelte die Stirn. „Was zum Teufel hast du da an?"

„Ein Kleid. Ein Kleid, das eine junge Frau tragen würde, die in einen heißen Nachtclub geht."

„Bist du bewaffnet?"

Sie lächelte und hob den Bleistiftabsatz ihres Stilettos an, um ihn ihm zu präsentieren. Dann öffnete sie die kleine, glitzernde Tasche, die ihr von der Schulter hing, um ihm auch noch ihre SIG zu zeigen. Sie hatte gerade noch hineingepasst.

„Du siehst unfassbar heiß aus", sagte sie zu ihm.

„Du siehst unfassbar fickbar aus."

Bei seinen Worten spürte sie ein Kribbeln, das sich rasend schnell in ihrem Unterleib ausbreitete. „Dann lass uns diese Sache hinter uns bringen und hierher zurückkommen. Ich freue mich schon darauf, dein Bett zu testen."

VANDER SCHAFFTE es vor diesem Einsatz nicht, seine gewohnte Ruhe zu finden. Er parkte den X6 einige Blocks von der *Kathedrale* entfernt.

Brynn kletterte bereits aus dem Wagen.

Er umrundete das Fahrzeug und ließ seinen Blick über sie schweifen.

Verdammt, er war halb hart, und zwar, seit sie in diesem winzigen, glitzernden Kleid herausgekommen war. Es war graublau und mit einem silbernen Schimmer überzogen. Es hatte lange Ärmel, aber das war das Einzige, was daran auch nur annähernd unschuldig war. Der tiefe Ausschnitt brachte ihre spektakulären Brüste zur Geltung und der Saum war so kurz, dass er hoffte, sie würde sich nicht nach vorne bücken.

Sie legte den Kopf schief und lächelte mit ihren prallen, roten Lippen. Sie trug eine Perücke – einen glatten, schwarzen Bob mit Pony. Ihre Augen waren dunkel umrandet, ihre Wangenknochen hatte sie hervorgehoben. Sie sah aus wie ein wunderschönes Partygirl, das eine große Nacht vor sich hatte.

Aber es war nicht nur das Outfit, oder besser gesagt, der viele fehlende Stoff. Es war die Art, wie sie sich bewegte. Sie wippte auf ihren Absätzen, lächelte, zupfte an ihren Ohrringen und schob eine Hüfte vor. Eine ungeduldige Frau mit übersprudelnder Energie, die sie auf der Tanzfläche verbrennen wollte.

Sie sah nicht im Geringsten aus wie der vernünftige, engagierte Detective Brynn Sullivan.

Verdammt, sie war gut.

„Ich bevorzuge den tödlichen Ex-Militär-Look, aber

dein Europäischer-Playboy-Style hat auch etwas." Sie drückte eine Hand auf seine Brust.

Er hob eine Augenbraue.

Sie lehnte sich näher heran. „Die Brille ist *heiß*."

Vander küsste sie und nahm dann ihre Hand. Sie gingen die Straße hinunter.

Vor dem Club hatte sich bereits eine lange Schlange gebildet und grelle Lichter durchbrachen die Nacht. Von drinnen hörte er das leise Wummern von Musik. Es war Samstagabend und die Leute waren hier, um zu feiern.

„Wir gehen rein, trennen uns und sehen uns um." Sie lehnte sich mit der Schulter an ihn, als würde sie ihm süße Nichtigkeiten ins Ohr flüstern. „Wenn du Hunt siehst, tu so, als würdest du ihn nicht kennen."

„Ich bin der Inbegriff eines Schleichers", murmelte Vander mit einem Augenzwinkern. *Allerdings meist im Dunkeln und mit einer Waffe in der Hand.*

Er steckte dem Türsteher einen Hunderter zu, damit sie sich nicht anstellen mussten. Das Arschloch war ohnehin zu sehr damit beschäftigt, auf Brynns Dekolleté zu glotzen, um etwas zu sagen.

Dann waren sie drinnen.

Es war so schlimm, wie er es sich vorgestellt hatte. Grelle Lichter flackerten und blinkten. Der Club war zum Bersten voll mit tanzenden Körpern und die Musik war ohrenbetäubend laut.

„Komm mit." Brynn zerrte ihn vorwärts.

Sie stürzten sich ins Getümmel und gingen auf die lange, schlichte, schwarze Bar zu. Sie war mit Lichtern ausgestattet, die im Takt der Musik ihre Farbe wechselten. Er sah, wie Brynn das Personal und die Gäste musterte.

Sie beugte sich vor und er atmete ihr Parfum ein. Seine Sinne waren ohnehin schon in Alarmbereitschaft und mit ihrem Duft goss sie Öl ins Feuer. Sie verlagerte ihr Körpergewicht und rieb sich an ihm. Verdammt, in ihrer Nähe verlor er jede Kontrolle über sich selbst.

„Wir teilen uns auf", sagte sie. „Ich sehe mich auf der Tanzfläche um. Du dich an den Tischen und bei den Sitzbereichen."

Er drückte ihre Hüfte und presste seine Lippen an ihr Ohr. „Sei vorsichtig. Keine Heldentaten, Detective."

Sie zwinkerte ihm zu und drehte sich um. Er sah ihren schwingenden Hüften in dem winzigen Kleid nach, bis sie in der Menge verschwand.

Vander drehte eine Runde. An den eleganten Barhockern und Tischen saßen unzählige Menschen mit ihren Drinks. Einige waren zweifellos bekifft, aber er sah keine Anzeichen von Drogen.

Dann entdeckte er Saxon. Der Mann lehnte an einem Stehtisch und trug ein leuchtend rotes Hemd. Vander lehnte sich an die andere Seite des Tisches.

„Rhys und ich haben die oberen Stockwerke durch. Sie sind sauber", sagte Saxon.

Vanders Gefühl sagte ihm, dass die Lieferung aus dem untersten Stockwerk kommen würde, aber sie mussten alle Optionen ausschließen.

„Okay. Bleib dran." Er suchte nach Brynn. In der Menge entdeckte er Hunt. Der Mann war besser gekleidet als sonst und sah nicht nach einem Cop aus, aber im Gegensatz zu Brynn hatte er sich nicht völlig in einen Partylöwen verwandelt.

Vander suchte weiter die Menge ab. Einer der anderen verdeckten Ermittler saß an der Bar.

„Rhys ist in die Küche gegangen", sagte Saxon. „Er müsste bald zurück sein."

Vander hob das Kinn. Wo zum Teufel war Brynn?

„Deine Frau weiß eindeutig, wie sie sich bewegen muss", sagte Saxon.

Vander folgte dem Blick seines besten Freundes und ihm wurde unangenehm warm. Unter einem Scheinwerfer in der Mitte der überfüllten Tanzfläche sah er sie. Die Lichter flackerten und wechselten die Farben im Takt der Musik und fingen das Glitzern ihres Kleides ein.

Die verboten hohen Absätze ihrer Stilettos ließen ihre durchtrainierten Beine noch länger wirken. Sie hatte die Arme über ihren Kopf erhoben und bewegte sich im Takt, was ihre schlanken Oberschenkel noch mehr zur Geltung brachte. Sie war gefährlich nah dran, den Anwesenden ihre Unterwäsche zu zeigen.

Und er war nicht der Einzige, dem das auffiel.

Männer und auch einige Frauen beobachteten sie wie kreisende Haie.

Sein tiefes Verlangen nach dieser Frau schoss ihm von Neuem in den Schwanz. Ein Typ mit platinblondem Haar und viel zu weißen Zähnen näherte sich Brynn und schob sich hinter sie.

Ganz bestimmt nicht.

Vander stieß sich vom Tisch ab und hörte Saxon lachen.

Als er auf die beiden zuging, teilte sich die Menge für

ihn. Ein Blick in sein Gesicht und die Leute beeilten sich, ihm auszuweichen.

Der blonde Mann versuchte, Brynn anzufassen, aber sie wirbelte herum und stieß ihn von sich. Der Mann hob den Kopf und in diesem Moment sah er Vander. Er erstarrte wie ein kleines Tierchen, das witterte, wie ein Raubtier den Raum betrat.

Noch bevor Vander den Kerl erreicht hatte, stellte Brynn sich ihm in den Weg. Sie lehnte sich an Vander, mit ihren hohen Absätzen viel größer als sonst, und biss ihm ins Ohrläppchen.

„Mach keine Szene", warnte sie ihn.

Er ließ seine Hände über ihren Körper gleiten. „Du hättest dieses Kleid nicht anziehen sollen."

Sie schmiegte sich an ihn, bewegte sich im Takt der Musik ... und ignorierte seinen Kommentar völlig.

„Hast du etwas gesehen?", fragte sie.

„Nein." Er knabberte erst an ihrem Kiefer, dann in ihre Lippen. „Du machst mich wahnsinnig."

„Gut. Ich glaube, du brauchst etwas davon in deinem Leben."

Er drehte sie um, so dass ihr Rücken gegen seinen Bauch gepresst wurde. Er tanzte nicht. Niemals. Aber er bewegte sich im Takt der Musik hinter ihr. Seine Finger spielten mit dem Saum ihres winzigen Kleides, streichelten ihre Haut. Er sah, wie sich ihre Lippen öffneten und sie ihren Po an seinen Hüften rieb. *Luder*.

Er drückte ihren Schenkel. „Wenn du mich jetzt hart machst, werde ich mich dafür rächen."

Ihre Mundwinkel hoben sich und sie sah nicht im Geringsten besorgt aus.

Sein Handy vibrierte und er zog es heraus. Er spürte, wie sich Wachsamkeit in ihre verspielten Züge mischte.

„Es ist Ace." Vander neigte das Display, damit sie seine Nachricht lesen konnte.

Lieferwagen bringt gerade Getränke.

„Sehen wir es uns an", sagte sie.

Vander entdeckte Rhys neben der Tanzfläche, als sie sich einen Weg zur Küche bahnten.

„Hey!" Brynn schlang die Arme um Vanders Bruder, als wäre er ein Freund, den sie seit Ewigkeiten nicht mehr getroffen hatte. „Lange nicht gesehen."

Rhys klopfte ihr auf den Rücken und lächelte. Dabei warf er Vander einen Blick zu und zog eine Augenbraue hoch.

Sie kannten sich gut genug, um sich ohne Worte zu verstehen.

Du lässt sie in diesem Kleid raus?

Vander zuckte die Schultern. *War nicht meine Entscheidung.*

Rhys' Grinsen wurde breiter.

Vander legte einen Arm um ihre Taille. „Ein Lieferwagen mit Getränken ist gerade gekommen."

„Ja, das Küchenpersonal hat es erwähnt", sagte sein Bruder. „Ihr Boss, Brownlee, einer der Clubbesitzer, kam runter, um zu sehen, ob er schon da ist. Er hat geschwitzt und gezittert. Die Mitarbeiter in der Küche sagten, er käme sonst nie zu ihnen nach unten."

Brynn wippte auf ihren Absätzen. „Das ist es."

Vander nickte mit dem Kopf in Richtung Tür. „Gehen wir."

Zu dritt betraten sie einen Bereich abseits der Tanzfläche. Weiter vorn entdeckten sie zwei Männer, die mit Kisten den Korridor entlanggingen.

„Ich mache das." Brynn schlenderte vorwärts. „Neue Drinks!", gurrte sie.

„Wer bist du?" Ein großer, muskelbepackter Kerl mit Glatze sah sie finster an.

„Sabrina. Von der Hauptbar." Brynn fuhr sich mit einer Hand durch die Haare. „Die Leute haben uns gestürmt. Gib mir –" Sie griff nach einer Flasche.

Der große Kerl stieß ihre Hand weg. „Die sind nicht für dich."

Das war genug Bestätigung für Vander. Er bog um die Ecke und hielt auf sie zu, Rhys dicht hinter ihm.

„Stellt die Kisten ab, Jungs." Brynn richtete sich auf.

„Verpiss dich, Bimbo", sagte der Kerl mit den vielen Muskeln.

„Bimbo?" Brynn wirbelte herum und verpasste dem Arschloch einen Schlag in die Magengrube.

Es musste wehgetan haben, denn er krümmte sich stöhnend. Der zweite Kerl erstarrte.

Der große Kerl verzog unter Schmerzen das Gesicht. Vander wurde schneller; der Typ war einen guten Kopf größer als Brynn.

Aber sie holte aus und rammte dem Kerl bereits ihr Knie zwischen die Beine. Er gab ein Geräusch von sich, bei dem sogar Vander innerlich zusammenzuckte.

Er erreichte sie gerade, als sie ihren Absatz in das Bein des Mannes rammte. Der Muskelprotz ging zu Boden.

„Und für dich immer noch Detective Bimbo", sagte sie.

„Bro, ich weiß, sie ist deine Frau, aber das macht mich gerade total an", sagte Rhys.

Vander warf seinem Bruder einen vielsagenden Blick zu.

Brynn hockte sich hin und Vander hoffte, dass ihr Kleid alles Wichtige verdeckte. Sie nahm eine Flasche aus der Kiste und hielt sie hoch.

In der Flüssigkeit schwamm ein kleines Plastiktütchen. Es war gefüllt mit kleinen, durchsichtigen Kristallen.

„Wer ist für die Lieferung verantwortlich?", fragte Vander.

Der dürre zweite Mann war vor Angst wie erstarrt. Der große Kerl, der immer noch am Boden lag, stieß einen Fluch aus.

Brynn hob ihren Absatz wieder an.

„Matias, er sitzt im Lieferwagen", stammelte der hagere Typ.

Im selben Moment stürmten Hunt und seine verdeckten Ermittler in den Lieferbereich. Saxon schlenderte hinter ihnen herein.

„Wir schnappen uns den Kerl im Lieferwagen", sagte Vander. „Sichert ihr die beiden hier?"

Hunt nickte.

„Das Zeug ist in den Flaschen", sagte Brynn.

Sie rannte den Flur hinunter und joggte in Richtung Laderampe.

Als sie draußen ankamen, sah Vander einen Mann, der rauchend an der Seite des Lieferwagens lehnte. Als er sie entdeckte, warf er seinen Zigarettenstummel weg, drehte sich um und rannte los.

Vander sprang von der Rampe. Er stieß gegen den Mann, packte ihn und riss ihn herum, bevor er ihn gegen den Lieferwagen rammte.

„Hey, was willst du –?"

Vander verpasste ihm einen Schlag ins Gesicht und unterbrach damit sein Geplapper. „Wo ist Nomad, Matias?"

Der Mann sah ihn durch zu Schlitzen verengte Augen an. „Du bist Norcross." Sein Blick wanderte zu Brynn. „Und du musst der Detective sein, der Nomad zur Weißglut getrieben hat." Matias grinste. An seinen Zähnen klebte Blut. „Er will dich tot sehen, Schätzchen. Und zuerst will er dir wehtun."

Vander stieß den Mann an, so dass er mit dem Kopf gegen den Lieferwagen knallte.

„Er hat keine Angst vor dir, Norcross."

„Dann ist er nicht besonders schlau. Wo ist er?"

„Keine Ahnung." Der Mann starrte Vander angriffslustig an.

„Das werden wir ja sehen." Vander stieß den Mann in Rhys' Richtung. „Bringt ihn in einen unserer Hafträume."

Rhys warf einen Blick zu Brynn.

Sie betrachtete Vanders Gesicht und nickte dann. „Nehmt ihn mit. Ich halte euch bei Hunt den Rücken frei."

„Begibst du dich etwa in die Grauzone zwischen Recht und Unrecht, Detective?", fragte Vander.

„Nein. Ich vertraue darauf, dass du mir helfen wirst, diesen Job zu erledigen."

KAPITEL SIEBZEHN

Brynn war wütend und müde. Eine Kombination, die sie hasste.

Das Gute daran war, dass sie die Drogenlieferung abgefangen hatten.

Das war allerdings auch das einzig Gute an der Sache.

Sie saß auf dem Beifahrersitz von Hunts Charger. Nach dem Fiasko im Nachtclub war sie mit David Brownlee, dem Miteigentümer des Clubs, der die Hosen gestrichen voll hatte, zum Präsidium gefahren.

Vander hatte einen sehr streitsüchtigen Matias in die Norcross-Zentrale gebracht.

Bisher hatte sie nichts von ihm gehört, also ging sie davon aus, dass Matias nicht plaudern wollte.

Brownlee hatte nichts Sinnvolles zu erzählen gehabt. Sie rieb sich übers Gesicht. Er hatte geweint, als sie und Hunt ihn befragt hatten.

Er hatte sich für die Renovierung des Nachtclubs eine Menge Geld geliehen, hatte viele neue Investoren ins Spiel geholt und viele Versprechungen gemacht, darunter auch ein paar vermeintlich harmlose Gefälligkeiten.

Zum Beispiel hatte er einem Investor, der ein Drogengeschäft betrieb, erlaubt, kleine Mengen seines Stoffs im Club zu verteilen.

Arschloch.

Sie zog ihre Perücke ab. Ihre hohen Stilettos hatte sie bereits ausgezogen. Sie kratzte sich die juckende Kopfhaut und band dann ihre echten Haare zu einem Pferdeschwanz zusammen.

Sie trug immer noch ihr Kleid. Nichts ließ sie mehr wie einen seriösen Cop aussehen als ein Kleid, in dem all ihre Kollegen ihre Brüste sehen konnten. Sie verdrehte gedanklich die Augen. Egal.

Hunt fuhr in die Parkgarage unter der Norcross-Zentrale.

„Vielleicht hatte Vander mehr Glück mit dem Fahrer", sagte sie.

Hunt stellte den Wagen ab und stützte seine Unterarme auf das Lenkrad. „Wir hätten Matias in Gewahrsam nehmen sollen."

„Wir kommen schon noch dran." Brownlee hatte nicht gewusst, wer Nomad war, geschweige denn, wo er war. Sein Investor war der Mittelsmann. Ein Kunde der Iron Wanderers.

„Brynn." Hunt nahm ihre Hand und seine grünen Augen waren ernst. „Vander ... er ist ..." Hunt stieß einen Atemzug aus.

Sie drückte seine Hand. „Ich weiß genau, was Vander ist." Sie sah Züge von Vander in Hunt. Wenn man für sein Land kämpfte, gab man ein kleines Stück seiner Seele auf. Ja, für eine gute Sache, aber man verlor dennoch einen Teil von sich selbst.

Danach kamen die Helden zurück und mussten lernen, ohne diesen Teil zu leben.

Camden wäre bald zurück. Ihm würde es gleich ergehen. Sie wusste, dass Hunt sich Sorgen um seinen jüngsten Bruder machte.

„Vander ist kein einfacher oder unkomplizierter Mann", sagte Hunt.

Sie lächelte. „Ich weiß. Und du bist es auch nicht."

„Aber ich bin nicht wie er. Ich … ich wollte immer einen netten Kerl für dich, der dir ein Haus mit Lattenzaun baut."

Brynn rümpfte die Nase. „Denkst du etwa, ich will einen Lattenzaun?"

Ihr Cousin verzog das Gesicht. „Ich meine es metaphorisch."

„Ist er weiß? Und kriege ich dazu auch einen Garten und einen niedlichen Hund?"

Ihr Cousin brummte.

„Hunt." Sie strich ihm über die Wange. „Vander kann mir genau das geben, was ich will, was ich brauche."

„Bist du sicher?"

„Ja. Ich bin dabei, mich in ihn zu verlieben."

„Verdammt."

Sie tätschelte seine kratzige Wange. „Mach dir keine Sorgen. Fahr nach Hause und schlaf dich aus. Ich will wissen, was Vander und die Jungs aus Matias herausbekommen haben. Ich gebe dir Bescheid, sofern er etwas Brauchbares erzählt hat."

„Sag Vander, dass ich morgen herkomme, um Matias zu verhaften, ob er will oder nicht." Sein Ton war immer noch mürrisch.

„Wird gemacht." Sie küsste ihn auf die Wange. „Hab dich lieb, Hunt."

„Geh. Du bist eine unerträgliche Nervensäge."

Lächelnd schlüpfte sie aus dem Geländewagen. Verdammt, sie brauchte eine Dusche, Vander und Schlaf. Und sie war nicht wählerisch, was die Reihenfolge anging.

Sie sah, dass Rhys auf sie wartete. Der jüngste Norcross-Bruder sah müde aus und sein Rockstar-Lächeln war verschwunden.

„Hey", sagte sie.

„Ich bin ja so froh, dass du da bist." Er nahm ihren Arm und ihr Bauchgefühl schlug Alarm.

„Was ist los?"

„Matias will nicht reden. Der Kerl ist verschlossener als eine ... du weißt schon. Vander ist nicht gerade glücklich."

Er führte sie durch eine Tür.

Die Hafträume waren einfache Zimmer mit kahlen Betonwänden, einem Tisch und ein paar Stühlen. Es gab drei von ihnen. Saxon stand mit verschränkten Armen vor einem davon und starrte durch ein Glasfenster in einen Raum.

Matias war mit Handschellen an einen Tisch gefesselt. Sein Gesicht war grün und blau, aber er atmete noch. Vander stand vor ihm, eine Faust auf dem Tisch. Sie betrachtete sein Gesicht und ein Schauer lief ihr über den Rücken.

Nicht gut.

„Vander bearbeitet ihn, seit wir ihn hergebracht haben." Rhys schüttelte den Kopf. „Er will nicht aufgeben und ich habe Angst, dass er ausrastet."

Saxon warf ihr einen Blick zu. Auch er wirkte besorgt.

„Das wird er nicht." Aber sie konnte sehen, dass Vander an der Kippe stand, auszurasten.

Dieser Kerl löste etwas in ihm aus. Sie reichte Rhys ihre Perücke und ihre Schuhe, dann betrat sie den Raum.

Vanders Blick traf sie wie eine Wärmesuchrakete. Sie unterdrückte einen Schauer. Seine Augen waren dunkel, kalt und aufgewühlt.

Sie strich mit einer Hand über seinen Arm und sah dann Matias an.

Der Mann sah müde aus, sein Gesicht war blass, aber er hatte ein Funkeln in den Augen.

„Ah, der Detective, den Nomad fertig machen will", sagte der Mann.

Vander versteifte sich.

„Ah, der Idiot, der nicht weiß, was gut für ihn ist." Sie umrundete den Schreibtisch, beugte sich vor und senkte ihre Stimme. „Dein Boss denkt vielleicht, dass er keine Angst vor Vander haben muss, aber sieh ihn dir mal an."

Sie sah, wie Matias den Kopf hob, und folgte seiner Bewegung.

Vanders kräftiger Körper war immer noch angespannt. Er war bereit zum Angriff. Seine Iriden hatten eine tiefschwarze Farbe angenommen und sie sah ihm direkt in die Augen.

Sie sah die eiskalte Unbarmherzigkeit darin. Und sie sah auch die verborgenen Gefühle.

Für sie.

Ihr Bauch krampfte sich zusammen.

„Er würde für mich töten", flüsterte sie. „Er würde alles für mich tun."

Matias schluckte. „Du bist ein Cop."

Sie lachte. „Glaubst du, das wird dich retten?" Sie richtete sich auf und ging zu Vander.

Sie senkte ihre Stimme zu einem leisen Murmeln. „Lass ihn ein bisschen schmoren." Sie erkannte diejenigen, die man allein lassen musste, in der Stille, mit ihren eigenen inneren Stimmen, bevor sie den Druck nicht mehr aushielten.

Vanders Blick wanderte zurück zu Matias, hart und tödlich.

Sie drückte eine Hand auf seine Brust. „Ich muss ins Bett, bevor ich umkippe."

Ein weiterer scharfer Blick zu Matias, dann nahm Vander ihren Arm und führte sie hinaus.

„Lasst ihn da drin", sagte Vander zu seinem Bruder und Saxon. „Und ruht euch ein wenig aus."

„Er braucht Zeit, um zu schmoren." Sie gähnte. „Wir haben die Lieferung aufgehalten. Mal sehen, was Matias nach einer Nacht angekettet an einem Schreibtisch sagt. Ist der Stuhl unbequem?"

Rhys grinste. „Sehr."

„Gut. Rhys, du spielst den guten Cop. Lass ihm eine Flasche Wasser da."

Saxon grinste. „Dann wird er morgen steif und wund sein und auch noch eine volle Blase haben."

Sie zwinkerte, dann taumelte sie ein wenig und stützte sich an Vander. Es war nicht gänzlich gespielt. Sie war todmüde und ihre Füße schmerzten.

„Komm schon." Er legte einen Arm um sie. „Bett."

Sie nickte sanftmütig und sah, wie Saxons Augen sich ein wenig weiteten, als er ihre List durchschaute.

Sie lächelte nur.

Vander führte sie in seine Wohnung. Oben angekommen, entspannte sie sich ein wenig. „Ich brauche eine Dusche."

Er ging mit ihr in sein Schlafzimmer.

Ah. Es war ein geräumiges Zimmer mit wunderschönen Holzböden und einem großen Oberlicht über dem großen Bett. Es gab viel Holz hier und alles passte so gut zu ihm.

„Geh duschen", sagte er. „Ich mache uns einen Snack."

„Ich bin zu müde, um etwas zu essen."

„Ich weiß, aber du brauchst es. Du hast nicht zu Abend gegessen."

Er kümmerte sich um sie. Der Mann war wie eine Glucke. Er kümmerte sich um alle seine kleinen Küken. Sie biss sich auf die Lippe. Wenn sie ihm das sagte, würde es ihr einen tödlichen Blick einbringen.

Sie schlenderte ins Badezimmer. Es war genauso stilvoll wie der Rest des Lofts. Sie stellte fest, dass er ihren Seesack hergebracht hatte.

Trotz der verlockenden Vorstellung von einer langen, heißen Dusche, machte sie sich schnell sauber und wusch sich die Haare. Sie zog ein frisches Höschen an, stibitzte aber eines von Vanders T-Shirts, um darin zu schlafen.

Als sie wieder herauskam, saß er auf dem Bett. Ein Teller mit Essen stand auf dem Nachttisch, aber ihre ganze Aufmerksamkeit galt ihm. Er war so angespannt.

Sie setzte sich neben ihn. „Was ist los?"

„Dieser verdammte Matias will nicht reden. Normalerweise hole ich mehr aus Typen wie ihm raus."

„Lass uns abwarten, was der Morgen bringt. Du weißt, dass Verhöre eine ganze Menge Geduld erfordern."

Er rollte eine seiner breiten Schultern. „Nomad will dir wehtun."

Ah, das eigentliche Problem. „Nomad ist kein netter Kerl. Das wussten wir bereits."

„Wenn er dich anrührt ... oder dir wehtut ..."

Seine wahre Angst kam zum Vorschein.

Er hatte Angst, dass sie verletzt werden könnte.

„Das wird nicht passieren. Du wirst es nicht zulassen. Und ich werde es nicht zulassen."

Im Moment brauchte ihr Mann ein wenig zusätzliche Fürsorge. Wie oft kam er nach Hause und grübelte allein? War nie jemand da, der ihm half, sich zu entspannen?

Sie schob sich hinter ihn. „Schalte deine Gedanken jetzt aus."

„So einfach ist das nicht."

Sie begann, seine Schultern zu massieren. Seine Muskeln waren hart und voller Knoten.

„Ich werde dir dabei helfen." Sie drückte ihm einen Kuss seitlich auf den Hals.

VANDER LIESS seinen Kopf nach vorne fallen, als Brynn ihre Finger in seinen angespannten Nacken bohrte.

Er hatte es noch nie gemocht, wenn ihn jemand berührte, nicht einmal als Kind. Aber ihm wurde klar, dass er die ganze Nacht so dasitzen und sich von ihr berühren lassen würde, wenn sie es wollte.

Was er für sie empfand, war zu weit gegangen und zu schnell gekommen. Es war so plötzlich so stark geworden.

„Entspann dich", flüsterte sie.

Sie drückte sich an seinen Rücken und knetete seine Schultern.

Normalerweise entspannte er sich mit einem Glas Bourbon, allein.

Matias hatte Stunden damit verbracht, ihn zu ködern, mit allem, was Nomad Brynn antun wollte.

Normalerweise ließ Vander Arschlöcher nicht an sich heran.

Aber in diesem Fall ...

Sie traf eine verhärtete Stelle und er stöhnte leise auf. Sie roch nach sauberer Haut, seiner Seife und Brynn. Ihre Essenz hüllte ihn ein wie eine warme Decke, ging ihm unter die Haut.

Ihre Finger wanderten zu seinem Haar und massierten seinen Kopf.

„Heute Nacht laden wir unsere Batterien auf und morgen sagen wir Nomad mit allem, was wir haben, den Kampf an", sagte sie leise. „Er wird untergehen, egal wie weit er und seine Handlanger ihre Mäuler aufreißen."

Vander griff nach hinten und packte sie am Oberschenkel. „Brynn ... du darfst nicht verletzt werden."

Sie küsste seinen Hals erneut. „Das ist nicht der Plan. Du musst mir vertrauen. Ich habe die Sache im Griff." Sie biss ihm sanft ins Ohr. „Ich bin richtig fies, wenn ich in die Enge getrieben werde."

Sie kletterte auf seinen Schoß und küsste ihn. Nicht schnell und leidenschaftlich, nein. Dieser Kuss war langsam, wie eine Droge. Eine Verführung.

Langsam knöpfte sie sein Hemd auf und schob es ihm von den Schultern.

„Leg dich hin", befahl sie ihm heiser. „Und zieh die restlichen Sachen aus."

Als sie aufs Bett kletterte, knöpfte er seine Hose auf und schob sie zusammen mit seinen Boxershorts nach unten.

Sobald er sich wieder aufs Bett legte, knipste sie die Lampe aus.

Das silberne Mondlicht fiel durch die Fenster und das Oberlicht herein. Er sah dabei zu, wie sie sein T-Shirt auszog.

Sein Blick blieb an ihren entschlossenen, willensstarken Zügen haften. Sie war kein leichter Gegner. Niemandes Zielscheibe oder Opfer.

Sie stützte ein Knie auf die Matratze und kroch auf ihn zu. Ihr feuchtes Haar fiel ihr um die Schultern.

Sie war eine Verführerin. Eine Sirene, die ihn dazu verlockte, Dinge zu tun, die er sich immer gewünscht, aber sich selbst verweigert hatte.

Sie setzte sich mit gespreizten Beinen auf ihn und beugte sich dann zu ihm hinunter, um ihn zu küssen.

Sie ließ sich immer noch Zeit, obwohl ihr Verlangen nach ihm ihre Mitte zum Glühen brachte.

Brynn biss ihm auf die Unterlippe und streichelte seine Brust. Sie wanderte tiefer und liebkoste seine Brustwarze.

Fuck. Er bäumte sich auf. Eine so einfache Berührung, aber er spürte sie tief in seinem Inneren. Es war das Gefühl dahinter, nicht die Berührung selbst.

Sie bewegte ihre Hüften und umfasste seinen Schwanz. Sie pumpte ihn ein paar Mal gemächlich, bevor sie sich über ihm positionierte und ihn tief in sich gleiten ließ.

„*Vander*", murmelte sie.

Sie hob und senkte sich, nahm ihn tief in sich auf und ließ ihre Körper eins werden.

Er beobachtete sie im silbernen Licht des Mondes, das sie wie einen Traum erscheinen ließ. Sie streckte ihre Hand aus und ergriff seine, verschränkte ihre Finger miteinander.

Ihre Hüften bewegten sich schneller.

„Spürst du es?", keuchte sie.

„Ja." Er schob sich ihr entgegen. „Du gehörst mir, Brynn. Für immer."

„Ja. *Ja.*"

Er richtete sich auf und küsste sie. Sie ritt ihn schneller und eine Sekunde später entlud sich all die angestaute Spannung.

Sie schrie auf, als sie zum Höhepunkt kam. Vander stöhnte und bäumte sich auf. Er drehte sie auf den Rücken und drang tief in sie ein. Er ergoss sich in sie und lauschte den leisen Klängen ihrer Lust.

Danach sackte er auf ihr zusammen.

Er legte sich auf den Rücken und zog sie eng an sich, deckte sie beide zu und stellte fest, dass sie bereits schlief, eine Hand auf seinem Herzen.

Verdammt, er hatte noch keine Gelegenheit gehabt, ihr etwas zu essen zu geben. Er streichelte ihr übers Haar. *Später.*

Vander betrachtete die Schatten an der Decke und fühlte sich ... ruhig.

So vieles in seinem Leben war Krach, Energie, Action. Er hielt nicht oft inne und die Dinge verliefen nie wirklich ruhig.

Aber genau hier, mit Brynn in seinen Armen und ihrem Atem auf seiner Brust, fand er Stille und Frieden.

„Ich werde auf dich aufpassen", murmelte er in ihr Haar. „Ich werde alles tun, was nötig ist, um dich zu beschützen, dich zum Lächeln zu bringen und dir zu geben, was du brauchst."

Im Schlaf kuschelte sie sich enger an ihn. Vander drückte sie fester an sich und schlief dann selbst ein.

ALS ER AUFWACHTE, schien die Sonne durch das Oberlicht herein.

Dank der langen Nacht hatten sie länger geschlafen als sonst. Brynn lag fast mit ihrem ganzen Körper auf ihm. Er stahl sich aus dem Bett und sie kuschelte sich stattdessen an das Kissen. Er lächelte. Nach ihrem langsamen, magischen Liebesspiel hatte er sie später in der Nacht für eine schnelle und harte zweite Runde geweckt.

Er war sich ziemlich sicher, dass er ein paar Kratzer auf dem Rücken hatte.

Er setzte sich auf, saß einfach da und sah ihr beim Schlafen zu.

Schließlich löste er seinen Blick von ihr. Das glitzernde Kleid und ihre Schuhe lagen auf dem Boden. Ihre kleine funkelnde Tasche lag auf der Kommode und er sah, dass ihre SIG daraus hervorlugte.

Er schlüpfte in eine schwarze Hose, die er zu Hause trug, wenn er allein war, und machte sich nicht die Mühe, ein Shirt anzuziehen. Dann holte er sein Waffenreinigungsset und säuberte ihre Waffe, während er sie immer wieder bewundernd ansah. Schließlich schloss er sie im Waffensafe ein.

Brynn hatte sich immer noch nicht bewegt und er beschloss, Kaffee zu kochen.

Die Kaffeemaschine brummte, als er hörte, wie die Eingangstür sich öffnete. Da alle, die er kannte, wussten, dass sie eine lange Nacht hinter sich hatten, war ihm sofort klar, wer es war. Er drehte sich um und sah seine Eltern hereinkommen.

Sein groß gewachsener Vater, ein ehemaliger Feuerwehrmann, war trotz seiner grauen Haare noch gut in Form. Seine Mutter war kleiner, kurvig und achtete darauf, ihre Locken regelmäßig dunkel zu färben.

Der Blick seiner Mutter blieb an ihm haften und sie ging schnurstracks auf ihn zu.

„Ein paar Nachrichten, dass es dir gut geht, Vander Niccolo, reichen nicht aus."

„Sie musste sich mit eigenen Augen davon überzeugen", fügte sein Vater hinzu.

„Rome lässt uns nirgendwo allein hin." Clara Norcross warf die Hände in die Luft. „Ich liebe diesen Jungen, aber er wollte mir nichts sagen. Es hat mich viel Überredungskunst gekostet, ihn dazu zu bringen, uns hierherzufahren."

Rome war knapp zwei Meter groß und über und über mit Muskeln bepackt. Vander fragte sich, ob sonst noch jemand auf dieser Welt Rome einen Jungen nannte. Er bezweifelte es. „Er ist dazu da, um euch zu beschützen."

„Weil du in Gefahr bist." Ihre Stimme schwankte.

„Es ist noch alles dran, Ma."

Seine Mutter warf ihre Arme um ihn und hielt ihn fest. Vander erwiderte ihre Umarmung.

„Du solltest dir etwas anziehen. Sonst erkältest du dich noch."

Vander grinste. Seine Ma war immer noch die Alte. Sie hörte nie auf, sich um ihre Kinder zu sorgen, egal wie alt sie waren.

Sie sah zu ihm auf und legte den Kopf schief. „Du siehst ... anders aus – entspannter als sonst."

Sie betrachtete ihn wie ein Wissenschaftler, der eine neue Spezies unter dem Mikroskop untersuchte.

„Schon als Kleinkind warst du nie entspannt. Immer am Beobachten und Planen."

„Es geht mir gut."

Sie streichelte seinen Rücken und runzelte die Stirn. „Du hast ja Kratzer am Rücken. Sagtest du nicht, du bist unversehrt?"

Verdammt. Er räusperte sich. „Das ist nichts."

Vander sah, wie die Augenbrauen seines Vaters nach

oben wanderten, gefolgt von einem Lächeln. Offensichtlich hatte er eins und eins zusammengezählt.

„Kaffee?" Vander versuchte, sie abzulenken.

Seine Mutter richtete sich auf. „Ja, ich werde –"

„Norcross." Brynns Stimme. Sie stürmte in die Decke gehüllt aus dem Schlafzimmer. „Wo ist meine SIG? Ich habe sie doch auf die Kommode gelegt."

Tja, verdammt. Los gehts.

„Ich habe sie gereinigt", sagte er. „Während du geschlafen hast. Sie liegt in meinem Waffensafe."

Sie erstarrte, ihr Blick auf seine sprachlosen Eltern gerichtet. Ihre Wangen liefen rot an, aber sie fasste sich schnell.

Sie zog die Decke höher und setzte ein Lächeln auf. „Sie müssen Vanders Eltern sein. Die Ähnlichkeit ist unverkennbar." Sie ging auf sie zu, als wäre sie in ein Ballkleid gehüllt anstatt in eine Decke. „Ich bin Brynn. Detective Brynn Sullivan."

Der Ausdruck auf dem Gesicht seines Vaters schlug um. „Sie sind ein Cop?"

Brynn nickte und schüttelte ihm die Hand. „Ich habe schon viel von Ihnen gehört, Mr. Norcross. Mein Bruder ist bei der Feuerwehr."

„Er ist Feuerwehrmann?"

Sie nickte. „Er hat mit der Familientradition gebrochen und ist als einziger von uns nicht zur Polizei gegangen. Wir machen ihm deswegen regelmäßig die Hölle heiß."

Dann nahm Vanders Mutter Brynns Hand und ließ sie nicht mehr los.

„Brynn", hauchte seine Mutter. „So ein schöner Name."

„Danke."

Tränen stiegen ihr in die Augen und ihr Blick wanderte zwischen Brynn und Vander hin und her. Vander legte einen Arm um Brynn und seine Mutter biss sich auf die Lippe.

„Ma, mach jetzt keine Szene", sagte er.

Sie richtete sich auf, winkte mit der Hand ab und holte tief Luft.

Vanders Vater drückte seiner Frau eine Hand auf den Rücken. „Aber, aber, Clara. Nimm dich zusammen."

Sie warf ihrem Mann einen Blick zu, dann lächelte sie Brynn an. „Wir werden euch beide zum Frühstück ausführen."

„Das wäre toll, Ma, aber wir können nicht. Ich helfe Brynn bei einem Fall. Wir müssen arbeiten." Das Problem mit der Biker-Gang erwähnte er besser nicht.

„Ah." Enttäuschung machte sich in ihrem Gesicht breit. „Gut, wenn ihr den Fall abgeschlossen habt, bringst du Brynn zum Abendessen vorbei. Ich werde meine Lasagne machen."

Brynn lächelte. „Ich liebe Lasagne."

„Wir sollten uns wieder an die Arbeit machen", sagte Vander.

„Oh, okay." Seine Mutter umarmte ihn, fest. „Zieh dir ein Hemd an. Und verarzte diese Kratzer."

Brynn drehte sich um, um einen Blick auf seinen Rücken zu werfen, und errötete.

Er lächelte sie an.

Dann hörte er den glücklichen Seufzer seiner Mutter.

Als seine Eltern hinausgingen, hörte er sie leise schluchzen.

„Beruhige dich, mein Schatz", sagte sein Vater.

„Sie sind süß", sagte Brynn, bevor sie das Gesicht verzerrte. „Tut mir leid, dass ich sie in eine Decke gewickelt kennengelernt habe."

„Du siehst heiß aus in der Decke." Er hielt inne. „Tut mir leid, dass Ma geweint hat. Sie ..."

Brynn musste grinsen. „Ich weiß, warum sie geweint hat, Norcross. Du lässt keine Frauen in dein Loft. Aber nach mir bist du verrückt und jetzt weiß sie es."

„Vielleicht muss ich auf die Terrasse gehen, weil dein gesundes Ego so viel Platz einnimmt."

Sie ließ ihre Hände über seine Brust gleiten. „Du bist total in mich verknallt."

Er packte ihr Kinn. Dieses Lächeln. „Eine große Klappe und Schadenfreude sind keine attraktiven Eigenschaften, Detective."

Sie öffnete den Mund, um zu antworten, aber in diesem Moment klingelte ihr Handy.

„Das ist meins." Sie wirbelte in einer Wolke aus Baumwollstoff herum. „Hunt? Okay, bleib dran." Sie stellte ihn auf Lautsprecher, ihr Gesicht war ernst.

„Es gab einen riesigen Zwischenfall mit einer Stardust-Überdosis in einem Wohnhaus in der Nähe der University of San Francisco", sagte Hunt.

Brynn fluchte. „Nein."

„Zwei sind tot, die anderen sind auf dem Weg ins Krankenhaus."

„Verdammte Scheiße", stieß sie hervor.

„Wir waren schnell vor Ort. Ein anonymer Anrufer hat es gemeldet. Die Sanitäter waren in wenigen Minuten bei den Opfern."

Vander versteifte sich. „Es ist eine Falle."

Brynn nickte. „Sie hoffen, dass ich auftauche."

„Jemand hat dich wahrscheinlich im Club erkannt", sagte Vander. „Und es Nomad erzählt."

Sie nickte wieder. „Das ist unsere Chance, Nomad zu finden und die Sache zu Ende zu bringen."

Vander ballte die Hände zu Fäusten. Diese Angst, die er bisher nicht gekannt hatte, fühlte sich langsam schrecklich vertraut an. Sie war wie eine riesige Kugel aus Blei in seinem Bauch. „Ja."

Jetzt musste er einen Weg finden, sie in die Höhle des Löwen zu schicken und gleichzeitig am Leben zu erhalten.

KAPITEL ACHTZEHN

Brynn rieb die juckende Stelle in ihrem Nacken.
„Hör auf, hinzugreifen."

Sie warf einen Blick auf Vander auf dem Fahrersitz des X6. Es überraschte sie nicht, dass er angespannt war und Bedrohung ausstrahlte.

Er machte auf sie den Eindruck, als wolle er jemandem den Kopf abreißen. Sie begann sich wieder zu kratzen, dann ließ sie die Hand in ihren Schoß fallen. Es war die Stelle, an der Ace ihr den kleinen, durchsichtigen Peilsender aufgeklebt hatte. Sie trug wieder ihre übliche Arbeitskleidung – Jeans, in die Hose gesteckte Bluse, Waffe und Dienstmarke.

„Ich gehe rein und sehe mich am Tatort um", sagte sie und dachte an die toten Studenten. Wut und Trauer regten sich wieder in ihr. „Und ich sorge dafür, dass Nomad mich sieht."

Ein Muskel in Vanders Kiefer zuckte.

Sie griff nach seinem Oberschenkel. „Hunt und die

anderen Polizisten sind im Gebäude. Du, Rhys und Saxon seid gleich um die Ecke."

Er hob sein Kinn.

„Es wird schon alles gut gehen. Und für den sehr unwahrscheinlichen Fall, dass Nomad mich erwischt, habe ich den Tracker."

„Ich denke, ich werde ihn dran lassen, nachdem das alles vorbei ist."

Ihr Herz zog sich vor Glück zusammen. War ihm klar, dass er sich so anhörte, als ob er etwas Langfristiges wollte?

Er hielt vor dem Wohnhaus. Die Gegend war bei den Studenten der Universität sehr beliebt. Sie sah den uniformierten Cop vor der Tür.

„Ich bin gleich um die Ecke", sagte Vander.

„Ich weiß." Sie beugte sich vor und gab ihm einen Kuss.

Sie wollte ihn kurz halten, aber er umfasste ihr Kinn und vertiefte den Kuss und ließ seine Zunge tief eintauchen.

Ein heftiges Verlangen pulsierte in ihr.

Gott, würde es immer so sein? Ein Blick, eine Berührung, eine kleine Kostprobe und sie würde vor Lust explodieren?

Doch hinter dieser Lust verbarg sich ein Gefühl von Zugehörigkeit. Es fühlte sich an, als würde sie nach Hause kommen.

Sie knabberte an seiner Lippe. „Ziehen wir die Sache durch, verhaften wir Nomad und dann fahren wir nach Hause."

Er musterte sie mit seinen dunkelblauen Augen.

„Und dann möchte ich, dass du dir eine Auszeit nimmst", fügte sie hinzu. „Ich will zurück zu deinem Haus im Wald fahren und mit dir auf der Terrasse am Teich liegen."

In seine kalte Augen legte sich warme Zuneigung. „Du schuldest mir einige sexuelle Gefälligkeiten."

Sie verdrehte die Augen.

„Schnapp dir deinen Mann, Detective."

„Oh, den habe ich schon." Sie fasste ihm ans Kinn. „Aber jetzt schnappe ich mir auch noch den Schurken."

Sie öffnete die Tür und stieg aus. Als sie auf den Polizisten zuging, blieb der X6, wo er war. Wieder verdrehte sie die Augen. Sie wusste, dass Vander sich nicht von der Stelle rühren würde, bis sie drinnen in Sicherheit war.

Weiter unten sah sie eine Gruppe junger Frauen den Bürgersteig entlanggehen. Sie warfen traurige Blicke in Richtung des Wohnhauses.

„Hey, Officer Brown", sagte Brynn.

„Detective Sullivan." Der Polizist nickte ihr zu.

„Ist Detective Morgan schon drinnen?"

Der junge Mann nickte. „Er hat gesagt, ich soll gleich hochkommen." Der Polizist warf einen Blick auf den Geländewagen, der mit laufendem Motor am Straßenrand stand. „Einen ganz schönen Wachhund haben Sie da, Detective."

Sie zog eine Augenbraue hoch. „Vorsicht, er beißt."

Plötzlich fiel ein Schuss.

Officer Brown zuckte zusammen, Blut spritzte durch die Luft.

Scheiße. Sie packte ihn und riss ihn zu Boden.

Weitere Kugeln schlugen über ihren Köpfen in das Gebäude ein.

Scheiße. Scheiße. Scheiße.

Brynn legte eine Hand auf die Wunde des Polizisten und zerrte ihn in die Nische vor der Eingangstür.

„Oh, mein Gott. Oh, mein Gott." Browns Atem ging schnell und panisch.

„Hey, ganz ruhig." Sie untersuchte seinen Arm. „Es sieht nicht so schlimm aus."

Er atmete etwas schneller, aber er nickte.

„Laufen Sie rein", sagte sie.

Wieder fielen Schüsse. Sie blickte auf die Straße. Mehrere Scharfschützen, vermutlich irgendwo auf einem Dach.

Sie sah, wie sich die Tür des X6 öffnete.

Ein Kugelhagel regnete auf den Geländewagen herab. Sie keuchte und das Herz schlug ihr bis zum Hals. *Gott.* Vander.

Sie zog ihre SIG. Sie hatte kein Ziel, aber sie schoss in Richtung des Daches auf der anderen Straßenseite.

Weitere Kugeln schlugen in den X6 ein.

Ihr Magen zog sich schmerzhaft zusammen. Sie wusste, dass der X6 gepanzert war, aber einem Dauerfeuer würde er nicht standhalten.

Er würde Vander nicht ewig abschirmen.

Dort. Auf dem Dach des gegenüberliegenden Hauses bewegte sich etwas. Sie feuerte wieder.

Eine weitere Salve von Schüssen, die auf sie abzielte. Sie wich zurück in die Nische, während um sie herum Verputz von den Wänden bröckelte.

Dann hörte sie Schreie.

Verdammt, die jungen Frauen auf dem Bürgersteig.

Nein.

In einer Feuerpause spähte Brynn um die Ecke ihres Verstecks.

Sie sah die drei jungen Frauen, die zusammengekauert auf dem Boden hockten und sich die Hände auf die Ohren drückten.

Jemand schoss immer noch auf Vander und hinderte ihn daran, auszusteigen.

Brynn holte tief Luft, dann stürzte sie aus der Tür und rannte auf die Frauen zu.

„Steht auf! Runter von der Straße!", schrie sie.

Die Frauen sprangen auf, blinzelten, ihre Gesichter kreidebleich.

Brynn packte eine von ihnen am Arm. „Lauft ins nächste Gebäude."

Plötzlich ertönte das heisere Dröhnen von Motoren auf der Straße. Brynn fuhr herum.

Eine Gruppe von Motorrädern brauste bedrohlich schnell heran.

Scheiße. „Los! Lauft!"

Die Frauen stolperten los und rannten den Bürgersteig hinunter. Brynn rannte ihnen hinterher.

Sie blickte zurück und sah, wie weitere Kugeln in den X6 einschlugen. Die Windschutzscheibe war bereits von einem Netz aus Rissen überzogen.

Ihre Brust krampfte sich zusammen, bis es schmerzte. *Halte durch, Vander.*

Kugeln schlugen vor ihnen in den Asphalt ein und die Frauen schrien panisch auf und blieben stehen.

Brynn zielte auf das Dach. *Wo zum Teufel steckst du, Arschloch?*

Sie sah eine blitzschnelle Bewegung und schoss.

Ein Mann sackte über die Dachkante und sie lächelte finster.

Jemand zog ihn zurück nach hinten.

„Bewegt euch!", rief sie wieder. „Rein da!"

Zwei der Frauen liefen zum nächsten Gebäude.

Plötzlich raste eine Harley auf den Bürgersteig. Die dritte Frau schrie auf und blieb wie erstarrt stehen.

Weitere Motorräder kamen näher. Alle Biker trugen Bandanas vor dem Gesicht.

Ein Biker griff nach der dritten Frau. Sie schrie auf. „Los lassen!" Brynn schoss knapp über seinen Kopf hinweg.

Er ließ die Frau los und Brynn stieß sie zur Seite.

Weitere Schüsse fielen und Harleys umkreisten sie. Es war das reinste Chaos.

Verdammt. Sie sah sich um.

„Auf die andere Straßenseite." Brynn nahm die Frau an der Hand und zog sie auf die Straße.

Aber weitere Biker warteten schon.

Als sie auf sie zurasten, sie wie Haie umkreisten und die Motoren ihrer Maschinen aufheulen ließen, wurde Brynns Mund trocken. Ihr wurde klar, dass die Biker und die Scharfschützen sie genau dorthin getrieben hatten, wo sie sie haben wollten.

Brynn feuerte und einer der Biker stürzte von seinem Motorrad. Ein anderer versuchte erneut, die Frau zu packen, aber Brynn zog sie mit sich und schoss erneut.

Da. Eine Lücke.

Sie stieß die junge Frau an. „Lauf. Ins Gebäude. So schnell du kannst!"

Die Frau rannte los, ihre Schritte unbeholfen. Sie stolperte fast über den Bordstein, fing sich aber wieder und hetzte ins nächstgelegene Gebäude.

Brynn drehte sich um und sah, wie Polizisten – angeführt von Hunt – aus dem Wohnhaus auf der anderen Straßenseite gelaufen kamen.

Gott sei Dank.

Vanders X6 wurde immer noch von Kugeln durchlöchert.

Plötzlich ertönte das ohrenbetäubende Dröhnen eines Motorrads. Brynn drehte sich bereits um, als sie von den Füßen gerissen wurde.

Sie schlug um sich, doch der Biker schaffte es, sie auf seinen Schoß zu ziehen. Ihre Waffe flog durch die Luft.

Das Motorrad drehte mit quietschenden Reifen um und raste die Straße hinunter.

Sie wehrte sich, aber er verpasste ihr einen harten Schlag auf den Hinterkopf und im nächsten Moment sah sie Sterne.

„Halt still oder ich mache mir einen Spaß daraus, dir wehzutun."

Ihr stockte das Blut in den Adern. Der Wind rauschte an ihr vorbei und sie hob den Kopf.

Sie erkannte die Stimme und die wild funkelnden Augen über dem roten Stoff seines Kopftuchs.

Nomad.

FUCK.

Vander biss die Zähne zusammen, als weitere Kugeln in die Windschutzscheibe und das mit Metall verstärkte Blech des Geländewagens einschlugen.

Die Scheibe war mit unzähligen Rissen übersät, so dass er Brynn nicht mehr sehen konnte. Zuletzt hatte er sie dabei beobachtet, wie sie versucht hatte, eine verängstigte Frau zu retten.

Er hörte das Brummen der Motorräder, die angebraust kamen.

Scheiße. Er schlug mit einer Hand aufs Lenkrad. Er saß fest. Nomad hatte diesen Hinterhalt gut geplant. Erst hatte er dafür gesorgt, dass Vander handlungsunfähig war, und dann hatte er Brynn geködert, denn natürlich würde sie loslaufen, um andere zu retten.

Er hörte weitere Schüsse und spähte durch sein Seitenfenster. Er sah, wie Hunt und mehrere Cops auf die Straße liefen.

Scheiß drauf. Vander stieß seine Tür wieder auf.

Und beobachtete, wie ein Biker Brynn auf sein Motorrad zerrte.

Nein. Vander sah rot.

Er schlug die Wagentür zu und startete den Motor seines X6. Er betete, dass die in der Karosserie eingebaute, leichte Panzerung den Motor ausreichend schützen würde.

Er raste mit Vollgas die Straße hinunter. Die Biker wichen aus, aber einer war zu langsam. Vander touchierte ihn und der Kerl flog durch die Luft, während seine Harley unkontrolliert über den Asphalt schlitterte.

Vander hielt nicht an. Er starrte konzentriert durch

die kaputte Windschutzscheibe auf das Motorrad und Brynn.

Verdammt, er konnte kaum etwas sehen. Als sie um eine Ecke bogen, wurde der Verkehr dichter. Nachdem sie um eine weitere Straßenecke gefahren waren, fluchte er lautstark.

Er berührte den Bildschirm in der Mittelkonsole. „Ace!"

„Ich bin hier."

„Ruf das Signal von Brynns Tracker ab. Ein Biker hat sie und ich verfolge ihn."

Vander griff nach seiner Glock und schlug den Kolben gegen die Windschutzscheibe. Noch einmal.

Das Glas zerbröselte. Schlagartig hatte er einen starken Fahrtwind im Gesicht, aber wenigstens konnte er etwas sehen.

Da sind sie.

Er sah, wie die Harley sich zwischen den Autos hindurchschlängelte. Er sah auch, wie das Motorrad abbog.

Vander verriss das Lenkrad und folgte ihm. Sein Herz klopfte wie wild, aber er versuchte, sich zu konzentrieren. Er musste Brynn zurückholen. Das war alles, was ihn interessierte.

Nomad würde sie verdammt noch mal nicht in seine dreckigen Finger bekommen.

Vander sah, wie das Bike auf den Bürgersteig fuhr und dann um eine weitere Ecke bog.

Ein Auto versperrte Vander den Weg und er bremste.

„Komm schon!" Er hupte wie wild.

Das Auto ruckelte und wich ihm dann langsam aus. Er ließ den Motor aufheulen, raste vorbei und es gab ein dumpfes, reibendes Geräusch, als der X6 die Seite des anderen Fahrzeugs streifte.

Er bog in die Straße ein und sah mehrere Autos und einen Lieferwagen vor sich, aber kein Motorrad.

„Ace! Ich sehe sie nicht."

„Der Tracker zeigt an, dass sie etwa hundert Meter vor dir sind. Sie fahren noch."

Vander beschleunigte und suchte die Umgebung ab. Er überholte ein weiteres Auto.

„Ich sehe kein Motorrad."

„Sie sollten direkt vor dir sein", sagte Ace.

Verdammt noch mal. „Ich kann sie nicht sehen." *Nein. Verflucht, nein.*

Er fuhr weiter und folgte dem Verkehrsfluss.

„Sie sind abgebogen! Sie bewegen sich von dir weg. Nach Südosten, in Richtung 101."

Fluchend riss Vander das Lenkrad herum. Er raste weiter und hielt Ausschau nach der Harley.

Nichts.

Lastwagen, Autos, Taxis, aber kein Motorrad.

Keine Brynn.

„Fuck, Vander", sagte Ace. „Sie sind auf dem Highway. Sie fahren nach Süden und werden schneller."

Vander schlug mit der Handfläche auf das Lenkrad. Jetzt würde er sie nicht mehr einholen.

„Komm zurück in die Zentrale", sagte Ace. „Wir warten ab, wohin er sie bringt, und planen eine Rettungsaktion."

Vander biss die Zähne zusammen. Jede Sekunde, in

der Nomad sie hatte, war eine Sekunde, in der das Arschloch ihr wehtun konnte.

Eine Erinnerung blitzte in seinem Kopf auf. Zwei Mitglieder seines Teams, die von den Taliban als Geiseln genommen worden waren.

Beide hatten es nicht geschafft.

Vander hatte sie gerettet, aber er war zu spät gekommen. Alles, was von ihnen übrig geblieben war, waren verstümmelte Fleischklumpen gewesen.

Auf der Rückfahrt zum Büro hatte er sich nur mit Mühe unter Kontrolle. Mehrere seiner Reifen waren platt und der Motor begann zu stottern und würde bald absterben. Er fuhr in die Parkgarage.

Saxon und Hunt warteten schon auf ihn. Sie warfen einen Blick auf sein Gesicht und machten instinktiv einen Schritt zurück.

„Wir werden sie zurückholen", knurrte Hunt.

Vander nickte ihm knapp zu. „Konntest du am Tatort ein paar der Biker verhaften?"

„Ja, aber keiner von ihnen redet."

„Die Frauen auf der Straße?"

„Sind in Sicherheit. Sie stehen unter Schock, sind aber ansonsten unverletzt. Und unserem Officer geht es auch gut."

Sie gingen die Treppe hinauf und direkt in Aces Büro. Rhys saß dort, an die Wand gelehnt. Er nickte, ein Versprechen in seinen Augen. Vander war nicht überrascht, auch Easton zu sehen, in einem teuren, maßgeschneiderten Anzug, sein Gesicht ernst. Auch er nickte.

Seine Brüder, seine Männer, sie würden ihn niemals im Stich lassen.

Vander stieß einen Atemzug aus.

„Ich habe herausgefunden, wie Nomad es geschafft hat, unentdeckt zu bleiben", sagte Ace.

Auf dem Bildschirm war eine Videoüberwachung von der Umgebung der Straße zu sehen, von der Brynn entführt worden war. Vander sah Autos vorbeifahren, dann kam ein blauer Lieferwagen ins Bild. Während Vander zusah, öffnete sich die Ladeklappe nach unten und bildete eine Rampe. Dann fuhr eine Harley mit einem Biker und einer strampelnden Frau direkt auf die Rampe und ins Innere des Lieferwagens. Die Ladeklappe wurde geschlossen und der Lkw nahm Fahrt auf.

Einen Moment später raste Vanders verbeulter X6 vorbei.

Er schäumte vor Wut. Er war direkt an dem Lieferwagen vorbeigefahren. Direkt an Brynn. Und er hatte es nicht einmal gemerkt. *Fuck.*

Saxon packte ihn an der Schulter. „Reiß dich zusammen. Du musst dich jetzt konzentrieren. Für sie."

Rhys nickte. „Du bist der verdammt beste Kommandant, den die Ghost-Ops je hatten. Du kannst eine Rettungsaktion besser planen als jeder andere Mann, den ich kenne."

Vander holte tief Luft und sah Ace an. „Haben sie schon angehalten?"

„Noch nicht. Aber es sieht so aus, als ob sie auf dem Weg zum Hafen sind. Sie steuern auf den Pier 94 zu. Das ist der Massengut-Terminal, an dem Sand und Schotter entladen werden."

Auf einem weiteren Bildschirm sah Vander, wie der Lieferwagen in die Hafenanlage fuhr. In der Ferne waren mehrere große Kräne zu sehen und hohe Haufen grauen Sandes.

Vander runzelte die Stirn. Warum zum Teufel ließ Nomad Brynn dorthin bringen? Er vermutete, weil es ein verlassener, abgelegener Ort war, perfekt geeignet für Folter und Mord.

„Vielleicht hat Nomad dort ein Lagerhaus", überlegte Hunt laut.

„Wir müssen mit der Planung der Rettungsaktion beginnen", sagte Saxon.

Als seine Freunde sprachen, verwandelten sich ihre Stimmen in ein Dröhnen im Hintergrund. Vander starrte auf den Bildschirm. Hatte sie Angst? War sie verletzt?

Er atmete aus. *Nein.* Sie würde kämpfen. Sie würde solange durchhalten, bis er auftauchte, um sie zu retten.

Vander betete, dass er nicht zu spät kam.

„Sie haben angehalten", rief Ace aufgeregt.

Vander blickte auf den leuchtenden Punkt auf dem Bildschirm.

„Warte mal." Ace tippte auf den Bildschirm. „Was zum Teufel ist da los?"

Vander beobachtete, wie der Punkt ... ins Wasser der Bucht hüpfte.

„Sie sind auf einem Boot?", fragte Hunt.

„Wohin fahren sie?", fragte Rhys.

„Ruf das Satellitenbild auf", befahl Vander.

Sekunden später füllte ein Satellitenbild den Bildschirm aus und zeigte das Wasser der Bucht und mehrere dort angedockte Massengutfrachter.

„Sie steuern auf ein Schiff zu", wisperte Hunt.

„So hat Nomad vermutlich das viele Stardust in die Stadt gebracht", sagte Vander.

„*Da.*" Ace zeigte auf eines der Schiffe. „Sie haben angehalten." Er tippte auf die Tastatur. „Es ist ein Frachter namens *Reliance Express*. Letzter Anlaufhafen –", er sah auf, „Hafen von Lázaro Cárdenas, Mexiko."

Vander starrte auf den Punkt. *Halte durch, Brynn. Ich komme.* „Alles klar. Wir wissen, wo sie ist." Er marschierte aus dem Raum.

„Wohin willst du?", fragte Hunt.

„Ich muss meine Sachen packen, um meine Frau zurückzuholen."

KAPITEL NEUNZEHN

Brynn kletterte die Leiter an der Seite des Schiffes hinauf. Der Biker hinter ihr stieß sie unsanft an.

Sie sah zu ihm nach unten und funkelte ihn drohend an.

„Na los, Tempo", knurrte Nomad von oben.

Sie kletterte auf das Deck des Frachters und sah Nomad, der sich mit ein paar Mitgliedern der Schiffsbesatzung unterhielt. Sie alle hatten leere Gesichter, die ihr verrieten, dass sie kein Interesse daran hatten, sich in fremde Angelegenheiten einzumischen.

Von ihnen würde sie keine Hilfe bekommen.

Brynn ließ sich ihre Gedanken nicht anmerken. Sie würde Nomad nicht die Genugtuung geben, ihre Angst zu sehen. Keiner von ihnen wusste, dass sie einen Tracker trug.

Vander würde kommen.

Sie musste nur bis dahin durchhalten.

Sie ließ ihren Blick über das flache Deck des Schiffes wandern. Es war ein Massengutfrachter und sie sah die

Lukendeckel über jedem der Laderäume. Sie schluckte. Nomad hatte zweifellos Seerouten genutzt, um seine Drogen in die Stadt zu bringen.

Sie wurde erneut angestoßen und die Männer brachten sie in den Turm am Heck des Schiffes. Sie wusste, dass sich die Brücke ganz oben befand, mehrere Etagen mit Kabinen in der Mitte und die Maschinen-räume darunter. Sie betraten einen engen Korridor.

Nomad führte sie eine Treppe hinunter, einen weiteren schmalen Korridor entlang und in einen Raum.

Es war eine Art Kabine, allerdings ohne Fenster und nicht besonders groß. Sie wurde in einen Stuhl gedrückt und ihre Hände wurden ihr grob hinter dem Rücken gefesselt.

„Also." Nomad schritt vor ihr auf und ab. „Endlich habe ich dich da, wo ich dich haben will ... Detective Sullivan."

Sie hob eine Augenbraue. „Du hast lange genug gebraucht, um herauszufinden, wer ich bin, Tony."

Er kniff die Augen zu gefährlichen Schlitzen zusam-men, dann schlug er ihr blitzschnell mit dem Handrü-cken in ihr bereits mit Blutergüssen übersätes Gesicht.

Autsch. Sie biss sich auf die Lippe und schmeckte Blut. Tränen stiegen ihr in die Augen. „Ich habe ein paar Nachforschungen über dich angestellt, Tony. Ich habe gehört, dass dein letzter Motorradclub nicht glücklich mit dir war. Du wolltest immer mehr, bist immer öfter zu weit gegangen."

Er presste die Lippen zusammen. „Ich bin klug und ergreife die Initiative. Mein Boss weiß das zu schätzen.

Er hat mich hierhergeschickt, um das Geschäft auszubauen."

Brynn schnaubte höhnisch auf. „Er hat dich hergeschickt, um dich aus dem Weg zu schaffen."

Er biss die Zähne zusammen, beugte sich vor, packte sie vorn an der Bluse und verdrehte den Stoff in seiner Faust. „Ich werde mit meinem Plan Erfolg haben. Ich stelle die dauerhafte Versorgung mit Stardust hier in San Francisco sicher und als Sahnehäubchen übergebe ich meinem Boss den Kopf von Vander Norcross. Ich werde eine *Legende* sein."

Brynn lachte. Sie beugte sich vor und lachte so herzhaft, dass ihr die Tränen aus den Augenwinkeln traten.

Nomad wich zurück und starrte sie an.

„Du ... denkst ..." Sie lachte immer noch, „du denkst, du kannst es mit Vander aufnehmen?" Sie schnaubte. „Er wird dich auseinandernehmen, Stück für Stück."

„Nein, das wird er nicht. Nicht, solange ich dich habe. Seine Schwäche. Was ich mit dir machen werde, wird ihn brechen."

Sie verspürte einen Anflug von Angst, ließ sich davon aber nicht beirren und starrte ihm ins Gesicht. „Du wirst heute sterben, Tony, unabhängig davon, was du mit mir machst."

Der Biker lächelte nur. „Ich habe eine große Ladung Drogen auf diesem Schiff. Sie wird gerade für den Vertrieb verpackt. Ich werde dir wehtun und dann werde ich zusehen, wie Norcross durchdreht, unachtsam wird und an meiner Kugel in seinem Kopf stirbt. Und dann werde ich jede Menge Geld machen." Nomad richtete sich auf. „Jetzt muss ich los und nach meinem Stoff sehen."

Er packte ihr Kinn und sie versuchte, sich loszureißen.

„Du wirst hier sitzen und warten, bis ich bereit bin, mit dir zu spielen, Detective Brynn Sullivan." Er ließ ihr Kinn los und schritt zur Tür. „Passt auf sie auf."

Die beiden stämmigen Biker neben der Tür verschränkten die Arme vor der Brust.

Brynn spürte, wie sich ihr Magen zusammenzog. *Beeil dich, Vander.*

ES WAR NACHT GEWORDEN.

Dieser Bereich des Hafens war ruhig und lag in dunkle Schatten gehüllt.

Saxon, Rhys, Easton und Hunt standen am Pier. Ace hatte seinen Computer in der Nähe eines der X6 aufgestellt und seine Finger flogen über die Tastatur.

Vander starrte auf das Wasser. Die Lichter mehrerer Schiffe flackerten in der Dunkelheit, aber er konzentrierte sich auf die *Reliance Express*.

Er trug einen schwarzen Neoprenanzug. Wie oft hatte er schon bei ähnlichen Einsätzen so dagestanden und sich auf den Kampf vorbereitet? Normalerweise war er ruhig und nutzte seine Nervosität als Antrieb.

Doch bei dieser Mission stand so viel auf dem Spiel.

Brynn.

Sie war seine Frau. Sein selbstbewusster, kluger und mutiger Detective.

Er holte tief Luft und starrte wieder auf das Schiff. Es lag anderthalb Meilen vor der Küste.

Die anderen trugen die gleichen Anzüge und sie gingen den Plan durch.

Vander drehte sich zu ihnen. „Ich erledige das allein."

„Was?", knurrte Hunt.

Saxon runzelte die Stirn. „Vander –"

„Hunt, du bist nicht für einen Wasserangriff ausgebildet. Saxon, du weißt ganz genau, je mehr von uns reingehen, desto wahrscheinlicher ist es, dass sie uns entdecken. Das erhöht die Chance, dass Nomad sie tötet."

Die Männer sahen ihn mit finsteren Mienen an. Rhys stemmte die Hände in die Hüften. „Du kannst nicht allein gehen. Was, wenn du Verstärkung brauchst?"

„Dann kriege ich sie." Er blickte wieder über das Wasser. „Brynn."

„Vander, es sind fast zwei Meilen zu schwimmen und es ist stockdunkel", sagte Hunt.

Rhys hüstelte. „Für Vander ist das ein Kinderspiel. Das kann er im Schlaf."

„Ich habe mich in die Systeme des Schiffes gehackt", sagte Ace. „Sie haben ein paar Überwachungskameras. Keine Spur von Brynn. Ich kann jede Menge Bewegung und angeschaltete Lichter erkennen. So wie ich es sehe, ist sie ziemlich sicher im ersten Unterdeck auf der Steuerbord-Seite. Direkt über dem Maschinenraum."

Vander nickte. „Wenn du noch etwas siehst, sag mir Bescheid."

Ace nickte. „Geht klar."

„Grundgütiger." Hunt fuhr sich mit der Hand durch die Haare. „In unserer Familie herrscht das reinste Chaos. Sie sind alle krank vor Sorge."

Auch Hunt selbst war besorgt. Auf beiden Seiten seines Mundes waren tiefe Furchen zu sehen.

„Ich bringe sie zurück nach Hause." In Vanders Stimme schwang ein dunkles Versprechen mit. Er würde sie von diesem Schiff holen, auch wenn er selbst es nicht zurückschaffen sollte.

Hunt starrte ihn einen langen Moment an und nickte dann. „Bring sie nach Hause."

Vander legte sich einen kleinen, wasserdichten Rucksack um die Schultern, in dem sich seine Glock und ein paar andere hilfreiche Gegenstände befanden.

Er hatte ein Messer an seinen Oberschenkel geschnallt und ein paar weitere Waffen in seinem Neoprenanzug versteckt.

Er nickte seinen Freunden zu.

Dann tauchte er sauber ins Wasser ein. Die Kälte drang an seine Haut, aber sein Anzug bot ihm guten Schutz. Vander sorgte dafür, dass Norcross Security immer mit Spitzenausrüstung ausgestattet war.

Er tauchte auf und sah seine Freunde an.

„Viel Erfolg", sagte Rhys.

Saxon und Easton nickten.

Hunt begegnete seinem Blick. „Bring unser Mädchen nach Hause."

„Ich werde ihr sagen, dass du sie ein Mädchen genannt hast", sagte Vander.

Hunts Mundwinkel zuckten, aber der grimmige

Ausdruck in seinem Blick verschwand nicht. Vander wusste, dass Hunt sich in diesem Moment über einen Schlag oder einen frechen Seitenhieb von Brynn freuen würde.

Vander steckte sich sein teures, experimentelles Kreislauftauchgerät in den Mund und verschwand dann unter der Wasseroberfläche.

Die kalte, stille Dunkelheit hüllte ihn ein. Mit kräftigen Zügen schwamm er auf die *Reliance Express zu.*

Er konzentrierte sich auf seine Schwimmtechnik und achtete darauf, keine Wellen oder Spritzer zu verursachen.

Ich komme, Brynn.

IHRE ARME WURDEN LANGSAM TAUB.

Brynn arbeitete unauffällig weiter daran, die Fesseln an ihren Handgelenken zu lösen.

Die beiden Biker schenkten ihr keine große Aufmerksamkeit, gaben wertlosen Schwachsinn von sich und warfen ihr gelegentlich finstere oder anzügliche Blicke zu.

Nomad war noch nicht zurückgekehrt.

Sie spürte, wie sich das Seil leicht lockerte, und arbeitete weiter.

„Der Mann hat Pläne mit dir, Prinzessin", sagte der Biker mit dem dicken Bauch und den langen Haaren.

Prinzessin? *Igitt.*

„Oh, ja. Er wird dich übel zurichten." Der andere Biker war jünger und eindeutig high. Er war nervös, konnte nicht stillstehen und gelegentlich zupfte er an seinem struppigen, schmutzblonden Haar.

„Er wird uns sogar mitmachen lassen", lachte der ältere Biker.

„Charmant. Ihr tollen Kerle werdet so viel Spaß haben, wenn ich euch in eine Zelle sperre."

Jetzt lachten sie beide.

„Du bist an einen Stuhl gefesselt, Prinzessin. Wenn wir erst mit dir fertig sind, wird dein Mann dich nicht mehr anfassen wollen."

Sie verspürte einen Anflug von Angst, setzte aber ein gelangweiltes Gesicht auf.

„Ja, Nomad mag es, Leute zu brandmarken", sagte der jüngere der beiden und eine widerwärtige Aufregung schwang in seiner Stimme mit. „Er kann gut mit dem Schweißbrenner umgehen."

Der andere Mann lachte wieder. „Und er verwendet ihn nicht nur oberflächlich."

Brynn verbarg ihre Abscheu. Gerade als sie dachte, dass diese Arschlöcher nicht noch ekelhafter werden könnten.

Sie verstärkte ihre Bemühungen, das Seil zu lösen und sich zu befreien. Sie konnte nicht einfach nur auf Vander warten.

Sie musste von diesem Schiff runter.

Der Knoten lockerte sich.

Geschafft.

Sie befreite erst ein Handgelenk, dann das andere, vorsichtig, damit die beiden nichts mitbekamen. Unauffällig rollte sie ihre Schultern, um wieder etwas Gefühl in ihre kribbelnden Arme zu bekommen.

Gut. Jetzt musste sie sich um Dick und Doof kümmern.

„Sie ist ein heißes Teil." Der jüngere Biker bewegte sich auf sie zu.

Ja, noch ein bisschen näher.

Als der Motorradfahrer auf sie zu stakste, nahm sie das Seil fest in beide Hände.

Sie versuchte, nervös zu wirken, und schluckte einige Male.

Das brachte ihn nur zum Grinsen. Er zupfte wieder an seinen Haaren, dann berührte er ihr Bein und ließ seine Hand an ihrem Oberschenkel hinauf wandern.

„Ich stehe auf Beine. Deine sind heiß."

„Tut mir leid, ich mag meine Männer etwas größer, stärker und intelligenter."

Er legte die Stirn in Falten. Der ältere Biker gluckste.

Das Gesicht des jüngeren verzog sich zu einer wütenden Fratze. Sein Körper zuckte seltsam. „Du wirst mich schon noch mögen, Baby, wenn ich dir meinen Schwanz hineinstecke." Er lehnte sich vor. „Vielleicht fange ich mit meiner Zunge in deinem Hals an, um dir einen Vorgeschmack zu geben."

„Blue, komm ihr nicht zu nahe", warnte der ältere Biker ihn. „Sie gehört Nomad."

„Ich werde sie nicht bluten lassen. Noch nicht."

Sein heißer, unangenehmer Atem strich über ihr Gesicht.

Brynn atmete langsam aus, dann riss sie ihre Hände hoch und schlang das Seil um seinen Hals.

Blue riss die Augen so weit auf, dass es fast schon komisch war.

„Tut mir leid, du bist wirklich nicht mein Typ", sagte sie.

Sie sprang aus ihrem Stuhl auf und zog mit aller Kraft an beiden Enden des Seils. Es schnitt ihm in die Haut. Er musste würgen und versuchte, es mit seinen Fingern zu lösen.

Sie stieß mit ihrem gesamten Körpergewicht gegen ihn und er stolperte zurück. Sie hielt das Seil fest und verpasste ihm einen Tritt, so dass er gegen die Wand prallte.

Als sie das Seil noch fester anzog, begann sein Gesicht, lila anzulaufen. Dann hörte sie ein Brüllen hinter sich.

Brynn wich zur Seite aus und der ältere Biker krachte grunzend gegen seinen Freund. Blue sackte gegen die Wand und rutschte zu Boden.

Brynn packte den Stuhl, an den sie gefesselt gewesen war, und schwang ihn durch die Luft.

Mit einem Knirschen schlug er dem älteren Biker ins Gesicht. Holz zersplitterte.

Er brüllte auf und stürzte sich auf sie. Eine riesige Faust schnellte auf sie zu.

Sie duckte sich, schnappte sich dann eine abgebrochene Armlehne des Stuhls und wirbelte herum.

Der Bicker, dem die Wut ins Gesicht geschrieben stand, stürzte sich wieder auf sie.

Sie wich zurück und schaffte es im nächsten Moment ihm einen kräftigen Tritt in seinen dicken Bauch zu verpassen. Zischend wich die Luft aus seinen Lungen. Sie rammte ihm den Arm des Stuhls in die Schulter.

Er schrie auf und geriet ins Wanken. Sie nutzte den

Moment, richtete sich auf und traf ihn mit einem perfektionierten Roundhouse-Kick.

Ihr Stiefel prallte gegen seinen Kopf.

Er stürzte zur Seite und sackte auf seinem stöhnenden Freund zusammen. Schnell benutzte Brynn das Seil, um die Hände der Männer zu fesseln.

„Nun, es war mir ein Vergnügen, Jungs. Wartet hier. Eure Zelle ist in Kürze für euch bereit."

Sie drehte sich um. *Zeit, von hier zu verschwinden.*

Sie klopfte die Biker ab und fand ein Messer. Nicht viel, aber damit konnte sie arbeiten.

Langsam öffnete sie die Tür einen Spaltbreit und spähte hinaus. Der Korridor war leer.

Sie schlüpfte aus dem Raum.

Leise schlich sie den Korridor entlang, der weiter vorn in zwei verschiedene Richtungen führte. Sie war sich nicht ganz sicher, wie sie am schnellsten hier rauskam.

Plötzlich hörte sie Stimmen, die durch den Korridor hallten und näher kamen.

Verdammt.

Sie sah sich um und öffnete die nächstgelegene Tür. Es war eine kleine Kabine, zum Glück leer, mit einer schmalen Pritsche, einem eingebauten Schreibtisch und einem Schrank. Sie schlüpfte hinein.

Im Inneren lehnte sie sich an die Wand und wartete, die Tür einen winzigen Spaltbreit geöffnet. Einen Moment später gingen zwei Männer – Matrosen, ihrer Kleidung nach – draußen vorbei.

Sie atmete tief durch und schlüpfte dann wieder hinaus.

Du schaffst es aufs Oberdeck, springst vom Schiff und schwimmst ans Ufer. Ist doch nichts dabei.

Dann hörte sie etwas und hielt inne.

Was war das?

In ihrem Magen kribbelte es. Es war ein leises, scharrendes Geräusch gewesen, aber jetzt hörte sie nichts mehr. Ihr Mund wurde trocken. Sie hörte zwar nichts, aber sie wusste trotzdem, dass jemand ganz in ihrer Nähe war. Sie war sich auch bewusst, dass Nomad jeden Moment zurückkommen und bemerken könnte, dass sie weg war.

Sie musste von diesem Frachter runter, bevor es dazu kam.

Wieder hörte sie ein leises Geräusch. Einen Schritt?

Es spielte keine Rolle. Sie musste weiter.

Sie hob das Taschenmesser und eilte den Korridor hinunter. Jetzt musste sie nur noch –

Ein schwarz gekleideter Körper bog um die Ecke und sie stieß mit dem Mann zusammen. Starke Arme schlossen sich um sie.

Brynn riss das Messer hoch und es dauerte eine halbe Sekunde, bis sie realisierte, dass ihr der nasse Körper, der sich an sie presste, vertraut war. Intim vertraut war.

„Vander!"

Er berührte ihre Wangen, dann küsste er sie.

Gott. Die Angst in ihrer Brust löste sich. Er war gekommen. Sie hatte gewusst, dass er kommen würde.

Er zog sich zurück. „Geht es dir gut?"

Sie nickte und beäugte seinen feuchten Neoprenanzug. „Bist du hergeschwommen?"

Er nickte.

Gott, ihr Mann. Er war eindeutig Hals über Kopf in sie verliebt.

„Gehen wir", sagte sie. „In einer Kabine ganz hinten habe ich zwei Biker gefesselt und Nomad wird sie bald finden."

Etwas regte sich in seinen Augen. „Ich bin gekommen, um dich zu retten, aber natürlich hast du dich längst selbst gerettet." Er streichelte ihr wieder über die Wange.

„Was hast du denn erwartet?"

Er schüttelte kaum merklich den Kopf. „Komm schon."

Seine starke Hand nahm ihre, drückte sie und ließ sie dann los. Sie wusste, dass er seine Hände frei brauchte.

Plötzlich hallten Schreie durch das Schiff.

Oh, oh. Sie war sich ziemlich sicher, dass jemand Blue und seinen Freund entdeckt hatte.

„Na los", sagte Vander eindringlich.

Sie folgte ihm mit schnellen Schritten. Er hielt inne und hob eine Faust. Stimmen kamen aus dem Korridor zu ihrer Linken.

Scheiße.

Er drehte sich um und sie liefen denselben Weg zurück. Sie rannten einen anderen Korridor hinunter und kamen an einer weiteren Kreuzung vorbei.

„Warte", flüsterte sie. „Da führt eine Treppe nach unten."

Er drehte sich um und spähte den Quergang hinunter. Doch eine Sekunde später strömten mehrere Biker in den Korridor.

„Vander!", schrie sie.

Aber er war bereits in Bewegung. Alles ging so schnell, dass sie seine brutalen Schläge und Tritte nur verschwommen wahrnahm.

Kurz darauf lagen alle Biker auf dem Boden, stöhnten und krümmten sich.

Sie grinste. So knallhart.

Dann spürte sie den Lauf einer Waffe in ihrem Nacken und erstarrte.

„Lass die Waffen fallen, Norcross", sagte Nomad von hinten. „Mit einem Einschussloch im Kopf sieht sie nicht mehr so schön aus."

Vander richtete sich in dem hautengen Neoprenanzug auf, der seinen muskulösen Körper betonte.

„Lass deine Waffen fallen", sagte Nomad erneut.

Vander zückte seine Glock und zog das Messer aus der Halterung an seinem Oberschenkel.

„Vander, nein", sagte sie.

Der Lauf der Waffe bohrte sich tiefer in ihr Fleisch und sie zuckte zusammen.

Vander ließ seine Waffen fallen.

KAPITEL ZWANZIG

Vander biss die Zähne zusammen, als seine gefesselten Arme über seinen Kopf gezogen wurden.

„Das wirst du noch bereuen, Nomad", fauchte Brynn. Sie wand sich in alle Richtungen, aber der große Biker, der sie gepackt hatte, hielt sie fest.

Nomad stand neben ihr und sah mit einem Lächeln auf den Lippen zu.

Sie befanden sich im Maschinenraum, tief im Bauch des Schiffes. Drei Männer hielten Vander fest und warfen das Seil, mit dem er gefesselt war, über ein paar Rohre. Dann zogen sie ihn daran hoch, bis er die Belastung in seinen Schultern spürte und seine Zehen kaum noch den Boden berührten.

„Ich werde in San Francisco noch zur Legende. Dafür, dass ich den berüchtigten Vander Norcross zur Strecke gebracht habe." Nomad stellte sich vor ihn. „Du bist gar nicht so toll. Ich glaube, du hast mit deinen Fähigkeiten stark übertrieben."

Vander hob nur den Kopf und starrte den Mann an. „Ich habe es nicht nötig, irgendetwas zu übertreiben. Und ich prahle nicht damit, wie toll ich bin, wie manche Leute."

Das Gesicht des Mannes verzog sich. Er schlug Vander in den Bauch.

Die Luft wich aus Vanders Lungen und er hing baumelnd in den Seilen.

„Oh, du bist ja so hart, Tony", sagte Brynn. „Du traust dich nur, gegen ihn zu kämpfen, solange er gefesselt ist."

Verdammt, sie war wunderschön. Ihr Haar in all seinen Schattierungen umrahmte ihr Gesicht. Er konnte sehen, dass sie ihre Angst verbarg und nicht aufgab.

Die Tür öffnete sich und ein Biker kam mit einer Tasche herein. Er stellte sie auf dem Tisch ab und Nomad ging mit einem begierigen Gesichtsausdruck hinüber.

Er öffnete die Tasche und holte eine lange Metallstange und einen Schweißbrenner heraus. Er schaltete den Brenner ein und hielt das Ende der Metallstange in die Flamme.

Vander sah, wie Brynn sich versteifte.

„Detective Sullivan", sagte der Mann. „Bitte zieh deinem Mann den oberen Teil des Neoprenanzugs aus."

Sie hob ihr Kinn. „Nein."

Der Biker hinter ihr stieß sie heftig an, drehte sie zu sich um und verpasste ihr eine schallende Ohrfeige.

Vander rüttelte an seinen Fesseln.

Nomad nickte in Richtung der Tasche. Ein anderer

Biker griff hinein und zog eine große Schere heraus. Er drückte sie Brynn in die Hand.

„Wenn du versuchst, sie als Waffe zu benutzen –", Nomad hob den Schweißbrenner höher, „dann werde ich den hier zuerst an dir benutzen und ich werde mit deinem Gesicht anfangen."

Sie richtete sich auf und ging auf Vander zu, wobei sie eine Hand an ihre Wange legte und mit der anderen die Schere festhielt.

Jetzt sah er die Angst in ihren Augen. Ihre Sommersprossen hoben sich deutlich von ihrer Haut ab.

„Vander ...", flüsterte sie.

Da war sie wieder, diese Mischung, die er so sehr liebte – Stärke und Sanftheit. Er sah ihre Angst, aber darunter war der Stahl, der dafür sorgen würde, dass sie nicht zusammenbrach.

Sie griff nach dem Verschluss seines Neoprenanzugs und öffnete dann langsam den Reißverschluss.

„Alles wird gut", murmelte er.

Sie biss sich auf die Lippe, dann hob sie die Schere an. Sie biss die Zähne zusammen, als sie das Neopren aufschnitt. Da seine Arme gefesselt waren, konnte sie die Ärmel nicht abstreifen, also schnitt sie durch den Stoff.

Schließlich zog sie die obere Hälfte seines Anzugs von seinem Körper und entblößte seine Brust.

Sie berührte seine Haut und zeichnete die tätowierten Worte auf seinem Brustkorb nach.

„Freiheit hat ihren Preis", flüsterte sie.

„Vertrau mir", sagte er.

„Das tue ich, aber ..."

Ja, die Situation sah schlimm aus. „Ich verspreche,

dass ich dich hier sicher rausbringe. Ich werde nicht zulassen, dass dich jemand anfasst, dir wehtut –" sein Ton wurde leiser und er ließ sie spüren, was er fühlte – „oder dich mir wegnimmt."

Sie schluckte.

„Ich bin allein gekommen, weil ich meinen Jungs gesagt habe, dass ich hier alle Unterstützung habe, die ich brauche."

Ihre hübschen blassblauen Augen leuchteten auf. Sie nickte.

„Geh zurück." Ein Biker packte sie hinten an der Bluse und riss sie zur Seite. Vander sah auf ihre Hände – eine umklammerte die Schere, die andere ballte sich zur Faust – und er wusste, dass sie zuschlagen wollte.

Aber seine Frau war clever.

Sie ließ die Schere neben sich und aus dem Blickfeld gleiten.

Nomad drehte sich um. Der Stab in seiner Hand glühte an einem Ende rot.

„Lass uns gehen und ich werde euch nicht alle töten", sagte Vander.

Die Biker lachten laut auf.

Nomad lächelte. Er fuchtelte mit dem brennenden Metallstab durch die Luft. „Du wirst gleich schreien. Ich liebe es, wenn sich die Brandmale tief in die Haut einbrennen. Es ist eine Kunstform. Und der Geruch des brennenden Fleisches ist so schön animalisch."

„Du bist ein Schwein", blaffte Brynn.

Nomad warf einen Blick in ihre Richtung. „Deine schöne Haut wird mit meinen Brandmalen wunderschön aussehen, Detective."

DER DRAHTZIEHER

Vanders Muskeln spannten sich an. Er mühte sich ab, sich nicht provozieren zu lassen, und biss die Zähne zusammen. „Letzte Warnung, Nomad."

Der Biker schüttelte den Kopf. „Stur. Hast wohl noch immer nicht kapiert, dass dein letztes Stündlein geschlagen hat." Er kam näher.

Vander atmete tief ein und dann langsam wieder aus.

Nomad stellte sich direkt vor ihn.

Vander spannte seine Bauchmuskeln an und hob ruckartig seine Füße in die Luft. Er trat dem Mann die Metallstange aus der Hand, die durch die Luft flog und auf den Boden klapperte.

Nomad schrie auf und Vander versetzte dem Mann mit aller Wucht einen Tritt gegen den Kopf. Er segelte rückwärts und schlug auf dem Boden auf.

Zwei Biker stürzten sich auf Vander. Er trat den einen, der in den anderen krachte. Sein nächster Tritt zielte direkt auf die Nase des Mannes ab und Blut spritzte in alle Richtungen.

Der Schlankere der beiden griff an und Vander schaffte es, seine Beine um den Hals des Mannes zu schlingen. Bevor sein Angreifer etwas unternehmen konnte, presste Vander seine Beine fester zusammen, so dass der Mann in einem Würgegriff gefangen war.

Der Biker wehrte sich, aber Vander umklammerte seinen Hals mit aller Kraft und ließ nicht locker. Einen Moment später sackte der Kerl zusammen und Vander ließ ihn zu Boden fallen.

Vander hob seine Beine zu seinen Händen. Aus dem Augenwinkel sah er, wie Brynn mit dem größeren Biker

299

kämpfte. Sie verpasste ihm einen sauberen Frontkick und einen kräftigen Faustschlag.

Vander schaffte es, mit seinen gefesselten Händen ein Messer aus seinem Schuh zu ziehen, das er dort versteckt hatte. Er sah seltsam aus in dieser Pose, aber bei den Ghost-Ops hatten sie viele solcher Situationen geübt. Sie hatten sich regelmäßig gegenseitig gefesselt und versucht, sich zu befreien.

Vorsichtig, damit er das Messer nicht fallen ließ oder sich nicht schnitt, begann er, an seinen Fesseln zu sägen.

Die Klinge war scharf.

Eine Sekunde später lösten sich die Seile und Vander landete in einer tiefen Hocke auf dem Boden.

Er schüttelte die Reste seiner Fesseln ab, als Brynn den Biker gerade gegen die Wand schleuderte und ihm den Ellbogen in die Kehle rammte.

Würgend sackte er an der Wand entlang zu Boden.

Sie drehte sich um, sah, dass Vander frei war, und blinzelte.

Dann grinste sie. „Du bist einfach unglaublich."

Sie bewegten sich im selben Moment und stießen zusammen. Ihr Kuss war heiß und hungrig.

„Ich weiß, dass es total falsch ist, aber ich bin gerade so scharf auf dich", wisperte sie.

Vander schlang seine Arme fester um sie. „Du bist wirklich eine ganz eigene Nummer, Detective."

„Du auch, Norcross." Sie sah an ihm vorbei und riss die Augen auf. Er wirbelte herum.

Kein weiterer Schlägertyp.

Ein Feuer.

Die Flammen krochen bereits an den Wänden hoch.

„Fuck." Der Schweißbrenner musste etwas in Brand gesteckt haben. „Komm schnell."

Er nahm ihre Hand und sie rannten los. Sie verließen den Maschinenraum und sprinteten den Korridor entlang.

Dabei kamen sie an einer Gruppe verwirrter Matrosen vorbei.

„Feuer!", schrie Brynn. „Evakuieren."

Sie waren fast auf dem Oberdeck, als ein Alarm ertönte. Weitere Matrosen liefen wild durch die Gegend.

Die Nachtluft schlug ihnen entgegen.

Bumm.

Das Schiff bebte unter ihren Füßen.

Vander zog sie an die Reling und sah sie an. „Vertraust du mir?"

„Immer."

Ein weiterer Knall brachte das Schiff zum Wanken und ein paar der Lukendeckel wurden in die Luft geschleudert und Flammen schossen in den Nachthimmel.

Vander hielt Brynns Hand fester und gemeinsam sprangen sie von der Seite des Schiffes ins Wasser.

BRYNN KÄMPFTE sich an die Oberfläche zurück und spuckte Wasser aus. Sie strampelte mit den Beinen und beobachtete, wie Vander direkt neben ihr auftauchte.

Sie blickten zurück auf das brennende Schiff und sahen zu, wie Männer ins Wasser sprangen.

„Nette Rettungsaktion", sagte sie.

„Dass das Schiff explodiert ist, ist ein zusätzlicher Bonus." Er legte einen Arm um sie und küsste sie.

Sie war sich nicht sicher, wie lange sie im Wasser auf der Stelle traten, sich umarmten und sich in den Wellen küssten. Es war das Dröhnen eines Bootsmotors, das sie veranlasste, sich voneinander zu lösen.

Sie blickte auf, als ein heller Lichtkegel auf sie fiel. Ein schnittiges Schnellboot raste heran.

Es wurde langsamer und umkreiste sie.

„Da wären wir", sagte Saxon vom Bug des Bootes aus. „Da mache ich mir Sorgen, dass ihr beide gerade explodiert seid und ihr macht rum."

„Verpiss dich, Buchanan", sagte Vander ohne jede Aggression in seiner Stimme.

Hunt saß am Steuer des Schnellbootes.

Saxon zog sie an Bord. Brynn war klatschnass und als die kühle Brise durch ihre Kleider sickerte, fröstelte sie.

Ihr Cousin schlang seine Arme um sie und hielt sie fest.

„Es geht mir gut", sagte sie.

Hunt sah Vander an. „Ich danke dir."

Vander zuckte mit einer Schulter. „Sie war schon drauf und dran, sich selbst zu retten."

Sie grinste.

Ihr Cousin schüttelte den Kopf.

Vander zog sie an sich. Saxon brachte eine Decke und Vander legte sie um sie beide. Er setzte sich hin, zog sie auf seinen Schoß und schlang seine Arme fest um sie. Als wollte er sie nie wieder loslassen.

Brynn war damit einverstanden.

Sie drückte eine Hand auf seine feuchte, nackte

Brust, legte ihre Handfläche auf sein schlagendes Herz. Als sie zurück zum Ufer fuhren, kamen sie an mehreren Polizeibooten vorbei, die auf das brennende Schiff zurasten.

Als sie sich dem Hafen näherten, sah sie Lichter, Autos und eine kleine Menschenmenge.

„Macht euch bereit", warnte Saxon sie. „Unsere Frauen und die Familien sind hergekommen."

In der Menge sah Brynn ihre Mutter, ihre Schwestern und ihren Bruder. Sie stöhnte auf.

Vander drückte sie noch fester an sich. Hunt verlangsamte das Schnellboot und sie kamen längsseits des Piers zum Stehen. Saxon vertäute es und Vander half Brynn aus dem Boot.

„Brynn!" Ihre Mutter zog sie fest in ihre Arme. Dann waren ihre Schwestern da, redeten wild auf sie ein und umarmten sie.

Bard wirkte erschrocken. Er blickte auf das brennende Schiff in der Bucht, dann wieder zu ihr. „Mein Gott, Brynn."

„Es geht mir gut."

Er schubste ihre jüngere Schwester zur Seite und umarmte sie.

Dann wurde sie aus seinen Armen gezerrt. Vander zog sie fest an seine Seite und der Blick in seinen Augen warnte sie, ihm nicht zu widersprechen.

Ihre Schwestern starrten ihn an.

„Wow." Carrins Augen wurden groß.

Naomis Lippen formten ein O.

Gia, Easton und der Rest der Norcross-Bande standen hinter ihm. Sie sahen ganz und gar nicht aufgeregt aus. Sie mussten wohl an diese Art von actiongeladenem Drama gewöhnt sein.

„Brynn!" Mrs. Norcross eilte auf sie zu und umarmte sie.

Mr. Norcross erschien neben seiner Frau und klopfte ihr auf die Schulter. Er zwinkerte ihr zu. „Danke, dass du auf meinen Sohn aufgepasst hast."

„Wir haben aufeinander aufgepasst", sagte Brynn.

Vander legte ihr einen Arm um die Schultern. „Kann ich jetzt meine Frau wiederhaben?"

„Warte." Bard sah schockiert aus und ein wenig grün. „Du bist Vander Norcross." Er wandte sich an Brynn. „Du schläfst mit Vander Norcross? Bist du wahnsinnig?"

Sie versteifte sich. „Nein, Bard, ich bin in Vander Norcross verliebt."

Die Menge wurde still und Vanders Griff legte sich fester um sie. Sie drehte ihren Kopf und sah zu ihm auf.

„Und er ist in mich verliebt." Sie wandte den Blick nicht von seinen dunklen Augen ab. „Du bist in mich verliebt."

Er starrte sie nur an, aber sie sah, wie sich seine nackte, muskulöse Brust plötzlich etwas schneller hob und senkte.

Ihr Puls schnellte in die Höhe. *Komm schon, Vander.* „Hast du den Mut, mir zu sagen, was du für mich empfindest?"

Sie war sich schmerzlich bewusst, dass ihr Publikum sie neugierig beobachtete.

„Ich habe dich gewarnt, dass Beziehungen nichts für einen Mann wie mich sind", sagte er.

Jemand stieß ein wütendes Zischen aus. Brynn glaubte, es kam von Gia.

Brynn schnaubte spöttisch. „Komm schon, Vander. Alles, was du tust, ist für deine Familie, deine Freunde und deine Mitarbeiter. Das sind alles Beziehungen. Nach außen hin bist du ein Bär von einem Mann, knallhart und taff, der ultimative Beschützer. Aber darunter bist du total weich und schnulzig."

Mehrere Leute schnappten nach Luft.

Ein Muskel in seinem Kiefer spannte sich an: „Brynn –"

„Du kümmerst dich um sie alle. Du hast ihnen geholfen, ihre Geschäfte aufzubauen. Du setzt alles daran, den Frauen zu helfen, in die sie sich verliebt haben. Und ich weiß, dass du zurückkehrenden Veteranen hilfst, sich wieder in das zivile Leben zu integrieren. Ich habe auch Nachforschungen über dich angestellt. Ich weiß, wie viel Geld und Zeit du in die Wohltätigkeitsorganisation Returning Warriors steckst. Ich weiß, dass du selbst sie ins Leben gerufen hast, klammheimlich und anonym."

Er presste die Lippen zusammen. „Das spielt alles keine Rolle –"

„Oh doch, das tut es. Du bist so sehr verliebt in mich, dass du nicht klar denken kannst."

Er starrte sie an, ohne etwas zu sagen.

Die Stille zog sich hin.

Ihr Herz setzte einen Schlag aus und plötzlich konnte sie spüren, wie das Adrenalin aufhörte, durch ihre Adern zu rasen. Gott, was, wenn er nie lernen würde, mit seinen Gefühlen umzugehen? Sie stand vor ihm und schüttete ihm ihr Herz aus und er versteckte sich immer noch hinter seiner Mauer.

Sie fuhr sich mit einer Hand durch ihr nasses Haar. „Ich glaube, es gibt doch etwas, wovor Vander Norcross Angst hat." Sie wandte sich ab. „Ich will nur noch nach Hause."

Vander machte einen Satz vorwärts und packte sie mit einem tiefen Brummen. „Lässt du mich jetzt reden?"

„Ich will nicht –"

Er küsste sie. Sein Kuss war hart, intensiv und so voller Gefühl. Er ließ seine Hand in ihr nasses Haar gleiten. Sie war zwar müde und wütend, aber es war Vander, also erwiderte sie natürlich seinen Kuss.

Als er seine Lippen von ihren löste, war sie überrascht, dass ihre Augäpfel nicht in ihrem Kopf nach hinten rollten und ihre Beine nachgaben.

„Ich habe noch nie eine Frau geliebt. Ich wollte es nie und ich habe auch noch nie auch nur annähernd eine Frau geliebt. Also, ein wenig Geduld, bitte."

Ihr Puls preschte los wie ein Rennpferd. „Oh."

„Ich habe dir gesagt, dass ich dich nie wieder gehen lassen werde. Du gehörst mir. Ich gehöre dir. Dein Zuhause ist bei *mir*. Niemand wird dich jemals so sehr lieben wie ich. Niemand wird empfinden, was ich für dich empfinde."

Sie schmolz dahin. Plötzlich war ihr nicht mehr kalt. „Oh, Vander."

Es war so Vander und seine Worte waren so perfekt.

Er fiel wieder über ihre Lippen her.

Es wurde geklatscht und gejubelt. Brynn hörte Mrs. Norcross weinen. Als sie den Kopf hob, sah sie Vanders

Mutter, die sich an ihren Mann lehnte. Brynns Mutter und ihre Schwestern lächelten. Bards Gesicht war ausdruckslos. Tja, er würde sich schon noch daran gewöhnen.

„Der arme Jack hatte nie eine Chance", sagte Naomi.

Vander packte Brynns Kinn und sie sah ihn an.

„Ich will heiraten und ich will Kinder", sagte er.

Sie zuckte zusammen. „Jetzt gleich?"

Das brachte ihr eines seiner glorreichen Lächeln ein. „Nein, aber bald wirst du meinen Ring tragen und eines Tages wirst du meine Kinder bekommen."

„Eigentlich musst du mich erst fragen, Vander."

„Das werde ich. Irgendwann. Wenn die Zeit reif ist." Er drückte ihr einen schnellen Kuss auf die Lippen und fuhr dann mit dem Daumen an ihrem Wangenknochen entlang. „Fürs Erste ziehst du bei mir ein."

Ein weiterer Befehl. Sie hob den Blick zum Himmel. „Frag mich."

„Brynn, willst du ein Zuhause mit mir aufbauen?"

„Ja."

Sie küssten sich wieder und es war ihr egal, dass sie von Menschen umgeben waren und nach Abwasser rochen. Sie war genau da, wo sie sein wollte.

KAPITEL EINUNDZWANZIG

Zwei Monate später

V ander schritt in die Gasse. Plötzlich kam ein Jugendlicher aus der anderen Richtung herange-stürmt und blickte hektisch hinter sich.

Vander streckte seinen Fuß aus und der Junge stol-perte und landete mit dem Gesicht auf dem dreckigen Asphalt. Die Handtasche, die er umklammert hielt, flog ihm aus der Hand.

„Was zum Teufel?" Der Junge blickte auf, sah Vander und erstarrte. Die Farbe wich aus seinem Gesicht. „Ah ... Norcross."

„Dachtest du, ich würde dich nicht erwischen?" Vander ging in die Hocke und griff nach der Handtasche. „Steh auf. Du wirst sie der alten Dame zurückgeben, die du gerade vor meinen Augen überfallen hast. Und dich entschuldigen."

Der Gangster in Ausbildung rappelte sich auf und schluckte.

Schritte.

Vander drehte sich um und sah die Umrisse von zwei großen Kerlen.

„Der Junge gehört zu uns." Ein Mann kam auf ihn zu. Er war mit Tattoos übersät und hatte einen glattrasierten Kopf.

„Ja, das wirst du büßen, du Wichser", sagte der andere, zweifellos auch ein Gangmitglied. Er war kleiner, muskulös, hatte einen Vorderzahn zu wenig und einen harten Gesichtsausdruck. „Wenn du einen Blade angreifst, bekommst du es mit uns allen zu tun."

„Gehören die Typen zu dir?", fragte Vander den Jungen.

Der Junge nickte. „Sind gerade aus L.A. angekommen."

„Du bist ihm keine Rechenschaft schuldig", murrte einer der Männer. „Wenn du ein Blade sein willst, lass dir ein Paar Eier wachsen. *Keiner* kommandiert uns herum."

„Ich schlage vor, dass du kein Blade wirst", sagte Vander zu dem Jungen.

„Das wars, Arschloch." Der Mann mit den Tattoos kam näher.

„Tank, du solltest nicht –", begann der Junge.

Aber Vander griff bereits an.

Er trat nach dem Kerl, duckte sich und verpasste dem Gangmitglied dann einen so festen Schlag in den Bauch, dass ihm die Luft wegblieb. Vander packte den Kerl am Hemd und schleuderte ihn gegen die Mauer.

Er wandte sich dem zweiten Blade zu. Mit einem Brüllen stürzte sich der Kerl auf ihn.

Vander wich zur Seite aus und nahm den Mann in den Schwitzkasten, bevor er ihm einen Kinnhaken verpasste. Der Körper des Mannes sackte zusammen und Vander stieß ihn neben dem anderen stöhnenden Blade zu Boden.

Er wandte sich an den Teenager.

Der Junge wischte sich die Hände an seinen Jeans ab und starrte auf die beiden außer Gefecht gesetzten Gangmitglieder.

Er begegnete Vanders Blick. „Ich will sein wie Sie."

„Geh zur Schule, Junge. Meide die Gangs. Tritt dem Militär bei. Kämpfe, um Menschen zu beschützen, nicht um sie zu verletzen."

Gemächliche, selbstbewusste Schritte hallten durch die Gasse.

Vander und der Junge sahen auf.

Brynn trat aus den Schatten und trug das, was er für ihre Polizeiuniform hielt – dunkle Jeans, Stiefel, eine weiße Bluse und einen marineblauen, taillierten Blazer. Ihre Dienstmarke funkelte an ihrem Gürtel und ihr Haar war zu einem Pferdeschwanz zurückgebunden. Er wusste, dass sie heute bei Gericht gewesen war.

„Cop", flüsterte der Junge. „Heißer Cop."

„Hallo, Detective", sagte Vander betont lässig.

Jedes Mal, wenn er sie sah, spürte er es tief in seiner Brust – alles, was er für sie empfand. Es wurde nie schwächer, sondern immer stärker.

„Norcross. Kämpfst mal wieder in dunklen Gassen mit dubiosen Gestalten, wie ich sehe."

Er lächelte und reichte dem Jungen die Handtasche. „Gib sie zurück. Entschuldige dich."

Der Teenager nickte schnell, dann nahm er die Tasche. Er schob sich an Brynn vorbei und joggte aus der Gasse.

Sie betrachtete die stöhnenden Männer am Boden. „Hast du ein Geschenk für mich?"

„Sie gehören dir." Er trat näher und strich mit einer Hand über das Revers ihres Blazers.

„Du weißt doch, dass es mich total heiß macht, wenn du so knallhart bist", sagte sie.

„Ich weiß." Er senkte seinen Kopf und küsste diesen Mund, den er so sehr liebte.

Er war so verdammt verliebt in sie. Sie machte jeden Tag ein wenig heller, ein wenig leichter.

Jede Nacht schlief er eng an sie gekuschelt.

Und er würde das Kuscheln gegen nichts in der Welt tauschen wollen.

„Wann kommst du nach Hause?", fragte sie.

„Ich werde versuchen, nicht zu spät zu kommen, aber ich treffe mich noch mit Trucker."

Trucker hatte den Anschlag überlebt und Vander hatte den Mann überzeugt, sich als Präsident zurückzuziehen. Einige anständige Mitglieder der Iron Wanderers hatten die Führung übernommen und räumten den Club auf.

„Und da ist noch eine andere Sache, um die ich mich kümmern muss", fügte er hinzu.

„Denk daran, dass wir bei deinen Eltern eingeladen sind. Sie kochen", sagte Brynn.

„Ich weiß. Ma hat mir schon gesagt, dass sie Lasagne macht, obwohl Dad grillt."

Brynn stöhnte. „Ich liebe die Lasagne deiner Mutter.

Ich nehme jedes Mal zwei Pfund zu, wenn wir dort essen."

Er ließ eine Hand zu ihrem Hintern hinuntergleiten. „Ich werde mich nicht beschweren."

Sie knabberte an seinem Kiefer. „In Ordnung. Wenn du dich verspätest, treffen wir uns bei deinen Eltern. Und jetzt lass mich ein paar Kollegen anfordern, die deine beiden Freunde hier abholen." Sie lächelte. „Ich liebe dich."

Vander fuhr mit seiner Nase an ihrer entlang. „Ich liebe dich auch, Detective."

BRYNN NIPPTE an ihrem Bier und lächelte.

Die Abende, an denen Mr. und Mrs. Norcross kochten, waren großartig. Sie war schon einige Male zum Abendessen hier gewesen.

Vanders Vater stand am Grill und Rhys half ihm. Mrs. Norcross wuselte durch das hübsche Edwardische Haus in Noe Valley, in dem Vander und seine Geschwister aufgewachsen waren. Nicht weit von ihr saßen Brynns Mutter und Schwestern mit Gia an einem Tisch, lächelten und plauderten.

Gott, Dad, ich wünschte, du wärst hier. Er würde Vander lieben und auch seine gesamte Familie.

Brynn ließ sich für einen Moment von ihrem Kummer mitreißen. Er wusste es. In ihrem Herzen wusste sie, dass er über sie wachte und dass er stolz war.

Die Lichterketten verliehen dem kleinen Garten eine festliche Atmosphäre. Sie entdeckte Ace und Maggie und lächelte. Die Frau hatte jetzt einen großen Baby-bauch und Ace streichelte ihn. Die Hubschrauberpilotin strahlte.

Vander sollte bald eintreffen. Sein Treffen mit Trucker hatte länger gedauert. Der Biker hatte sich zurückgezogen und Grill hatte die Stadt verlassen. Die Iron Wanderers hatten einen neuen Präsidenten und das Letzte, was sie gehört hatte, war, dass er die nächtlichen Kämpfe sicher und legal machte und die Bar für die Öffentlichkeit öffnete. Außerdem wollten sie ihr Geschäft mit den Sonderanfertigungen in der Werkstatt ausweiten.

Nomad und seine Schläger hatten es nicht von der *Reliance Express* geschafft. Sie waren in der Bucht mit dem Schiff und ihren Drogen untergegangen. Brynn bedauerte es nicht besonders.

Sie hatte verhindert, dass San Francisco mit Stardust überflutet wurde und war sehr zufrieden mit ihrer Leis-tung. Weit weniger junge Menschen würden an einer unnötigen Überdosis sterben.

Aber genug von der Arbeit für heute Abend. Sie sah hinüber und sah Ryder, der sich mit Sofie unterhielt. Ihr Cousin und die Prinzessin verstanden sich gut. Sofies gut aussehender Mann Rome stand bei ihnen und nickte zustimmend bei allem, was Ryder sagte.

Haven und Harlow tranken ausgerechnet mit Mike Jankowski Cocktails am Rand der Terrasse. Der Detec-tive hatte sich gut erholt, würde aber noch längere Zeit hinter seinem Schreibtisch verbringen. Bard kaute Easton ein Ohr ab. Zweifellos holte er sich Anlagetipps. Ihr Bruder hatte sich langsam mit dem Gedanken abgefunden, dass seine Schwester mit Vander Norcross zusammenlebte.

Für einen Mann, der die Einsamkeit liebte, war das Zusammenleben mit Vander fantastisch. Er brachte ihr morgens Kaffee, rief sie ein paar Mal am Tag an oder schickte ihr Nachrichten, und er war es, der meistens für sie beide kochte. Sie liebten es, zusammen auf der Couch zu liegen und sich ein Spiel anzusehen – Eishockey, Baseball, Football, sie hatten an jedem Sport Spaß. Er liebte es, wenn sie sich aufregte und die Schiedsrichter beschimpfte. Danach fiel er für gewöhnlich über sie her.

Ein gemütliches Sonntagsfrühstück auf seiner hammermäßigen Dachterrasse war ihr Ding geworden. Vander war heimlich besessen von Waffeln und Ahornsirup.

Sie verliebte sich jeden Tag mehr in ihn.

Und jeden Tag sprach er ein bisschen mehr mit ihr über seine Zeit bei den Ghost-Ops. Nicht über die geheimen Details, aber über die Männer und Frauen, mit denen er gedient hatte.

Er gehörte ihr. *Mit Haut und Haar.*

Sie sah, wie Hunt herauskam und seine Krawatte lockerte. Es war beeindruckend, wie mürrisch er drein-schauen konnte.

Sie schnappte sich eine Flasche aus dem mit Eis gefüllten Eimer auf der Terrasse und ging zu ihm. „Hey, brauchst du ein Bier?"

„Ja."

„Du siehst müde aus."

Der finstere Blick ihres Cousins vertiefte sich. „Das verdanke ich meiner neuen Nachbarin. Sie spielt viel zu laut Musik und das auch noch zu jeder Tages- und Nachtzeit."

„Oh." Brynn lächelte. „Ein Besuch des freundlichen Detectives von nebenan sollte das Problem doch bestimmt lösen."

„Sie ist schwer zu fassen." Er nippte an seinem Bier. „Jedes Mal, wenn ich klopfe, ist sie nicht zu Hause oder macht nicht auf."

Interessant. Brynn verengte ihren Blick auf Hunts Gesicht. Er schien sich viel mehr über diese Sache aufzuregen, als es ihr sonst so gelassener, beherrschter Cousin tun würde.

„Irgendetwas an ihr ist komisch. Sie hat nie Besuch. Wirkt wachsam. Da steckt eine Geschichte dahinter und ich traue ihr nicht."

„*Mhmm*." Brynn sah das Interesse in den Augen ihres Cousins. Die Sache schien weit über einen neugierigen Polizisten, der keine laute Musik mochte, hinauszugehen. „Wie sieht sie denn aus?"

„Keine Ahnung. Eins siebzig groß, schlank, blonde, leicht gewellte Haare."

Mit anderen Worten, er wusste ganz genau, wie sie aussah. „Hast du sie überprüft?"

„Natürlich habe ich das. Sie ist sauber. Zu sauber."

Brynn hob eine Augenbraue. „Denkst du, dass sie einen falschen Ausweis benutzt?"

Er nahm einen weiteren Schluck von seinem Bier. „Wenn sie es tut, ist er gut gemacht."

Hunt hatte ihre Spur aufgenommen. Ihr Cousin war hartnäckig und er würde nicht aufgeben, bis er alle Antworten hatte.

Sie hoffte, dass seine neue Nachbarin keine Serienmörderin war, die sich in der Wohnung neben seiner versteckte.

Zwei Männer traten aus dem Haus auf die Terrasse und augenblicklich wurde ihr warm ums Herz.

Wie immer sah ihr Mann heiß aus. Vander trug Jeans und ein tiefgrünes Hemd, das sie für ihn gekauft hatte. Er sah sich um und sein Blick blieb an ihr hängen. Er lächelte.

Nicht nur in ihrem Bauch begann eine Horde wild gewordener Schmetterlinge zu flattern.

Ja. Jeden Tag verliebte sie sich mehr in ihn.

Sie warf einen Blick auf den Mann neben ihm und es dauerte eine Sekunde, bis sie den kräftigen, muskulösen Mann mit dem braunen, kurzgeschorenen Haar erkannte.

„Camden!", rief sie.

„Was?" Hunt drehte sich um und sein Gesicht hellte sich auf. „Cam."

Hunt ging hinüber, umarmte seinen Bruder und sie klopften sich gegenseitig auf den Rücken. Ryder breitete seine Arme aus und gesellte sich zu ihnen.

„Ich dachte, du wärst erst nächste Woche zurück", sagte Hunt.

Camden zuckte mit einer breiten Schulter. „Ich habe beschlossen, meine Zelte am Strand abzubrechen und nach Hause zu kommen."

Brynn trat auf ihn zu. „Hey, du."

„Brynn." Er schenkte ihr ein flüchtiges Lächeln und umarmte sie kurz.

Seine blassgrünen Augen wirkten matt und er hatte eine neue Narbe, die über seine Wange lief. Sie war zwar verheilt, sah aber immer noch recht frisch aus. Er strahlte eine harte Unversöhnlichkeit aus, die vorher nicht da gewesen war.

Ihr Herz setzte einen Schlag aus. *Oh, Cam, was hast du nur überlebt?*

„Kann ich meine Frau zurückhaben, bitte?"

Camden ließ sie los und sah Vander an. „Ich weiß nicht. Sie riecht wirklich gut." Cam begegnete ihrem Blick. „Ich kann nicht glauben, dass du mit Norcross zusammengezogen bist." Er musste sich sehr anstrengen, ein Lächeln auf seine Lippen zu zaubern.

„Das Beste, was ich je getan habe", sagte sie. „Es hat eine Weile gedauert, bis ich ihn zur Vernunft gebracht habe und er endlich zugegeben hat, dass er verrückt nach mir ist."

Vander packte sie, schlang einen Arm um ihre Taille und küsste sie, bis sie keine Luft mehr bekam.

„Du bedeutest Ärger", sagte er. „Ich wusste es von dem Moment an, als ich dich zum ersten Mal gesehen habe." Aber er lächelte. „Die beste Art von Ärger."

„Holen wir dir ein Bier, Cam", sagte Hunt.

Brynn beobachtete ihre Cousins und konnte nicht verhindern, dass sie sich Sorgen machte. Cam wirkte so ... hart, so traumatisiert.

Vander strich ihr mit einer Hand über den Rücken. „Wir werden uns um ihn kümmern."

„Ich weiß."

„Er fängt nächste Woche bei Norcross Security an."

Sie nickte. Es war der beste Ort für ihn. Umgeben

von Menschen, die dasselbe getan hatten wie er und nach Hause gekommen waren.

„Komm mit." Vander verschränkte seine Finger mit ihren und führte sie hinunter auf die Wiese, unter die Lichterketten. „Als Kinder haben wir immer hier draußen gelegen. Wir haben uns etwas gewünscht, wann immer ein Stern hell genug war, dass wir ihn sehen konnten."

Sie lächelte bei dem Gedanken, dass Vander einmal so jung und unschuldig gewesen war.

„Ich hätte mir nie träumen lassen, dass ich jemals eine Frau so sehr lieben würde, dass ich ihr manchmal beim Schlafen zusehe."

Sie schmolz dahin. „Vander –"

„Die mich jeden Tag so verdammt viel fühlen lässt, vor allem, nachdem das Leben mich gefühllos gemacht hatte." Er strich ihr über die Wange. „Du hast mich aufgeweckt, Brynn."

„Ich liebe dich so sehr, Vander."

„Ich weiß. Du zeigst es mir jeden Tag." Er zog etwas aus seiner Tasche und klappte den Deckel der kleinen Schachtel auf.

Sie keuchte, bekam keine Luft mehr.

Der Ring war wunderschön. Ein großer, funkelnder Diamant, eingefasst mit einem Kranz aus kleineren Diamanten.

„Man kann es hier draußen nicht sehen, aber der Diamant in der Mitte hat einen leicht bläulichen Schimmer. Wie deine Augen."

Ein blauer Diamant. Selten, einzigartig und etwas ganz Besonderes. Ihr Herz quoll über vor Liebe.

„Ich habe dich bereits gewarnt, dass ich dich nie wieder gehen lassen werde", fuhr er fort. „Also, was sagst du dazu, Detective Brynn Norcross zu werden?"

Sie wandte ihren Blick von dem Ring ab und sah ihm tief in die Augen. „Ich sage Ja."

Er steckte ihr den Ring an den Finger und zu ihrer Überraschung zitterte seine Hand ein wenig. Ein weiterer kleiner Hinweis, der ihr zeigte, wie tief seine Gefühle für sie gingen.

Dann zog er sie zu sich und hob sie in die Luft. Er küsste sie unter der Lichterkette und auf der Terrasse wurde gejubelt und gepfiffen.

Atemlos drehten sie ihre Köpfe und sahen, dass ihre Familie und Freunde am Geländer standen, sie beobachteten und ihre Verlobung lautstark und voller Begeisterung feierten.

„Der Traum, von dem ich nie wusste, dass ich ihn leben wollte, ist wahr geworden", murmelte er.

„Und wir haben noch so viele Träume zu verwirklichen, Vander. Und noch viel mehr Probleme und Komplikationen zu erleben."

„Ich bin dabei, Detective." Dann küsste er sie wieder unter den Lichtern und Sternen.

Ich hoffe, dir hat die Geschichte von Vander und Brynn gefallen!

Willst du noch mehr Zeit mit Brynn und Vander verbringen? Lies den Bonus-Epilog.

Der Drahtzieher Epilog: HOL DIR DEINEN BONUS-EPILOG

DIE SERIE rund um das Team von Norcross Security geht mit *Der Detective* weiter - kommt 2023. In diesem Band lernst du Detective Hunter Morgan und Savannah Cole näher kennen. **Lies weiter und erhalte einen Vorgeschmack auf das erste Kapitel.**

Verpasse nichts! Für Informationen über Neuerscheinungen, kostenlose Bücher und andere Geschenke, melde dich für meine VIP-Mailingliste an und erhalte deine kostenlose Bücherbox, bestehend aus drei englischen Liebesromanen, in denen es auch an Action nicht fehlt.

Hier klicken und anmelden: www.annahackett.com

**Would you like
a FREE BOX SET
of my books?**

VORGESCHMACK: DER DETECTIVE

D as Dröhnen der Musik drang vibrierend durch die Wand.

Detective Hunter Morgan beobachtete mit genervtem Gesichtsausdruck, wie der Kaffee in seinem Becher sich im Takt des Beats kräuselte.

Mit einem Seufzer stellte er den Becher auf dem Couchtisch ab. Es war schon spät. Er hatte einen langen Tag auf dem Revier gehabt und fast ein Dutzend Fälle gleichzeitig zu bearbeiten. Als er nach Hause gekommen war, hatte er seine Anzugjacke und Krawatte ausgezogen und sein Holster abgelegt und war in etwas Bequemeres geschlüpft. Alles, was er jetzt wollte, waren Ruhe und Frieden.

Aber seine neue Nachbarin, die vor ein paar Wochen eingezogen war, hatte andere Pläne.

Mit einem tiefen Brummen verließ er sein Wohnzimmer und ging die Treppe hinunter. Er hatte das dreistöckige Reihenhaus in Hunters Point vor einem Jahr gekauft. Nachdem die US-Marine die alte Marinewerft dem Erdboden gleichgemacht hatte, war sie neu aufgebaut worden. Jetzt gab es hier neue Reihenhäuser, Läden und Parks, alle mit Blick auf die Bucht von San Francisco.

Hunt liebte es, in seinem offenen Küchen- und Wohnbereich zu sitzen und den vorbeifahrenden Schiffen zuzusehen. Von seinem Schlafzimmer im obersten Stockwerk hatte er außerdem einen Blick auf die Stadt im Norden. Aber das Beste daran war, dass es von seinem Haus nur eine zehnminütige Fahrt zum Gebäude für öffentliche Sicherheit war, in dem sich auch das Polizeirevier von San Francisco befand, für das er arbeitete.

Jetzt brachte seine neue Nachbarin Wirbel in seine Oase der Ruhe, sein Refugium. Sie spielte zu jeder Nachtzeit Musik mit wummerndem Bass und durch die Wand, die die beiden Häuser sich teilten, hörte er oft ein tiefes Poltern, wenn sie Möbel verrückte.

Er hatte schon mehrmals an ihre Tür geklopft, aber sie hatte nie aufgemacht.

Daraufhin hatte er sich über sie schlaugemacht. Savannah Cole war Grafikdesignerin und hatte eine weiße Weste.

Zu weiß.

Hunt traute Leuten mit weißer Weste nicht. Seine Zeit beim Militär und dann beim San Francisco Police Department hatte ihn gelehrt, dass niemand schwarz oder weiß, gut oder böse war. Die Menschen kamen in allen möglichen Grauschattierungen daher, gelegentlich mit ein paar Klecksen einer kräftigeren Farbe.

Wie auch immer, er hatte die Nase voll.

Er öffnete seine Haustür. Obwohl es Sommer war, war die Nacht kühl, vor allem wegen der Brise, die vom Wasser her über die Küste wehte. Er trug Jeans und ein T-Shirt und hatte sich nicht einmal die Mühe gemacht, Schuhe anzuziehen. Er wollte mit Ms. Cole reden, und wenn er ihre Tür eintreten musste, um es zu tun.

Er ging zu ihrer Haustür hinüber. Sie lebten nicht nur Tür an Tür, sondern die Fassade ihres Hauses bestand genau wie bei seinem aus einer Kombination von cremefarbenem Stuck und einer Holzverkleidung. Er hämmerte mit der Faust gegen die Tür und wartete.

Keine Antwort.

Er schlug noch einmal mit der Faust dagegen, diesmal schon ein bisschen fester, und machte weiter. Er war sich nicht einmal sicher, ob sie ihn über die laute Musik hinweg hören konnte. Seine Wut simmerte unterschwellig in seinem Bauch. In diesem Gebäudekomplex lebten Familien mit Kindern, die längst schliefen, also störte ihre rücksichtslose Musik nicht nur ihn.

Er klopfte wieder. Wenn sie nicht –

Die Tür ging auf.

Und Hunt starrte in blaue Augen, die so hell waren, dass sie grau wirkten.

Er war einen Meter neunzig groß, so dass sie ihm klein vorkam, aber er wusste aus seinen Unterlagen, dass sie eins fünfundsechzig groß war.

Ihr schlanker Körper wirkte umso kleiner in dem riesigen, weißen Männerhemd, das mit Farbe bespritzt war, und er sah, dass darunter der Saum von gewagt knappen Jeansshorts hervorlugte. Sie gaben den Blick auf ihre nackten Beine frei, ihre Zehennägel hatte sie in einem neongelben Farbton lackiert.

Er hob seinen Blick wieder zu ihrem Gesicht. Ihr blassblondes Haar war leicht gelockt und sie trug es zu einem unordentlichen Dutt auf dem Oberkopf zusammengefasst.

Sie beäugte ihn mit ihren grauen Augen an, die intelligent wirkten ... und genervt.

„Detective", sagte sie mit einer Stimme, die ihn augenblicklich an lange Nächte und Bettwäsche aus Seide denken ließ. „Haben Sie vor, ein Loch in meine Tür zu hämmern?"

„Hätten Sie gleich beim ersten Mal aufgemacht, wäre das nicht nötig gewesen." Er legte den Kopf schief. „Sie wissen, wer ich bin?"

Sie lehnte sich gegen den Türpfosten. „Detective Hunter Morgan. Oh, die Nachbarschaft liebt es, über ihren heldenhaften Detective zu tratschen." Sie drehte sich um und ging wieder die Treppe hinauf. „Wenn Sie reinkommen wollen, schließen Sie die Tür." Damit verschwand sie.

Hunt riss seinen Blick von ihren wohlgeformten Beinen los und machte ein langes Gesicht. Er schloss die Tür. Das Haus hatte denselben Grundriss wie seines. Im unteren Stockwerk gab es einen kleinen Eingangsbereich und die Garage auf der einen Seite, auf der anderen ein Schlafzimmer mit angrenzendem Bad. Da er ein Detective war, warf er einen Blick in jeden der Räume.

Die Garage war leer, nur ein paar Kisten stapelten sich an der Wand. Das passte zu dem, was er über sie wusste, denn er hatte kein Auto gefunden, das auf ihren Namen zugelassen war. Das Schlafzimmer wurde als Lagerraum genutzt. Er runzelte die Stirn. Es war gefüllt mit Rollen von etwas, das wie Leinwand aussah, die an der Wand lehnten, und weiteren Kisten.

Was zum Teufel?

Er stapfte die Treppe hinauf und die Musik wurde lauter. Der Geruch von Farbe schlug ihm entgegen. Strich sie etwa eines der Zimmer?

Er erreichte den Wohnbereich und erstarrte.

Savannah stand an einer großen Staffelei, auf der eine riesige Leinwand stand. Sie war teilweise bereits bemalt und Savannah spritzte gerade mit einem Pinsel auf die große Fläche. Aus irgendeinem Grund erinnerte ihn die Art, wie sie den Pinsel hielt, an eine Kriegerin, die ein Schwert erhob, um in die Schlacht zu ziehen.

„Kommen Sie her", sagte sie und sah ihn nicht einmal an.

Aus einem kleinen Lautsprecher dröhnte Musik. Die raue Stimme von Joan Jett drang in seine Ohren.

Savannah schnappte sich ein Stück Netzgewebe von

einem Beistelltisch, auf dem eine ganze Reihe ungewöhnlicher Gegenstände lag. Sie drückte es auf die Leinwand.

„Halten Sie das." Sie nahm seine Hand und drückte sie auf das Netz.

Dann fing sie wieder an, Farbe zu verspritzen ... quer über seine ganze Hand.

Mit finsterer Miene sah Hunt ihr ins Gesicht. Sie war völlig in ihre Arbeit vertieft. Dann trat sie einen Schritt zurück, nickte und lächelte.

Hunt traute seinen Augen kaum. Dieses Lächeln brachte ihr Gesicht mit einem Mal zum Strahlen.

Sie hob ihren Blick und bemerkte, dass er sie ansah. Ihr Lächeln verschwand. Sie hatte ein langes, schmales Gesicht und hohe Wangenknochen.

Sie legte den Pinsel ab, griff nach einem Lappen und wischte sich die Hände ab. „Das haben Sie gut gemacht, Detective." Sie reichte ihm ebenfalls einen Lappen.

Die Musik wummerte immer noch und dröhnte in seinen Ohren. Er wischte sich die Hände ab und schaltete den Lautsprecher aus. „Wir haben uns noch nicht offiziell kennengelernt."

Ihre Mundwinkel hoben sich. „Nein, das haben wir nicht. Aber wir wissen beide, dass Sie meinen Namen bereits kennen."

„Savannah Cole."

„Und jetzt haben wir uns kennengelernt." Sie ging in ihre Küche. Sie war blitzsauber und ließ ihn vermuten, dass sie nie darin kochte. Sie füllte ein Glas mit Wasser. Als sie es trank, beobachtete er die schlanke Linie ihres Halses.

„Sie sind Künstlerin."

Lächelnd stellte sie das Glas ab. „Mit ihrer scharfen Beobachtungsgabe müssen Sie ein sehr guter Detective sein."

Ms. Cole hatte offensichtlich kein Problem mit Sarkasmus.

„Verkaufen Sie die?" Er sah sich um. An den Wänden lehnten mehrere, bereits fertige Bilder. Dann wanderte sein Blick wieder zu ihr und für einen flüchtigen Augenblick erkannte er Trauer in ihren Augen, bevor sie sie vor ihm verbarg. *Hmm.* Seine Instinkte erwachten zum Leben.

„Das Malen ist ein Hobby", sagt sie. „Mein Geld verdiene ich mit Grafikdesign."

Er betrachtete das wilde, leidenschaftliche Kunstwerk, an dem sie gerade arbeitete. Es zeigte die Bucht an einem Tag, an dem die See rau war. Zumindest dachte er das. Es hatte etwas Surreales an sich, als würde er es in einem Traum betrachten.

Das hier sah für ihn definitiv nach mehr als einem Hobby aus, aber was wusste er schon von Kunst?

„Sie spielen Ihre Musik so laut, dass meine Wände wackeln", sagte er.

Sie fuhr sich mit der Zunge über die Zähne. „Tut mir leid. Ich verliere mich oft in meiner Arbeit."

„In ein paar der Häuser hier leben Kinder –"

„Ich werde die Musik nicht mehr so laut aufdrehen." Eine Haarsträhne hatte sich aus dem Dutt gelöst und schmiegte sich an ihren Nacken. Sie sah aus wie gesponnenes Gold und er verspürte das seltsame Verlangen, sie zu berühren.

Er musterte sie. Sein Gefühl sagte ihm, dass das, was

er von ihr sah, nur die Spitze des Eisbergs war. Er wollte mehr über sie erfahren.

„Woher kommen Sie?", fragte er.

Sie ging zum Waschbecken, um das Glas zu spülen, und sah ihn nicht an. „Von überall. Meine Familie ist oft umgezogen."

Das war eine gut eingeübte Nicht-Antwort. „Wo sind Sie geboren?"

Ihr Kopf ruckte hoch. „Wollen Sie mich verhören, Detective Morgan?"

Sie hat also Krallen. „Nein. Ich frage als Nachbar."

„Ach, so." Sie ging zur Treppe. „Ich begleite Sie hinaus."

Ah, er hatte also seinen Marschbefehl erhalten. Er folgte ihr nach unten.

„Ich werde mich bemühen, nicht mehr so viel Lärm zu machen." Sie öffnete ihre Haustür. „Schließlich will ich nicht wegen Ruhestörung verhaftet werden." Ihre Stimme war trocken.

Aber während Hunt sie beobachtete, suchte sie die ruhige Straße draußen ab. Ihr Gesicht wirkte aufmerksam, wachsam.

Er richtete sich ein wenig auf. Was versetzte Savannah Cole so in Alarmbereitschaft?

All seine Instinkte waren mit einem Schlag hellwach.

„Savannah –"

„Hat mich gefreut, Sie kennenzulernen." Sie schob ihn praktisch hinaus. „Gute Nacht, Detective."

Dann knallte sie die Tür hinter ihm zu.

Hunt verschränkte die Arme vor der Brust und

starrte auf das Holz. Irgendetwas stimmte definitiv nicht mit seiner neuen Nachbarin.

Er war ein Cop. Es war seine Pflicht, herauszufinden, was genau es war.

Und das hatte *nichts* mit ihren langen, verlockenden, nackten Beinen zu tun.

SAVANNAH COLE LEHNTE sich gegen die Tür, schloss die Augen und atmete aus.

Ihr neuer Nachbar war unfassbar heiß.

Als Künstlerin schätzte sie Männer in allen Formen und Größen. Sie sah die Schönheit in schlanken, androgynen, hübschen Gesichtern ebenso wie in großen, fitten, muskulöser gebauten Männern.

Aber anscheinend hatte ihr Körper beschlossen, dass ein rauer, leicht mürrischer Kerl mit einem Körper aus steinharten Muskeln genau das war, was ihr inneres Feuer entfachte.

Kopfschüttelnd ging sie die Treppe hinauf. Mit Detective Hunter Morgan durfte sie sich definitiv *nicht* einlassen.

Sie konnte praktisch sehen, wie sein messerscharfer Verstand rund um die Uhr arbeitete. Er war ein Mann, der Antworten verlangen würde, der es sich zur Aufgabe machen würde, jedes Geheimnis zu lüften.

Und Savannah hatte einen Haufen Geheimnisse, aber Erklärungen dafür hatte sie keine.

Zurück in ihrem Wohnzimmer starrte sie auf das Bild, an dem sie gerade arbeitete. Im Moment war sie dabei, verschiedene Texturen hinzuzufügen. Es war hauptsächlich in Blautönen gehalten, inspiriert vom sich ständig verändernden Wasser der Bucht. Eine tiefe Traurigkeit schnitt ihr in die Seele wie eine Klinge.

Und niemand würde das Bild je sehen.

Sie musste ihre Leidenschaft verbergen, musste ihre Anziehung zu Männern wie Hunter Morgan unterdrücken.

Sie konnte kein normales Leben führen. Es stand zu viel auf dem Spiel.

Sie holte tief Luft und wartete darauf, dass der Schmerz verflog. Sie war schon zu lange in San Francisco, aber sie liebte diese Stadt.

Sie liebte es, mit dem Fahrrad durch das Areal der alten Werft zu fahren. Sie liebte es, Galerien und Museen zu besuchen, liebte das künstlerische Flair des Mission District.

Sie war seit sechs Monaten hier. Zuerst hatte sie eine kleine Wohnung im Castro gemietet. Dann hatte sich die Gelegenheit ergeben, dieses Reihenhaus für ein Ehepaar zu sitten, das gerade Zeit in Übersee verbrachte. Es war perfekt für sie gewesen.

Savannah wusste, dass sie packen und sofort aufbrechen sollte. Sie sollte alles, was sie nicht unbedingt brauchte, entsorgen, ein gebrauchtes Auto in schlechtem Zustand kaufen und losfahren. Vielleicht in Richtung Süden, nach Arizona oder New Mexico.

Beim Blick auf ihre Leinwand krampfte sich ihr Herz zusammen. Wieder einmal würde sie alle ihre Bilder und Skulpturen zurücklassen müssen. Einst war ihre Kunst gefeiert und von Hunderten bewundert worden.

Jetzt musste sie sie verstecken.

Sie hatte Spaß an Grafikdesign und digitaler Kunst, aber beides erfüllte ihre Seele nicht so, wie es die Arbeit mit Pinsel, Spachtel oder Ton tat. Aber als Grafikdesignerin war es einfach, ihren Stil allgemein zu halten, und sie hatte mehrere Online-Konten in verschiedenen Ländern eingerichtet. So konnte sie ihr Geld leichter hin und her schieben, ohne entdeckt zu werden.

Sie rieb sich ihre pochenden Schläfen. Das Leben konnte so furchtbar ungerecht sein. Sie dachte an ihre Mutter und ihren Bruder und betete, dass es den beiden gut ging. Sie dachte an ihre beste Freundin Saskia. Sie dachte an die wichtigsten Menschen in ihrem Leben und vermisste sie ... jeden Tag.

Vielleicht würde sie eines Tages nach L.A. fahren, einen Dark Web Hacker ausfindig machen und ihrer Mutter eine verschlüsselte E-Mail schicken.

Nein. Es war sicherer für sie, nicht zu wissen, wo sie war.

Wut, Trauer und Zorn kochten in ihr hoch.

Sie war das Opfer eines Psychopathen geworden und musste den Preis dafür wieder und wieder bezahlt.

Als sie ihr Spachtel in die Hand nahm, kochten die Emotionen in ihr hoch. Sie wollte die Musik wieder aufdrehen, aber sie brauchte Detective Morgan nicht noch einmal an ihrer Tür, seinen Duft nach Sandelholz und Mann, und sein gutes Aussehen, das sie mit Dingen lockte, die sie nicht haben konnte.

Sie riss ihre Farbdosen auf und tauchte den Spachtel hinein. Ein kräftiges Rot. *Ausgezeichnet.*

Sie machte sich an einer frischen Leinwand an die Arbeit.

Bald war sie darin versunken. Jede Faser ihres Seins war darin vertieft und sie erlaubte sich, all die angestauten Gefühle aus ihrem Körper strömen zu lassen. Sie legte sich richtig ins Zeug und bemühte sich, den wunderschönen Moment festzuhalten, der sich in ihrem Kopf bildete, getragen von Wünschen, Bedürfnissen und Begierden, die sie sich selbst verwehren musste.

Sie hatte keine Ahnung, wie lange sie daran gearbeitet hatte. Als sie schließlich zurücktrat, war sie erschöpft. Ihr unterer Rücken schmerzte und sie legte den Spachtel beiseite und streckte sich.

Dann fiel ihr Blick auf die Leinwand und sie saugte scharf Luft ein.

Es war ein Paar, umgeben von Flammen. Sie hatte das Bild in ihrem alten, unverkennbaren Stil gemalt, mit Farbklecksen, die der Szene einen Hauch Impressionismus verliehen. Es strotzte nur so vor Emotionen, Leidenschaft und Sinnlichkeit.

Leider durfte sie ihre Kunst nicht mehr in diesem für sie typischen Stil ausleben, weil er zu leicht wiederzuerkennen war.

Auf dem Bild war der Mann bekleidet, mit einem angedeuteten Hemd, einer Krawatte und kurzen, braunen Haaren. Die Frau war nackt, nach hinten gebeugt und gab sich ihrem Liebhaber hin. Er hielt ihren Schenkel fest an seine Hüfte gepresst und sein Mund war an ihrer Brust. Ihr blondes Haar fiel wie ein Regen aus blassem Gold herab.

Savannah bewegte sich und spürte, wie das

Verlangen in ihrem Bauch zu kribbeln begann. Sie war schon so lange nicht mehr mit einem Mann zusammen gewesen und hatte vergessen, wie es sich anfühlte, wenn ein harter Schwanz in sie glitt und sie ausfüllte.

Sie biss sich auf die Unterlippe und starrte das Bild an.

Offensichtlich hatte der Detective mächtig Eindruck bei ihr hinterlassen.

Sie öffnete die Tür zu dem kleinen Balkon und trat in die kühle Nachtluft. Draußen stützte sie ihre Hände auf das Geländer und ließ sich von der frischen Luft einhüllen.

Sie musste sich von Hunter Morgan fernhalten. Sie würde noch vier weitere Monate in diesem Haus verbringen. Es gab weder einen Mietvertrag noch Rechnungen, die auf ihren Namen liefen. Auf einen Namen, von dem sie genau wusste, dass Morgan längst vermutete, dass er falsch war.

Das war er auch, aber er war eine gute Fälschung. Sie hatte ein Vermögen dafür bezahlt.

Susannah Hart war tot. Sie konnte nicht in ihr altes Leben zurückkehren und die Menschen, die sie liebte, zur Zielscheibe machen.

Stattdessen würde sie sie auf die einzige Weise beschützen, die ihr geblieben war.

Sie war weggelaufen und hatte sich in Savannah Cole verwandelt.

Und sie würde auch sich selbst beschützen. Sie wollte nicht sterben. Zugegeben, sie konnte nicht das Leben leben, von dem sie einst geträumt hatte: eine erfolgreiche Kunstkarriere, einen heißen, sexy Mann und ein Haus mit einem lichtdurchfluteten Atelier, in dem sie arbeiten konnte.

Aber sie konnte hier und da kleine Momente des Glücks genießen. Dann würde sie weiterziehen. Auf der Flucht zu bleiben, war die einzige Möglichkeit, dem geisteskranken Mann zu entkommen, der von ihr besessen war.

Sie hob den Kopf und entdeckte eine einsame Gestalt am Ende der Straße. Sie erstarrte. Der Mann trug einen Kapuzenpulli und war fast gänzlich in den Schatten verborgen.

Ihr Mund wurde trocken und ihr Herz begann zu rasen. Für einen Moment befürchtete sie, dass sie eine Panikattacke bekommen würde. Sie hatte seit über einem Jahr keine mehr gehabt.

Dann drehte sich die Gestalt um und ging davon, verschwand in der Dunkelheit.

Savannah stieß einen zittrigen Atemzug aus und umklammerte mit ihren Fingern das Geländer. Nur jemand, der einen nächtlichen Spaziergang machte.

Als sie damals geflohen war, hatte sie ihren Stalker anfangs überall gesehen. Tatsächlich hatte er sie dreimal fast erwischt.

Sie stieß einen weiteren Atemzug aus. Sie war besser darin geworden, sich unauffällig zu verhalten und rechtzeitig weiterzuziehen. Er würde ihr oder ihrer Familie nie wieder etwas antun.

Savannah schlüpfte wieder hinein und schloss die Schiebetür.

Dies war nur eine weitere Erinnerung daran, dass es für sie keine sexy Detectives geben würde.

BÜCHER VON ANNA

Also Available as Audiobooks!

Norcross Security

The Investigator

The Troubleshooter

The Specialist

The Bodyguard

The Hacker

The Powerbroker

The Detective

The Medic

The Protector

Also Available as Audiobooks!

Billionaire Heists

Stealing from Mr. Rich

Blackmailing Mr. Bossman

Hacking Mr. CEO

Also Available as Audiobooks!

Team 52

Mission: Her Protection

Mission: Her Rescue

Mission: Her Security

Mission: Her Defense

Mission: Her Safety

Mission: Her Freedom

Mission: Her Shield

Mission: Her Justice

Also Available as Audiobooks!

Treasure Hunter Security

Undiscovered

Uncharted

Unexplored

Unfathomed

Untraveled

Unmapped

Unidentified

Undetected

Also Available as Audiobooks!

Oronis Knights

Knightmaster

Knighthunter

Galactic Kings

Overlord

Emperor

Captain of the Guard

Conqueror

Also Available as Audiobooks!

Eon Warriors

Edge of Eon

Touch of Eon

Heart of Eon

Kiss of Eon

Mark of Eon

Claim of Eon

Storm of Eon

Soul of Eon

King of Eon

Also Available as Audiobooks!

Galactic Gladiators: House of Rone

Sentinel

Defender

Centurion

Paladin

Guard

Weapons Master

Also Available as Audiobooks!

Galactic Gladiators

Gladiator

Warrior

Hero

Protector

Champion

Barbarian

Beast

Rogue

Guardian

Cyborg

Imperator

Hunter

Also Available as Audiobooks!

Hell Squad

Marcus

Cruz

Gabe

Reed

Roth

Noah

Shaw

Holmes

Niko

Finn

Devlin

Theron

Hemi

Ash

Levi

Manu

Griff

Dom

Survivors

Tane

Also Available as Audiobooks!

The Anomaly Series

Time Thief

Mind Raider

Soul Stealer

Salvation

Anomaly Series Box Set

The Phoenix Adventures

Among Galactic Ruins

At Star's End

In the Devil's Nebula

On a Rogue Planet

Beneath a Trojan Moon

Beyond Galaxy's Edge

On a Cyborg Planet

Return to Dark Earth

On a Barbarian World

Lost in Barbarian Space

Through Uncharted Space

Crashed on an Ice World

Perma Series

Winter Fusion

A Galactic Holiday

Warriors of the Wind

Tempest

Storm & Seduction

Fury & Darkness

Standalone Titles

Savage Dragon

Hunter's Surrender

One Night with the Wolf

For more information visit www.annahackett.com

ÜBER DIE AUTORIN

Ich bin eine USA-Today-Bestsellerautorin für Liebesromane. Meine Leidenschaft sind Romane, in denen es an Action nicht mangelt, Science-Fiction Platz findet und auch die Liebe nicht zu kurz kommt. Ich liebe es, über Menschen zu schreiben, die entgegen allen Erwartungen die schwierigsten Situationen lösen und sich beim Erreichen ihrer Ziele selbst übertreffen.

Ich lebe mit meinem eigenen persönlichen Helden und zwei sehr aktiven Söhnen in Australien.

Für Erscheinungstermine, einen Blick hinter die Kulissen, kostenlose Bücher und andere tolle Goodies, melde dich hier an und verpasse nichts mehr: www.annahackett.com